Diogenes Taschenbuch 23256

de
te
be

»Mr. Samson ist eine Rarität, ein Anachronismus, ein goldechter, altmodischer Privatdetektiv. Habe ich recht, Mr. Samson?«

Ich nickte genau einmal, das Minimum.

»Er hat ein Büro in der Virginia Avenue, in der Nähe des Fountain Square, über einer Imbißstube, und seit vielen, vielen Jahren verfolgt und beschattet er irgendwelche Subjekte in den schäbigen Straßen von Indianapolis. Ich war gewarnt worden, daß auf meiner Party heute abend jemand in Gefahr sein könne, und als ich eine seiner kleinen Anzeigen im Star las, nahm ich mir die Freiheit, Mr. Samson für den Fall des Falles ebenfalls einzuladen. Natürlich haben wir heute abend auch unseren allseits geschätzten Polizeichef bei uns, aber als Gast und Freund. Er wird sicher nichts dagegen haben, wenn wir uns ausnahmsweise einmal nicht ausschließlich auf ihn verlassen.«

Ein huldvolles Lächeln der Gastgeberin zog ein huldvolles Lächeln des Polizeichefs von Indianapolis nach sich.

»Also, wenn Sie nun alle Mr. Samson in den Salon folgen wollen – natürlich ohne dabei irgendwelche Spuren unkenntlich zu machen! Ich glaube, Mr. Samson hat seine Ausrüstung mitgebracht und wird sicher gleich die Abdrücke von der Mordwaffe nehmen. Aber natürllich will ich Ihnen nicht vorschreiben, wie Sie Ihre Arbeit zu machen haben, Mr. Samson.«

Sie schenkte mir ein Lächeln, für das sie eins von mir zurückerhielt. Und sie steckte mir zwei Spickzettel zu. Ihr »huldvolles Lächeln« war um Längen besser als meins.

»Nachdem wir den Schauplatz des Verbrechens in Augenschein genommen haben, können wir sicher unsere

Mahlzeit fortsetzen, während Mr. Samson weitere Nachforschungen anstellt. Es ist allerdings durchaus möglich, daß er uns einzeln zu einem Verhör dritten Grades herausbitten muß. Und noch eine Bitte – wir sollten versuchen, Ben nicht in die Quere zu kommen! Ben... unserem Kameramann!«

Mrs. Vivien drehte sich zu einem Wandschirm in der Ecke des Speisezimmers um, hinter dem nun ein hochgewachsener Mann hervortrat. Auf einer seiner Schultern ruhte eine Videokamera, auf der anderen das untere Ende eines gewaltigen Ohrrings. »In den nächsten Tagen«, erklärte Mrs. Vivien, »wird jedem Gast eine Kopie des Bandes zugehen.«

Die Ankündigung dieses kleinen Party-Extras wurde von den Gästen mit allgemeiner, lautstarker Überraschung und Zustimmung aufgenommen. Jedem war inzwischen klargeworden, daß er einem besonderen gesellschaftlichen Ereignis beiwohnte. Und daß er Teil dieses Ereignisses war.

Der Plan, wie er am Nachmittag schriftlich niedergelegt und einstudiert worden war, sah vor, daß Ben bei mir blieb, während ich den Tatort examinierte und Spuren sicherte. Dann, wenn die Gäste sich wieder am Futtertrog eingefunden hatten, sollte ich sie vom Essen einzeln oder paarweise zu sehr kurzen Befragungen herausrufen. Man hatte mich mit angeblich aufschlußreichen, ja sogar gewagten Fragen ausgestattet, die ich jedem einzelnen Verdächtigen oder Zeugen stellen sollte. Nach dem Essen sollten dann alle gemeinsam die Aufzeichnung der Verhöre ansehen und weitere Fragen ersinnen. Anschließend gab es Preise für die, die scharfsichtig genug waren, die richtigen Indizien zu erkennen und die Lösung zu erschließen, die ich schließlich enthüllen würde. Die Preise bestanden in unterschiedlichen Mengen Champagner. O ja, es stand uns eine Wahnsinnsparty bevor.

Und der Tiefpunkt meines Lebens.

»Alles bereit?« fragte Mrs. Vivien. »Nach Ihnen, Mr. Samson.«

2

Wenn man sich zu guter Letzt zu dem Versuch durchringt, seine Seele zu verkaufen, dann geht das nur mit Enthusiasmus, stimmt's? Hab ich recht?

Oder ist das auch nur so ein Schwachsinn wie: »Die Lüge, die man am leichtesten im Gedächtnis behält, ist die Wahrheit«?

Die Architekten haben ihre Pseudogotik; die Schriftsteller haben ihre Pseudonyme; warum sollte Samson da keinen Pseudotiefgang haben?

Es war schon weit nach zwei, als ich nach Hause kam. Aufrechterhalten hatte mich einzig das Wissen, daß die Zeit eindimensional und unidirektional ist und daß alle menschlichen Dinge ein Ende haben, auch wenn das eigene tiefe Elend sie noch so endlos erscheinen läßt.

Der Butler war übrigens der Mörder, im Verein mit Quentin, dem Briten. Quentin war als ›Stadtschreiber‹ in Indianapolis und hatte das Drehbuch für die Party geschrieben. Er war seit vier Monaten hier, seit dem ersten Januar.

Auch für ihn war es an der Zeit, einen unidirektionalen Schritt zu tun.

Zu Hause war es dunkel, als ich ankam. Eine Zeitschaltuhr knipst mein Neonschild – »Albert Samson, Privatdetektiv« (schnieke, was?) – um Mitternacht aus. Weder in Moms noch in Normans Zimmer brannte Licht.

Ich schloß die Tür hinter mir und rief meine Flamme an. »Egal, wie spät es wird«, hatte sie gesagt. »Sobald du nach Hause kommst. Ich muß einfach wissen, wie es gelaufen ist; ich sterbe vor Neugier.«

»Also, was meinst du, wie es gelaufen ist?« fragte ich, sobald sie wach genug war, um sich daran zu erinnern, wer ich war.

»Ich bin sicher, daß du toll warst.«

»Es war die reinste Demütigung. Pur. Die Essenz.«

»Diese Frau, diese Vivien, hat dich doch bezahlt?«

»Ja«, sagte ich, »hat sie.«

»Das ist ja super! Damit eilst du deinem Finanzplan um Wochen voraus.«

»Hm«, sagte ich, »in meinem neuen Beruf als dressierter Seelöwe. Toll.«

Nur für den einen Abend. Sagen Sie, was Sie haben wollen, hatte Charlotte Vivien gesagt. Ich schloß die Augen und träumte und nannte meinen Preis. Abgemacht, hatte sie gesagt.

»Es war nicht annähernd genug«, sagte ich.

»Ach, hör schon auf, Al«, sagte meine mitfühlende Geliebte. »Laß das Jammern. Sei... sei irgendwas! Erleichtert, daß es vorbei ist. Wütend über die geldbedingte soziale Ungleichheit. Erfüllt von Verlangen. Irgendwas, wenn es nur kein Selbstmitleid ist.«

»Als ich das Pulver für die Fingerabdrücke aufgetragen habe, mußte ich niesen. Das Pulver hat sich im ganzen Raum verteilt. Alle haben gelacht.«

Meine Flamme kicherte.

»Das ist kein Witz«, sagte ich. »Ich habe wirklich geniest. Na ja, was kann man auch schon erwarten? Ich habe in meinem ganzen Leben noch keinen einzigen Fingerabdruck genommen. Nicht im Ernstfall.«

»Du hättest mehr üben sollen.«

»Ich hätte üben sollen, wie man es in gebückter Haltung hinter einer Couch tut – oh, entschuldige bitte, hinter einem Zweiersofa –, und zwar mit zwanzig Leuten und einem Kameramann im Nacken, die mich beobachten.«

Sie lachte schon wieder.

»Versuch dich zu beherrschen. Beweise, daß du ein mitfühlendes Herz hast, ganz gleich, was die Leute über Sozialarbeiter reden.«

»Ich versuch's«, sagte sie.

Sie schaffte es nicht.

»Weißt du, dein Mitgefühl ist alles, was mich bei dir hält.«

»Was dich bei mir hält? Also, was hält mich eigentlich bei dir?«

»Wenn du mich heute abend gesehen hättest, wärst du schon lange über alle Berge.«

»Kriegst du keine Kopie von der Aufnahme?«

»Ich hab gesagt, ich will keine.«

»Ich ruf sie an.«

»Bitte, tu's nicht«, sagte ich. Plötzlich war ich müde. »Mein Gott. Ich bin plötzlich fix und fertig.«

»Gut«, sagte sie. »Das ist gut, Al.« Und dann: »Na komm schon. Und erinnere dich daran, daß es deine Idee war, ›das einfach mal anzupacken‹.«

Ich erinnerte mich dran. Ich sagte: »Hm.« Das muß komisch geklungen haben. Das Biest fing schon wieder an zu lachen.

3

Das Telefon weckte mich.

»Ich habe dich doch nicht geweckt, oder?« fragte sie.

»Nein. Ich bin immer noch bewußtlos, ist also kein Problem.«

»Tut mir leid, daß ich dich gestern nacht ausgelacht habe.«

»Wenn du gelacht hast, dann wohl deshalb, weil ich komisch war.«

»Genau.«

»Wenigstens ist es vorbei.«

»Und du hast dein Geld...«

»Das stimmt.«

»Das ist gut, Al.«

»Ach ja?«

»Baby, selbst wenn es so nicht besser läuft als vorher, hast du wenigstens mal deine Probleme gewechselt.«

»Ich weiß. Ich weiß.«

»Ich muß jetzt was kochen. Ich wollte nur kurz hallo sagen.«

»Kochen? Du meinst, was zu essen?«

»Du kannst nicht herkommen, Al.«

»Ich kann nicht?«

»Du bist um drei mit Frank verabredet.«

»Ach Mist. War das dieses Jahr?«

»Viel Glück.«

Ein paar Minuten lang saß ich, den Kopf in beide Hände gestützt, einfach nur da. Frank.

Ich entdeckte den *Sunday Star* hinter der Tür, die meine Räume mit dem Rest des Wohnbereichs über der Imbißstube verbindet. Mom mußte sie raufgebracht haben, bevor sie zu ihrer sonntäglichen Expedition aufbrach. Die Anwesenheit der Zeitung ließ sich als eine Geste der Unterstützung deuten.

Bud's Dugout steht sonntags leer. Dann geht Mom überallhin, mit Vorliebe aber dorthin, wo es ein kleines Spektakel gibt. Es war Mai, daher war sie wahrscheinlich bei den Vorläufen für die 500 Meilen; in anderen Jahreszeiten konnten es auch Pferderennen sein oder sogar das Kindermuseum – sie hat eine Schwäche für interaktive Ausstellungen. Früher konnte man sie regelmäßig im Zoo antreffen. Aber das war, bevor dieses abscheuliche Eisbärmännchen eins seiner Jungen auffraß.

Norman, ihr zwanzigjähriger, tätowierter, rüder, der Sprache kaum mächtiger Pfannkuchenbäcker und Logiergast, trieb sich an seinen freien Sonntagen rum. Soweit ich weiß, gibt es einiges Spektakel, wo immer er hingeht, aber ich verstehe mich nicht gut genug mit ihm, um ihn danach zu fragen.

Ich machte Kaffee und nahm die Zeitung mit ins Bett.

Scum Front von vorne bis hinten. Sie hatten schon wieder eine Antiumweltverschmutzungsbombe gelegt. Damit waren es jetzt sechs. Eine die Woche. Jede so berechnet, daß sie noch in die Sonntagszeitung kam. Sieben insgesamt, wenn man die in dem Maisfeld bei Lebanon mitzählte.

Das Merkwürdigste daran war, daß die Sympathie der Öffentlichkeit für die »Terroristen« immer größer wurde, je länger die Sache lief.

Oh, die Vorstellung von Bombenlegern in Indianapolis... Das war schrecklich. Beängstigend. Die Verantwortlichen mußten ja wild werden, und je länger die Sache dauerte, um so größer wurde ihre Frustration. Es war gewiß nur eine Frage der Zeit, bis die ersten Bomben verdrahtet waren. Und die ersten hochgingen. Und Menschen töteten.

Es würde traurig enden. Mußte traurig enden.

Aber in der Zwischenzeit hatte der Despektierlichkeitsreflex, der zuckt, wann immer die Menschen zu oft dasselbe hören, eine wachsende Unterströmung städtischen Stolzes herausgebildet: Unsere Bombenleger haben niemanden verletzt, haben ihre Botschaft übermittelt und sich immer noch nicht schnappen lassen.

Das Aufgebot der Kräfte von Gesetz und Ordnung war massiv wie nie zuvor, aber in der Zwischenzeit hatten sich die Bombenleger zu einer brandheißen Geschichte gemausert. Sie waren ein sportliches Ereignis. Wenn man irgendwo hätte hingehen und ihnen zusehen können, wäre Mom dabeigewesen.

Diesmal hatte die Scum Front es geschafft, ihren Gesprächsbeitrag in einer der »Pyramiden« zu hinterlassen – drei bizarren, elfstöckigen Bürogebäuden im Norden.

Wie waren sie bloß da hineingekommen?

Wie üblich war eine Warnung ausgesprochen worden, und man hatte die Bombe ohne eine Explosion bergen können. Der Kanal 43, das »Umwelt-TV« des Kabelsenders Cab-Co, war wieder einmal dazu benutzt worden, die Information an die Polizei weiterzugeben.

Da auch dieser Anschlag so getimt war, daß er noch in die Sonntagszeitung kam, mußte der Chief bei der Party am Samstagabend schon davon gewußt haben.

Aber ich las nicht alle Geschichten über die Bombenleger. Wußte nichts über ihre psychologischen Profile, die Spekulationen über ihre Verbindungen zum Mittleren Osten, die Analyse ihrer »Forderungen«.

Ich suchte in der Zeitung von dieser Woche nach etwas anderem.

Endlich fand ich es: Stauben Sie noch heute Ihr Familienskelett ab. Albert Samson, Privatdetektiv.

Diese nüchternen Worte, die umrahmt unten auf der Seite standen, erschienen mir nicht mehr annähernd so komisch wie an dem Tag, als ich die Anzeige aufgegeben hatte.

Vielleicht hatte der noch jugendfrische Frank recht. Vielleicht brauchte mein Werbefeldzug tatsächlich mehr Pep, mehr Zielgruppenbezug. Mehr von allem möglichen, woran ich mich nicht mehr erinnern konnte.

Und dann klopfte es an der Tür.

Aber Frank konnte es nicht sein, der unreife Verlobte der unreifen Tochter meiner Herzdame. Der Filmemacher. Der »Industrials« drehte – Werbespots für Sie und mich – und dabei sein Handwerk lernte, damit er für seinen großen Durchbruch bereit war, wenn Hollywood rief.

Denn es war noch nicht drei. Oder doch?

Es klingelte an der Tür.

Mir war nicht danach zumute, mit Frank über die Vorzüge und die Wirkung von Fernsehwerbung zu reden. Selbst wenn das die Art und Weise war, wie Anpack-Detektive an einem Sonntagnachmittag die Sache richtig anpacken.

Selbst wenn es meiner Flamme zu ein wenig Zeit mit ihrer eigensinnigen Tochter verhalf, Zeit für eine neuerliche Sturzflut von »aber Lucy...«: »Aber Lucy, eine Heirat hat Konsequenzen für dein ganzes Leben, Konsequenzen, die nicht sofort sichtbar werden...« – »Aber Lucy, was ist dagegen einzuwenden, wenn du erst mal fünf oder zehn Jahre mit dem Burschen zusammenlebst...?«

Und nimm bloß weiter die Pille, Schatz...

Es läutete abermals.

4

Frank war groß und schlaksig, sein Kinn quadratisch, und das Schlimmste an ihm war, daß er glaubte, was er sagte.

Er schüttelte mir die Hand, als bestünde eine Außenseiterchance, daraus Öl zutage zu fördern. Er schaute mir ohne einen Wimpernschlag in die Augen. Er verströmte die Tüchtigkeit und Zuversicht des Ignoranten. Mir war sofort klar, warum meine Flamme ihn haßte und warum Lucy ihn liebte. Und grüne Augen. Er hatte Augen, die wirklich und wahrhaftig grün aussahen. Oder lag das an dem Geld, das er zu machen hoffte?

»Albert«, sagte er, »ich habe wirklich hart an Ihrem Produktkonzept gearbeitet. Es war eine Herausforderung, aber ich habe wirklich das Gefühl, daß ich den konzeptionellen Mangel ausbügeln kann, an dem das Material für Ihre Kundenschnittstelle leidet.«

Oje, oje.

»Ich kann Ihnen eine Anzahl von Optionen anbieten, aber vorher möchte ich Ihnen noch etwas sagen. Ich glaube, wir müssen wirklich in die Vollen gehen. Deshalb werden einige meiner Vorschläge das anfängliche Budgetkonzept, das Sie mir gesetzt haben, überschreiten. Aber es wird die Sache wirklich wert sein, ganz bestimmt. Ich möchte wirklich, das Sie mir in dieser Sache vertrauen, denn ich finde sie wirklich aufregend.«

»Oh.«

»Albert, Sie stehen ganz an der Spitze in Ihrer Branche. Es gibt derzeitig einfach keine anderen Fernsehwerbungen für Privatdetektive in Indianapolis. Die anderen Detekteien, ob groß oder klein, fahren allesamt ein passives Profil. Das öffnet uns einen Weg so breit wie der Grand Canyon für eine aggressive Kampagne.«

»Oh.«

»Wenn wir Ihre Anzeigen mit unverkennbarem Image und Flair ausstatten, dann werden Sie sich als der Markenname auf Ihrem Gebiet in Indianapolis etablieren. Denken Sie darüber nach. Die Leute werden nicht mehr denken: ›Ich brauche einen Privatdetektiv.‹ Sie werden sagen: ›Ich brauche einen Albert Samson.‹«

»Sie wollen mich zu einem Fruchtzwerg machen?«

»Genau! Ist das nicht toll?«

Oje, oje.

Aber ich hatte versprochen, dem Jungen eine lange Leine zu lassen.

»Das wäre eine Idee, Frank.«

»Ja wirklich, nicht wahr? Aber das heißt natürlich, Albert, daß Sie sofort ins Fernsehen müssen! Und zwar in absolut so großem Stil, wie Sie es sich nur eben leisten können. Ich weiß, daß es Ihnen als Mitglied eines kapitalschwachen Dienstleistungszweigs wahrscheinlich widerstrebt, sich in großem Stil in der Werbung zu engagieren, aber jetzt ist der richtige Zeitpunkt dafür! Verpfänden Sie die Familienjuwelen. Sie werden sich in Nullkommanichts bezahlt machen, bestimmt werden sie das. Ich habe eine Werbekampagne mit einer Reihe kurzer Fortsetzungsspots ausgearbeitet. Am vernünftigsten wäre es wohl, bei Cab-Co damit anzufangen, denn Cab-Co bietet derzeit, was Fernsehwerbung betrifft, das beste Preis-Leistungs-Verhältnis in der Stadt.«

»Sie meinen, Cab-Co ist billig.«

»Für Fernsehwerbung, ja.«

Der Junge schätzte meine Juwelen offensichtlich nicht sehr hoch ein.

»Und bietet ein paar sehr gute Mehrkanalpakete. Wissen Sie über Cab-Co Bescheid?«

Ich zögerte.

Frank erzählte mir, wie Cab-Co die starren Konventionen im Kabelfernsehen aufgebrochen hatte. Daß es schon etwas heißen wollte, daß die Gesellschaft überhaupt eine Lizenz bekommen hatte. Und daß Cab-Co nur überleben konnte, wenn es den Wettbewerb aggressiv anging und seinen Werbekunden sehr entgegenkam.

Was Frank sagte, entbehrte nicht einer gewissen Logik.

Das Kabelfernsehen in Indianapolis war vordem eine Art Donut. Eine Gesellschaft lieferte den Donut, die andere das Loch. Aber plötzlich hatte die Stadtverwaltung die Monopolstellung von Donut und Loch aufgehoben und einer dritten Gesellschaft gestattet, mit einem Gesamtgebäck, Donut plus Loch, in den Wettbewerb einzutreten.

Als diese Lizenz vergeben wurde, hatte das mächtig Stunk gemacht, weil ein anderer Kabelnetzbetreiber in Indianapolis einige Jahre zuvor versucht hatte, die Stadt vor Gericht zu genau dem zu zwingen, was sie nun aus freien Stücken tat. Der Prozeß war ein nationales Ereignis gewesen.

Cab-Co hatte die Lizenz allerdings aufgrund der Zusage eines Anteils an Lokalprogrammen und einer Lizenzgebühr pro Abonnenten erhalten, die weit über das hinausgingen, was andere Netzbetreiber für vertretbar hielten. Niemand in der Branche glaubte, daß Cab-Co damit würde überleben können, aber zunächst einmal hatte die Gesellschaft im Januar einen glänzenden Start gehabt. Die natürliche Auslese durch Urteilsspruch der Abonnenten – Abstimmung per Anmeldungs- und Kündigungsformular – stand zwar noch aus, aber Cab-Cos Eigentümer Herschel Morgason, ein Mann aus Minnesota, der in eine begüterte Familie aus Indianapolis eingeheiratet hatte, ließ keinen Zweifel daran, daß die Gesellschaft »gut im Rennen liege«.

»Die Fernsehwelt von Indianapolis befindet sich im Umbruch«, sagte Frank. »Sie haben genau den richtigen Augenblick für Ihren großen Schritt gewählt. Wirklich.«

»Ah«, sagte ich.

»Albert, haben Sie überhaupt eine Ahnung, wie viele verschiedene Dienstleistungen Sie anbieten?«

»Hm«, sagte ich.

»Ich habe eine Liste mit all dem zusammengestellt, was ein Privatdetektiv innerhalb der gesetzlichen Grenzen Otto Normalverbraucher anbieten kann. Und sie ist beeindrukkend, wahrlich beeindruckend.«

Er zog ein Stück Papier aus der Innentasche seines Jacketts und zwinkerte mir zu, bevor er es auseinanderfaltete. Dann las er vor: »Sicherheitsberatung. Firmenauskunft. Personenüberprüfung. Ermittlungen zur Verwendung vor Gericht. Überprüfung von Ansprüchen gegen Versicherungen. Aufklärung von Versicherungsbetrug. Personenschutz für Firmenpersonal und Privatpersonen. Kreditwürdigkeit. Politische Risikoanalyse. Aufklärung von Unfallhergängen. Fotodokumentation. Verdeckte Aktivitäten. Vermißtensuche. Ermittlung für Scheidungsverfahren. Maßnahmen zur Wiedereingliederung jugendlicher Straftäter. Beweisbeschaffung zur privaten oder gerichtlichen Verwendung. Ortung von Diebesgut. Ballistik, Stimmenanalyse, Lügendetektor. Auffindung von Vermögenswerten. Elektronische Maßnahmen und Gegenmaßnahmen. Zeugenvernehmung. Persönlicher Begleitdienst. Nachforschungen in Adoptionsfällen. Aufklärung von Betrug, Verschwörung und Korruption. Ermittlung bei Patentverletzungen. Wiederinbesitznahme. Kurierdienste. Eintreibung von Außenständen. Datenüberwachung. Nachforschungen zu Firmenaufkäufen und -fusionierungen.«

Frank legte seine Liste weg. Er lächelte. Er sagte: »Albert, ich ziehe meinen Hut vor Ihnen!«

Ich sagte nichts.

»Das i-Tüpfelchen«, sagte Frank, »das i-Tüpfelchen des Ganzen ist, daß Sie ein Einmannbetrieb sind. Das macht es zu einem Kinderspiel, Sie zu verkaufen. Sie sind nicht anonym und unpersönlich. Wenn die Leute Ihre Nummer wählen, weil sie einen Albert Samson engagieren wollen, dann haben sie auch Albert Samson am Apparat. Sie haben nicht mal eine Sekretärin. Das wird die Leute umhauen. Sie sind das Original. Absolut natürlich, ohne Konservierungsstoffe. Sie sind ein garantiert biologisch-dynamischer Vollkorn-Privatdetektiv ohne Zusatz von Chemikalien, und wenn wir erst mal loslegen, wird niemand mehr mit weniger zufrieden sein.«

»Ach ja?«

»Welche Honorare berechnen Sie?«

Ich gab ihm meine neuen Kurse, die ich festgesetzt hatte, als ich die Räume über der Imbißstube renovierte und über eine Werbekampagne nachzudenken begann. Kurse, die es mir auch ermöglichten, Arbeiten zu delegieren, wenn ich zu viele Aufträge bekam.

»Verdoppeln Sie sie«, sagte er.

Dann holte er die Storyboards hervor, die er vorbereitet hatte. Kurze Werbespots, die mich vorstellten.

»Moment mal, Frank. Ich habe keine Ahnung, wie man im Fernsehen etwas verkauft.«

»Sie müssen es selber machen, Albert. Sie sind das Produkt!«

»Aber...«

»Sehen Sie sich das hier mal an.«

Wir sahen es uns an.

»Der Werbespot beginnt mit einem Schauspieler. Ein Mann in mittleren Jahren. Übergewichtig. Mit Fünf-Uhr-Schatten. Der steht also vor einem Platz mit Gebrauchtwagen. Und spult seine Platte ab, erzählt, daß er die Leute bezahlen wird, damit sie seine Autos wegholen. Während er redet, blenden wir langsam den Ton aus, fahren gleichzeitig die Kamera zurück und zeigen – sehen Sie! –, daß er im Fernsehstudio steht. Und dann erscheinen Sie vor dem Set und sagen: ›Würden Sie bei diesem Mann einen Gebrauchtwagen kaufen?‹ Kurze Pause, um die Frage wirken zu lassen. Dann sagen Sie: ›Lassen Sie mich herausfinden, ob er ehrlich ist, bevor Sie Ihr Geld aufs Spiel setzen.‹ Sehen Sie, Sie haben das Wort ›ehrlich‹ benutzt, und die Leute werden es mit Ihnen in Verbindung bringen. Dann folgen Ihr Logo, Ihr Name, Ihre Adresse und Telefonnummer.«

»Mein Logo?«

»Und die ganze Zeit über lassen wir als Untertitel die Liste mit all Ihren Dienstleistungen durchlaufen. Und zwar in jedem Spot. Das wird eine Wucht!«

Er trat einen Schritt zurück und sah mich mit diesen leuchtend grünen Augen an. Er sagte: »Vertrauen Sie mir, Albert. Ich weiß, wir kriegen das hin.«

Und einen Augenblick lang, nur einen, glaubte ich ihm.

5

Frank ging um halb fünf. Ich hatte ihm die Vollmacht erteilt, Pläne für ein verfünffachtes Budget auszuarbeiten.

Nun, ich hatte schließlich das Geld von Charlotte Vivien.

Aber als er weg war, setzte ich mich an meinen Schreibtisch und kehrte in die Welt zurück, die ich kannte. Ich konnte kaum glauben, was ich getan hatte.

Andererseits – der Zweck der Übung war doch, daß ich nie wieder der Arbeit hinterherlaufen mußte, oder? Und wenn ich mir Mühe gab, ein Packen-wir's-an-Detektiv zu werden, dann würde ich doch vielleicht, nur vielleicht...

Laut Uhr sollte ich eigentlich Hunger haben, aber mir war nicht nach essen. Ich schaltete den Fernseher ein: PBS, ohne Werbung. Ich sah mir an, wie ein wunderlicher Kommentator behauptete, daß man jetzt, da das Kohlendioxyd die Erde global erwärme, im Winter weniger zu heizen brauche. Auf diese Weise würden weniger fossile Brennstoffe verheizt und daher weniger Kohlendioxyd produziert, so daß sich am Ende wieder ein Gleichgewicht einstellen müßte. Also brauchten wir uns nun doch keine Sorgen wegen des Klimas zu machen.

Ich versuchte, wieder ganz zu mir zu kommen.

Er hatte mich einfach in einer schwachen Stunde erwischt, dieser Frank.

Und ich hatte nichts getan, was sich nicht wiedergutmachen ließe.

Und indem ich Frank beschäftigte, hatte ich meiner Flamme eine hübsche Gelegenheit verschafft, sich die blonde Lucy noch einmal vorzuknöpfen.

Ziemlich überzeugendes Frauenzimmer, meine Flamme.

Außerdem würde sie wahrscheinlich gutheißen, was ich getan hatte. Wir konnten ausgehen, feiern. Uns einen Film reinziehen.

Meine Tagträumereien wurden unterbrochen. Ich hörte Schritte auf der Treppe zum Büro.

Zuerst konnte ich es nicht glauben.

Halb sechs. Und keine vernünftige Erklärung, wer das sein könnte.

Andererseits steigt man nicht versehentlich eine Reihe von Metallstufen hinauf, an deren Fuß ein Wegweiser mit der Aufschrift Zum Detektiv steht. Sogar das Neonschild darf sich am Sabbat ausruhen.

Dann hielten die Schritte inne. Jemand drückte auf meine Klingel. Die Klingel, die mit dem Knopf unter dem Messingschild verbunden ist, auf dem steht: Albert Samson, Privatdetektiv.

Ganz bestimmt kein Klient. Kein sorgengeplagter Einheimischer konnte heute Hilfe oder Beistand erwarten. Oder Sicherheitsberatung, Personenüberprüfung, Ermittlungen zur Verwendung vor Gericht, Personenschutz für Firmenpersonal und Privatpersonen, politische Risikoanalyse und Maßnahmen zur Wiedereingliederung jugendlicher Straftäter. Nicht an einem Sonntag.

In Indiana kriegt man sonntags nicht mal ein Bier.

Trotzdem ließ sich nicht leugnen, daß da offensichtlich jemand war.

Ich ging an die Tür.

Draußen stand ein dünner, knochiger Mann mit einem dunklen Haarschopf, der sein Gesicht zur Hälfte verdeckte.

Trotzdem war unübersehbar, daß es sich um Quentin handelte, den Partybriten.

Ich war zu erstaunt, um etwas zu sagen.

Er nicht. Er sagte: »Wie fanden Sie's denn so?« Ich starrte ihn an.

»Die Party. Hat Ihnen das etwa gefallen?«

Da die Party unaussprechlich gewesen war, sagte ich nichts.

»Hören Sie mal«, sagte er, »tut mir leid, wenn Sie nicht gut drauf sind, aber darf ich trotzdem reinkommen?«

»Was wollen Sie?«

»Sie engagieren«, sagte er.

»Mich engagieren? Wozu?«

»Ich will Ihnen nicht auf die Nerven gehen, alter Junge, aber die Sache ist ziemlich wichtig.«

Na gut.

Ich trat zur Seite, und er kam herein. Mitten im Zimmer schüttelte er den Kopf, so daß er einen Sekundenbruchteil lang über die Sehkraft beider Augen verfügte. Er sah sich um, sagte dann aber zu mir: »Ich wußte es gleich, als ich sah, wie mannhaft Sie sich durch mein abscheuliches Mordskript kämpften.«

»Sie wußten was?«

»Daß Sie jemand sind, mit dem ich reden kann. Eine verwandte Seele.«

Ich wartete. Es war nicht der richtige Tag, um meine Geduld auf die Probe zu stellen.

»Wissen Sie, in England ist ein Albert entweder ein Arbeiter oder ein Prinz.«

»In Indiana ist ein Albert ein Privatdetektiv, der keine

sonntäglichen Störungen mag. Wenn Sie etwas zu sagen haben, dann kommen Sie bitte zur Sache.«

Er lachte sein albernes Lachen. Dann schlug er mir auf die Schulter, von Mann zu Mann. »Ich habe etwas zu sagen«, sagte er.

»Und?«

»Ich brauche Ihre Hilfe bei der Ermordung meiner Frau.«

6

Er grinste, als ich ihn ansah. Sein Gesichtsausdruck war der eines zufriedenen Kindes.

»Raus«, sagte ich.

»Nein, nein! Es hat alles seine Ordnung, wirklich. Es ist nichts Illegales.«

Und zum ersten Mal verspürte ich einen Funken von Interesse. Er erweckte den Packen-wir's-an-Detektiv in mir immerhin so weit zum Leben, daß ich fragte: »Sie wollen mich engagieren, das heißt für Geld?«

»Ja.«

»Amerikanische Zahlungsmittel?«

Er setzte sich auf meinen Klientenstuhl und summte vor sich hin.

Der Packen-wir's-an-Detektiv schloß seinen Schreibtisch auf und suchte seinen Terminkalender, während er über die verschlungenen Pfade nachdachte, auf denen sein Leben ihn just zu diesem Augenblick geführt hatte. Der Packen-wir's-an-Detektiv fragte sich noch einmal, ob Geld wirklich den

Aufwand lohnte, es zu verdienen. Aber dann dachte der Packen-wir's-an-Detektiv an das Gesicht, das er bei seiner Flamme verlieren würde, wenn er einen zahlenden Klienten abwies, ohne ihn vorher anzuhören.

Ich sagte: »Sie sollten besser erklären, worum es eigentlich geht.«

»Sie müssen zunächst wissen, daß ich ein Poet bin.« Quentin schaukelte mit dem Stuhl zurück und schüttelte sich wieder für einen Augenblick die Haare aus dem Gesicht.

Der angestaute Stress übermannte mich.

Ich sagte: »Name: Poet. Also, Herr Poet, wenn ich recht verstehe, wollen Sie von mir, daß ich eine lästige Gemahlin um die Ecke bringe. Wie hätten Sie's denn gern? Gift? Erhängen? Bazooka? Die eigentliche Frage ist, ob Sie sie schnell von ihrem Elend erlösen möchten oder ob Sie die Sache lang und qualvoll gestalten wollen. In letzterem Fall darf ich Ihnen vielleicht einen Tod durch natürliche Umstände empfehlen, denn ich kann mir keine schlimmere Qual für sie vorstellen, als den Tod durch fortgesetzte Ehe mit einem Wichser wie Ihnen.«

Bei diesen Worten beugte Quentin sich vor. Die Haare fielen ihm wieder übers Gesicht, und ich fragte mich, ob ihr fortgesetzter Anblick mich hypnotisieren würde. »Bitte, Albert!« sagte er. »Ich brauche Ihre Hilfe.«

Ich wartete.

»Ich bin Poet«, sagte er. »In meinem eigenen Land nicht direkt mit Ehren überhäuft, aber auch kein Niemand. Außerdem habe ich ein wenig ererbtes Geld. Und wie das Sprichwort sagt, Geld regiert die Welt, daher war es mir möglich, mich ganz meiner Kunst zu widmen, vorausgesetzt, ich unterdrückte jeglichen Wunsch nach persönlichem Luxus.«

Er rutschte hin und her, um sich den Luxus größerer Bequemlichkeit auf dem Stuhl zu sichern.

Ich sagte: »Sprechen Sie weiter.«

»Vor ungefähr einem Jahr fiel eine meiner Gedichtsammlungen Mrs. Charlotte Vivien in die Hände. Charlotte ist keine große Kennerin der Dichtung, aber sie weiß, was ihr gefällt.«

»Und Ihre Gedichte gefielen ihr?«

»Glücklicherweise ja«, antwortete er.

»Und?«

»Charlotte ist, wie Sie zweifellos wissen, seit dem Tod ihres Mannes extrem wohlhabend, so daß sie ihren Neigungen nachgehen kann. Sie hat dafür gesorgt, daß ich nach Indianapolis kam. Ich habe ein längeres Autorenstipendium bekommen, von dem jetzt gerade vier Monate abgelaufen sind. Das bedeutet ein paar Workshops in Bibliotheken und Schulen, aber meistens schreibe ich nur.«

»Das klingt sehr bequem. Also, wo liegt das Problem?«

»Mein Problem ist, daß ich mich verliebt habe.«

Damit hatte ich nicht gerechnet. Meine Gedanken hatten sich eher in Richtung, sagen wir, Spielschulden entwickelt.

»Verliebt zu sein!« Er streckte die Arme aus und blickte zum Himmel empor. Nun ja, zu meiner Decke. Aber zum ersten Mal sah er aus, wie Poeten aussehen sollten. »Ich hätte niemals gedacht, daß mir das bei einer amerikanischen Frau je passieren würde.«

»In wen genau haben Sie sich denn verliebt?«

»In Charlotte natürlich. War das gestern abend nicht offensichtlich?«

»Nicht für mich.«

»Ah, Sie waren viel zu sehr mit der demütigenden Vorstellung beschäftigt, für die man Sie engagiert hatte.«

»So wird's wohl sein.«

»Sie haben Ihre Sache sehr gut gemacht, fand ich. Besonders beeindruckt hat mich Ihre Aura von Weltverdrossenheit – Marke ehrlicher Geselle, der zu außergewöhnlichen Maßnahmen greifen muß, aber immer noch genug Würde behält, um sich nicht restlos zu verkaufen. Sie können meinen Körper kaufen, aber nicht mein Herz. Daß Sie dann in das Fingerabdruckpulver geniest haben, fand ich, war ein beinahe genialer Augenblick. Eine brillante Vorführung mit der Botschaft: ›Ich mag ja ein dressierter Affe sein, aber ich werde trotzdem nicht nach eurer Pfeife tanzen.‹«

Ich empfand verschiedene Dinge gleichzeitig, unter anderem auch Überraschung darüber, daß er einer anderen Person als sich selbst soviel Aufmerksamkeit geschenkt hatte.

Und dann sagte er: »Es überrascht Sie, daß ich bemerkt habe, was Sie durchmachten, nicht wahr?«

Unter den gegebenen Umständen blieb mir nichts anderes übrig, als zu sagen: »Ja.«

»Sie sehen also, wir sind tatsächlich verwandte Seelen, Sie und ich.«

»Und Sie haben eine Ehefrau, die Sie ermordet haben wollen.«

»Ja«, sagte er. »Und nein.«

Ich stieß einen weltmüden Seufzer aus.

»Ich war immer der Meinung, daß die Poesie der Freiheit bedarf, daher habe ich nie eine Ehe geschlossen.«

»Sie möchten Ihre Frau ermordet haben, waren aber nie verheiratet?«

»So ist es.«

Ich sagte kein Wort. Mein Gesichtsausdruck mag aber durchaus beredt gewesen sein.

»Wenn ich eine Frau kennenlerne, sage ich immer, ich sei verheiratet. Das beugt zu hohen Erwartungen vor.«

»Oh.«

»Aber ich hätte keinen einzigen Augenblick geglaubt, daß diese mittelwestliche Festung selbstgerechten Materialismus eine so durch und durch fesselnde Frau wie Charlotte beherbergen könnte. Ich bin ganz und gar von ihr eingenommen. Also möchte ich heiraten. Ich will heiraten. Daher muß ich zuerst meine ›Frau‹ abstoßen.«

»In Ordnung. Erzählen Sie ihr, daß Sie doch nicht verheiratet sind.«

»Nein.«

»Zu einfach?«

»Charlotte ist wohlhabend. Geradezu ordinär reich, um genau zu sein.«

»Es haben sich schon früher Männer damit abgefunden, daß sie reiche Frauen heirateten.«

»Ja, aber für Charlotte ist es ein Problem. Hat was damit zu tun, was sie von den Männern denkt. Vor allem von ärmeren Männern. Wie von mir zum Beispiel.«

»Wie es sich für ein gutes, vernünftiges Mädchen aus Indiana gehört.«

»Wenn ich ihr meine Liebe erkläre, wird Charlotte vielleicht Nachforschungen über mich anstellen lassen. Das hat sie schon bei anderen Männern getan.«

»Das Mädel gefällt mir immer besser.«

»Daher muß ich meine ›Frau‹ auf eine Art und Weise loswerden, die sicherstellt, daß sie nicht als Gespenst wieder auftaucht und mir Schwierigkeiten macht.«

»Sie haben Angst, vom Geist einer Phantomfrau verfolgt zu werden?«

»Ich werde mir eine Geschichte über den Tod meiner Frau ausdenken. Aber ich bin kein Geschichtenerzähler. Ich bin Dichter. Also brauche ich Sie, um mögliche Schwächen auszumerzen. Ich möchte, daß Sie das Ganze vom detektivischen Standpunkt aus analysieren. Daß Sie von der Perspektive, aus der ein Detektiv vielleicht arbeiten würde, mögliche Schwächen aufspüren.«

»Aber können Sie nicht einfach sagen, Ihre Frau wäre plötzlich gestorben, und es dabei belassen?«

»Ich habe beschlossen«, sagte Quentin, »sie ermorden zu lassen.«

»Warum?«

»Weil ich Charlotte dann leid tun werde.«

»Sie möchten, daß ich Ihnen helfe, einen fiktiven Mord so überzeugend darzustellen, daß die Dame Ihres Herzens irrtümlich solches Mitleid mit Ihnen hat, daß sie Sie heiratet?«

»Ich weiß, es klingt jämmerlich«, sagte er.

»Mir gefällt das nicht«, sagte ich.

»Ich werde Sie gut bezahlen.« Er nahm einen Umschlag aus seiner Tasche. »Ich habe Ihnen einen Vorschuß mitgebracht. Bargeld. So macht man das doch, oder? Damit Sie keine Steuern dafür zahlen müssen. Sind tausend Dollar genug?« Er schob mir den Umschlag über den Schreibtisch.

»Tausend Dollar? Für so etwas?«

»Ich weiß, es ist nicht annähernd so viel, wie Sie für gestern abend bekommen haben.«

»Ich muß darüber nachdenken.«

»Nun, warum behalten Sie das Geld nicht, bis Sie sich entschieden haben. Sie können es mir ja zurückgeben, wenn Ihre Skrupel es Ihnen verbieten, die Sache zu übernehmen. Minus fünfzig, sagen wir, fürs Nachdenken. Fair? Warten Sie, bis Sie genau wissen, was ich mir ausgedacht habe.«

Ich dachte darüber nach. Meine Flamme würde sagen: »Fünfzig für nichts.« Ich sagte: »Na schön.«

»Wunderbar.«

»Aber die Sache läuft über die Bücher. Und, zu Ihrer Information, ich bezahle meine Steuern.«

»Abgemacht«, sagte er. »Und, Albert, ich bin sicher, Sie werden gegen das, worum ich Sie am Ende bitte, nichts einzuwenden haben. Solche Dinge weiß ich immer schon im voraus.«

›Sie wissen einen Scheißdreck, Poet‹, sagte es in meinem Kopf.

Ich holte meinen Quittungsblock hervor. Ich zählte das Geld im Umschlag. Zwanzig neue Fünfzig-Dollar-Scheine. Ich übertrug ihre Seriennummern auf die Quittung. »So«, sagte ich, »und jetzt Ihr Name.«

»Quayle«, sagte er.

»Was?«

»Quentin Quayle. Und mein zweiter Vorname ist Crispian.«

»Ihr Familienname ist Quayle? Wie...«

»Genau.«

»Sind Sie verwandt?«

»Nicht daß ich wüßte, aber der Name ist bei den Manx sehr häufig, und ich habe mir sagen lassen, daß er Manx unter seinen Vorfahren hat.«

»Manx?«

»Die Einwohner der Isle of Man. Das ist ein Teil Großbritanniens.«

»Oh.«

»Das allein hat Charlotte auf meine Arbeiten überhaupt aufmerksam gemacht. Der Name. Der Zufall.«

»Oh. Na gut.« Ich stellte die Quittung auf Quentin Crispian Quayle aus, notierte mir seine Adresse und Telefonnummer und ließ ihn dann seiner Wege ziehen.

7

Meine Flamme sah nicht, wo das Problem lag. »Du schuldest Charlotte Vivien doch nichts.«

»Ich weiß.«

»Und eigentlich – wenn man an einige Dinge denkt, die du von ihr erzählt hast...«

»Sie hat bloß eine ziemlich blöde Vorstellung davon, was eine gute Party ist. Ich habe nie gesagt, sie sei nicht in Ordnung.«

»Aber du übernimmst doch auch Scheidungssachen, wenn du sie bekommen kannst, oder?«

Sie wußte, daß ich das tat.

»Und du stellst Nachforschungen für Rechtsanwälte an, ohne daß du ihre Klienten billigen müßtest, ja, manchmal sogar, ohne überhaupt zu wissen, für welche Streitigkeiten deine Arbeit benutzt wird.«

»Ja«, sagte ich gedehnt.

»Na und...?«

»Mir gefällt einfach der Gedanke nicht, mich engagieren zu lassen, um jemanden vorsätzlich zu täuschen. Juristische Verfahren sind immer ein Gegeneinander, und dasselbe gilt für Scheidungen. Ehen dagegen werden im allgemeinen nicht so betrachtet.«

»Du warst schon immer ein hoffnungsloser Romantiker«, sagte sie.

»Na komm schon. Du bist doch sonst nicht so verflucht zynisch, wenn es um die Liebe geht.«

»Wenn es um die Liebe geht, nicht, aber bei der Ehe schon. Al, wenn diese Vivien die absurden Manipulationen deines Freundes Quentin nicht durchschaut, dann ist sie doch ohnehin Freiwild?«

»Verwandte Seelen.«

»Wie bitte?«

»Quentin und ich sind verwandte Seelen, nicht Freunde.«

»Hmm.«

»Ich verstehe, was du sagen willst, aber während Quentin redete, verspürte ich einen deutlichen Beschützerdrang. Die arme Frau hat so viel Geld, daß sie jedem Mann gegenüber mißtrauisch sein muß, der auch nur lächelt.«

»Wenn ihr Geld ihr soviel Sorgen macht, soll sie es doch weggeben. Und wenn du irgend jemanden beschützen möchtest, wie wär's dann, wenn du dich für eine Frau stark machen würdest, die es auch verdient hat? Für eine Frau, deren Tochter sich kategorisch weigert, von den schmerzlich erworbenen Erfahrungen ihrer Mutter zu profitieren?«

Ich machte mich stark.

Der Schlaf machte mich klüger. Am Montagmorgen war ich bereit zu tun, was immer der Poet wollte. Ich hatte ziemlich viele Jahre in das Detektivspiel investiert. Es war an der Zeit, daß sie sich bezahlt machten. Und ich mußte daran denken, daß ich bald ein hungriges Werbebudget zu füttern hatte.

Ich rief bei einer der größten Detekteien in der Stadt an. Das Glück wollte es, daß ich gleich für den Nachmittag einen Termin bei Graham Parkis ausmachen konnte, dem Boss der Agentur. Wenn ich auch nur ein Zehntel der Aufträge bekam, die Frank mir prophezeite, würde ich einen Teil der Arbeit abgeben müssen. Daher mußte ich jetzt mit einer größeren Agentur eine grundsätzliche Regelung aushandeln.

Parkis hatte Franks Mutter, als sie sich von seinem Vater scheiden ließ, wertvolle Dienste geleistet. Hatte geheime Bankkonten aufgespürt, Grundbesitz und Frauengeschichten, und dafür gesorgt, daß Franks Vater als totales Wrack zurückblieb. Daher konnte Frank ihn nur empfehlen. Kein bißchen sentimental, unser Frank.

Dann, gegen Viertel nach zehn, rief mich das Faktotum einer Rechtsanwaltskanzlei in der Stadt an. Es sagte, einer der Gesellschafter sei mit seiner Frau bei Charlotte Viviens Mordbankett gewesen.

»Mr. Andrews sagt, seine Frau fände Sie süß«, erklärte das Faktotum mir eisig. »Sie möchte, daß ihr Mann Sie einstellt. Das heißt, wenn Sie Ermittlungsaufträge übernehmen. Oder betätigen Sie sich bloß auf Partys?«

Ich versicherte dem Faktotum, daß ich aktiver Detektiv sei.

Das Faktotum erkundigte sich nach meinem Honorar. Franks Anweisung, meine Honorarforderungen zu verdoppeln, folgte ich nicht, schlug aber als Beweis meines guten Willens fünfundzwanzig Prozent auf. Das Faktotum zuckte mit keinem Ohrläppchen. Es hatte Vollmacht, mir auf der Stelle einen Job anzubieten. Es handelte sich um einen winzigen Teil der Nachforschungen für einen Klienten, der eine Fusion erwog. Ich nahm an und schätzte, daß ich ungefähr zwei Tage brauchen würde. Das Faktotum wies mich an, gegen Mittag in der Kanzlei aufzutauchen.

Schade, daß ich mich nicht daran erinnern konnte, welche Partybesucherin Mrs. Andrews war.

Aber ein Packen-wir's-an-Detektiv würde es rausfinden. Sich dafür das Videoband von der Party beschaffen. Stimmt's?

Also rief ich Charlotte Vivien an.

Loring war am Apparat. Er ließ sich meinen Namen geben und machte sich daran, Mrs. Vivien zu fragen, ob sie zu Hause sei.

»Mr. Samson«, sagte Charlotte Vivien. »Wie nett, von Ihnen zu hören. Dauernd erzählen mir Leute, wie sehr sie Ihren Beitrag zu meinem kleinen Abend genossen hätten.«

»Oh. Hm. Danke.«

»Ich weiß, es war schwierig für Sie, aber ich bin mir

sicher, daß niemand es hätte besser machen können«, sagte sie.

»Ich habe versucht, nicht durchblicken zu lassen, wie überaus deplaziert ich mich fühlte.«

»Die Verhöre haben Sie ganz besonders gut hinbekommen.«

»Der Reiz des Neuen war die Hauptsache. Ich glaube aber nicht, daß Ihre Gäste es auch nur halb so amüsant gefunden hätten, wenn die Verhöre einen realen Hintergrund gehabt hätten.«

»Natürlich nicht.«

»Aber immerhin hat mir der Abend zwei weitere Jobs eingetragen.«

»Sie meinen, meine Gäste hätten Sie engagiert?«

»Genau.«

»Meine Güte! Wer denn?«

Ich lachte. »Das kann ich Ihnen doch nicht verraten, Mrs. Vivien.«

Sie fand das gar nicht witzig. Mit einigem Nachdruck bemerkte sie: »Na, sicher können Sie mir doch die Namen nennen. Es ist ja nicht so, als hätte ich Sie gefragt, ob es sich um Scheidungssachen handelt.«

»Tut mir leid«, sagte ich. »Ich darf Ihnen keine Einzelheiten über vertrauliche Fälle mitteilen. Aber es geht nicht um Scheidungen.«

»Sie wollen es mir also nicht erzählen?« Sie war daran gewöhnt zu bekommen, was sie wollte.

»Nein«, antwortete ich. »Ich habe aber eigentlich nicht angerufen, um mich auf einen ethischen Disput einzulassen.«

»Weswegen haben Sie dann angerufen?«

»Sie haben mir freundlicherweise eine Videoaufnahme von der Party angeboten. An dem betreffenden Abend habe ich es nicht angenommen, aber wenn es noch möglich wäre, hätte ich doch gern eine Kopie.«

»Sie haben Ihre Chance gehabt«, sagte sie und legte auf.

Also hatten sie und der Poet einander vielleicht doch verdient.

Aber man ließ mir keine Zeit, über die unerwartete Unfreundlichkeit nachzugrübeln. Bevor ich aus dem Haus ging, klingelte das Telefon noch viermal. Zwei Rechtsanwälte, für die ich in der Vergangenheit kleinere Jobs erledigt hatte, und zwei Anrufer, die Termine vereinbaren wollten, um mit mir über andere Aufträge zu reden. Kein einziges Mal verwählt, lauter nette Leute, nicht einer ein Sittenstrolch.

Es war Montagmorgen, wir hatten die Fernsehspots noch nicht gemacht, und ich war bereits *der* Geheimtip.

Die Tagtraumblödelei mit Frank stand definitiv auf der Tagesordnung: »Besorgen Sie mir einen Albert Samson!«

Ich habe mal eine Fernsehsendung gesehen, in der ein Schauspieler namens Jack Elam interviewt wurde. Er beschrieb die Stadien einer Schauspielerkarriere in Hollywood. Es gibt insgesamt sechs Stadien: 1. Wer ist Jack Elam? 2. Wird es nicht billiger, wenn wir, sagen wir, Jack Elam nehmen? 3. Schaffen Sie mir Jack Elam her! 4. Wir werden wohl genug Geld für Jack Elam auftreiben müssen. 5. Besorgen Sie mir einen Jack-Elam-Typ. 6. Wer ist Jack Elam?

Vielleicht, ja vielleicht, machte ich langsam den Schritt von 1 nach 2.

8

Graham Parkis wartete bereits an der Tür, als seine Sekretärin mich hereinführte. Wir schüttelten uns die Hände, und ich sagte: »Danke, daß Sie mir so kurzfristig einen Termin eingeräumt haben. Das war sehr freundlich.«

»Kein Problem, Samson. Ich versuche immer, ein Auge auf die anderen Jungs in unserem Geschäft zu haben. Um die dicken Jobs mögen wir zwar nach allen Mitteln der Kunst konkurrieren, aber unter den Narben und dem Schorf haben wir doch alle dasselbe rote, flüssige Zeug im Leib. Es ist eine Scheißart, sich sein Geld zu verdienen. Alle hassen einen: die Bullen, die Objekte, sogar die eigenen Klienten. Wenn wir nicht ein bißchen aufeinander achtgeben, an wen sollen wir uns dann wenden?«

»Ähm, ja.«

»Fühlen Sie sich ganz wie zu Hause«, sagte er. Er winkte mich in den Raum.

Einen Augenblick lang ließ sich schwer sagen, wo ich war. Dann kam ich langsam drauf, daß es sich um ein Büro handeln mußte, denn auf einem Walnußschreibpult in der Ecke blinkte ein Computerterminal. Ansonsten hätte ich auf eine Bar in einem Puff in Nevada getippt. Ungefähr so raffiniert war der Raum eingerichtet.

»Cognac?« fragte Parkis. Er nahm zwei hohe Gläser von einem Regal mit Goldrand und kehrte mir dann den Rücken zu, um einen kleinen Kühlschrank zu öffnen.

»Nicht für mich«, sagte ich. »Vielen Dank.«

Parkis zog einen weißen Kübel heraus und schnippte den Deckel auf. »Eiscreme«, sagte er.

»Oh.«

»Ich bin selber Abstinenzler, verstehe Sie also. Mein Drink heißt Eiscreme.«

In dem Kübel steckte ein Löffel. Parkis ließ zwei große Klumpen in eins der Gläser fallen.

»Wollen Sie auch was? Vanille.«

»Nein, danke.«

Er nickte und schob die Eiscreme wieder in den Kühlschrank. Aber bevor er sich mir wieder zugesellte, goß er noch Cola in sein Glas. Die Flüssigkeit sprudelte über der kälteren Eiscreme auf. Parkis lächelte selbstzufrieden. »Als Kind habe ich das immer eine braune Kuh genannt. Einfach köstlich. Was kann ich für Sie tun, Samson?«

Ich erklärte ihm, daß ich Unterstützung wollte für den Fall, daß ich zu viel zu tun bekam, um all meine Aufträge selbst erledigen zu können.

»Kein Problem, was das Personal betrifft«, sagte er. »Ich habe jede Menge Jungs und Mädels, die nur auf Arbeit warten. Aber welche Bezahlung haben Sie sich vorgestellt?«

Ich erzählte ihm, was ich berechnen wollte.

»Oje«, sagte er. Er rührte in seiner ›Kuh‹. »Ich nehme an, einige würden es wohl auch dafür tun.« Er dachte noch ein wenig länger nach. Er beschloß, sich einem Rotes-Flüssiges-Zeug-Bruder großzügig zu zeigen. »Ja, ja. Ich werd das Kind schon schaukeln. Wird natürlich nicht mehr viel für Sie übrigbleiben.«

»Oh.«

»Ja, ich verstehe – Sie wollen sicherlich den Markt vom billigen Ende her aufrollen und hoffen, daß Sie das später auch an die größeren Sachen heranbringt. Ja, ich verstehe.«

Er kostete das braune, flüssige Zeug in seinem Glas und fand, es schmecke zu seiner Zufriedenheit.

Frank hatte in seinem Übereifer etwas durcheinandergebracht. Ich mag zwar keine Sekretärin haben, aber wenn die Leute einen Albert Samson anrufen, haben sie nicht immer den Mann selbst an der Strippe. Manchmal kriegen sie seinen Anrufbeantworter.

Und zwar ein erstklassiges Modell, das ich mein eigen nenne, seit ich über der Imbißstube eingezogen bin. Es nimmt lange Nachrichten auf. Mit Fernabfrage. Ich kann sogar meinen Ansagetext telefonisch ändern.

Und das Ding funktioniert.

Im Laufe der Woche verdiente sich mein Anrufbeantworter seine Elektronen, indem er eine Reihe von Anrufen abfertigte, zu denen auch zwei weitere »Sofort«-Jobs zählten.

Aber mein Poet ließ nichts mehr von sich hören. Was mir kein großes Kopfzerbrechen bereitete. Vielleicht stellt sich bei so einem Poeten ja eine Schreibblockade ein, wenn er seine fiktive Ehefrau ermorden will.

Was mich schon mehr überraschte, war die Tatsache, daß ich nichts mehr von Frank hörte. Allerdings veranlaßte mich das nicht, ihn anzurufen.

Ich hatte die ganze Woche lang beeindruckend und zufriedenstellend viel zu tun.

Aber am Samstagnachmittag war ich mal wieder in meinem Büro. Mein Zeitplandiagramm zeigte eindeutig, daß ich von fünfzehn Uhr fünfzehn bis fünfzehn Uhr fünfunddreißig Rechnungen schrieb. In Wirklichkeit aber las ich.

Ein Buch. Nur ein paar Minuten lang. So wie ich es in früheren Zeiten getan habe. Bevor ich ein Verkaufsschlager war.

Und dann klingelte es an meiner Tür.

Das überraschte mich. Nicht, weil ich mich etwa nicht langsam an die kleinen Tricks gewöhnt hätte, mit denen die Klienten sich Aufmerksamkeit zu verschaffen suchen, sondern weil ich niemanden die Treppe hatte heraufkommen hören. Es ist zwar eine Außentreppe, aber eine aus Metall, ohne jeden Kompromiß hinsichtlich akustischer Immissionen.

Ich legte das Buch weg und ging an die Tür.

Draußen stand eine junge Frau. »Ja?« sagte ich.

Sie trug einen braunen Mantel, der ihr zwar bis zu den Knöcheln reichte, vorn aber so weit geöffnet war, daß ich die Turnschuhe darunter sehen konnte.

»Sind Sie ... Sind Sie ...?« Die Stimme, soweit man es Stimme nennen konnte, kam unter einem Schlapphut und hinter einer fadenscheinigen Maske aus hellgelbem Fell hervor.

»Bin ich«, sagte ich. »Möchten Sie hereinkommen?«

Sie blickte zur Straße und lenkte damit meine Aufmerksamkeit auf einen hellgrünen Kombi, der ein Stück weiter vor der Tankstelle parkte. Ich konnte nicht sehen, ob irgend jemand drin saß, aber ich hätte gewettet, daß die junge Frau auf dieser Welt nicht ganz allein dastand.

»Äh, Sie sind der Detektiv, nicht wahr?« sagte sie.

»Stimmt.«

»Ja, ich komme rein.«

Der kurze Blick auf die Straße hatte meiner Besucherin

geholfen, ihr Sprachvermögen wiederzufinden. Wir gingen hinein und setzten uns auf die Plätze, die unseren jeweiligen Rollen zukamen.

Auf meinem Klientenstuhl pflegte sich früher der Staub zu sammeln. Jetzt schwelgte ich in der Phantasievorstellung, daß er sich eines Tages abnützen könnte.

Zuerst fiel es mir schwer, das Alter meiner Besucherin zu schätzen. Zwanzig und müde? Fünfunddreißig und in toller Form?

»Mein Name ist Albert Samson.«

»Äh, Kate King«, sagte sie.

»Kann ich Ihnen irgendwie helfen, Ms. King?«

»Es ist ein bißchen kompliziert.«

»Ich bin ein bißchen simpel. Das gleicht die Sache für gewöhnlich aus.«

Der Gedanke dahinter war nämlich, ihr die Befangenheit zu nehmen.

Ich hatte keinen sichtbaren Erfolg.

»Äh, also, ich müßte erst wissen, äh, wie das mit der Vertraulichkeit bei Leuten wie Ihnen aussieht. Äh, ich meine nicht Leute wie Sie persönlich, sondern, äh, na eben detektivmäßige Leute.«

Oh.

»Das Gesetz des Staats besagt, daß ich die Informationen, an die ich bei der Arbeit für Sie herankomme, nur Ihnen als Klientin weitergeben darf. Ist es das, was Sie wissen wollten?«

»Äh, ja. Teilweise. Aber was wäre, wenn, sagen wir, jemand anderes, also nicht Ihr Klient, zu Ihnen käme und sagte: ›Hören Sie mal, der Soundso, für den Sie arbeiten –

erzählen Sie mir doch mal, wer das ist und was er von Ihnen will.‹ Was machen Sie, wenn das passiert?«

»Ich sterbe mit versiegelten Lippen.«

Sie sah mich aufmerksam an. »Ist das Ihr Ernst?«

Ihr Ernst war es ganz gewiß.

Ich sagte: »Die einzige Ausnahme davon sind Fälle, bei denen es um irgendwelche Verbrechen geht. In diesem Falle besagt das Gesetz, daß ich verpflichtet bin, mit der Polizei zusammenzuarbeiten.«

»Oh«, sagte sie.

Das war für sie also keine Beruhigung. Sie sagte: »Und was ist mit Ihnen? Wonach entscheiden Sie, wann Sie zu den Bullen gehen? Reicht ein Strafmandat, daß Sie zur Polizei laufen, um dort Ihr Herz auszuschütten, oder was?«

Ich kam zu dem Schluß, daß sie zwanzig und müde war.

»Ich bemühe die Polizei erst dann, wenn ich das Gefühl habe, daß es unbedingt nötig ist«, sagte ich so onkelhaft, wie ich konnte. »Aber niemand kann in meinem Geschäft ohne vernünftige Beziehungen zu unseren Freunden in Grün überleben.«

Das beruhigte sie auch nicht.

Ich sagte: »Sie haben irgendeine Art von Problem, stimmt's?«

»Hm, könnte sein.«

»Und Sie glauben, ich könnte Ihnen vielleicht helfen.«

»Möglich.«

»Und gehe ich recht in der Annahme, daß Sie schon ziemlich verzweifelt sein müssen, um mich hinzuzuziehen?«

»Das können Sie laut sagen.«

In anderer Gesellschaft hätte ich das vielleicht getan. Aber nicht bei zwanzig, müde und humorlos.

Also sagte ich: »Ich schlage folgendes vor – da Sie einmal hier sind, erzählen Sie mir, was Sie bewegt. Dann werde ich Ihnen sagen, ob ich Ihnen meiner Meinung nach helfen kann. Das ist kein Trick. Ich werde Ihnen nichts berechnen.«

»Geld ist kein Problem«, sagte sie.

Wahrscheinlich war ich der einzige auf der Welt, für den Geld ein Problem war.

Ich sagte: »Aber bevor Sie irgend etwas sagen, möchte ich Ihnen eine bessere Vorstellung davon geben, in welcher Art von Situation ich zur Polizei gehen müßte.«

Sie sagte nichts und hörte sehr genau zu.

Ich sagte: »Wenn Sie mir erzählen würden, daß Sie gerade jemanden ermordet haben oder daß Sie ein anderes schwerwiegendes Verbrechen begangen haben…«

»Ich habe niemanden ermordet«, sagte sie hastig.

»Nehmen wir andererseits einmal an, Sie machten sich Sorgen, daß Ihr Freund heroinsüchtig sei. Das würde mich nicht auf der Stelle zur Polizei laufen lassen, aber wenn Sie mir erzählen würden, daß er einen Mord begangen hätte, dann würde ich die Bullen anrufen. Hilft Ihnen das weiter?«

»Nicht viel.«

»Ich geb mir alle Mühe«, sagte ich.

»Ja«, sagte sie. »Das merke ich.« Und zum ersten Mal waren Tonfall wie Inhalt ihrer Worte etwas persönlicher.

»Nun, vielleicht können Sie mich ja nach etwas fragen, das Ihnen bei Ihrer Entscheidung hilft.«

»Angenommen, ich wäre wegen irgendwas auf der Flucht.«

»Das hinge von den Einzelheiten ab.«

Sie seufzte.

»Es tut mir leid, wenn Ihnen die Sache dadurch nicht klarer wird.«

»Mir auch.«

»Sie könnten mir für den Anfang erst mal erzählen, was eigentlich los ist. Ich könnte Sie dann aufhalten, wenn Sie zu Dingen kämen, die ich nicht für mich behalten könnte.«

Aber sie hatte beschlossen zu gehen. Sie stand auf und sagte: »Vielleicht später.«

»Ich hoffe, Sie finden irgend jemanden, der Sie ein wenig aufheitert«, sagte ich.

Sie gab kein Anzeichen von sich, ob sie diese Bemerkung gehört hatte. Sie marschierte zur Tür und ging.

Ich saß ein paar Sekunden lang da und versuchte, sie die Treppe hinuntergehen zu hören. Aber ich hörte nichts. Vielleicht übertönte der Wind die schwachen Geräusche, die sie machte. Vielleicht machen müde, zwanzigjährige Mädchen in Turnschuhen auch nicht viel Lärm auf dieser Welt.

Ich trat ans Fenster, um zu sehen, wie meine Besucherin an der Tankstelle in den blaßgrünen Wagen stieg. Sie stieg auf der Beifahrerseite ein.

Ich wartete, aber der Wagen fuhr nicht los. Ich beobachtete ihn noch drei oder vier Minuten lang.

Dann ging ich wieder an meinen Schreibtisch.

Ich legte mein Buch weg.

Ich holte meine Rechnungen hervor und machte mich an die Arbeit.

Nach einer Weile hörte ich auf. Es ärgerte mich, daß ich meinen Beobachtungsposten so schnell aufgegeben hatte. Ich stand auf und schaute abermals aus dem Fenster.

Der grüne Wagen war nicht mehr da.

9

Kate King kam um halb acht zurück. Ich stand an meiner Spüle und wusch mich – ich wollte ausgehen –, als ich die Klingel hörte. Es war Samstagabend. Ich hatte eine Verabredung und wollte nicht zu spät kommen. Ich ging ohne Hemd an die Tür und trocknete mich dabei mit einem Handtuch ab.

Ich sagte: »Ach, Sie sind's.«

Es schien ihr für einen Augenblick die Sprache zu verschlagen. Die Geschichte meines Lebens: ein Körper, der die Frauen sprachlos macht.

Schließlich sagte sie, und es klang überrascht: »Sie wohnen auch hier?«

»Haben Sie denn in der Erwartung geklingelt, ich sei nicht hier?«

»Hm, nein. Ich habe noch Licht gesehen. Ich habe gedacht, Sie arbeiten.«

»Wollen Sie reinkommen?« fragte ich. »Oder sind Sie nur noch mal hergekommen, um mir zu sagen, daß ich Ihnen doch nicht helfen kann?«

Es war nach Dienstschluß. Ich war märchenhaft erfolgreich. Diesen winzigen Hauch von Schnoddrigkeit konnte ich mir leisten.

Oder war diese Nachlässigkeit der Einstellung der erste Schritt auf dem Weg zurück zum Mißerfolg? Oh, mein Gott!

Sie sagte: »Ich möchte, daß Sie etwas für mich tun.«

»Tun? Ich dachte, Sie wollten erst entscheiden, ob Sie mir von Ihrem Problem erzählen möchten.«

»Jetzt wäre da etwas, das Sie für mich erledigen sollen.«

»Kommen Sie rein, und setzen Sie sich. Aber geben Sie mir einen Augenblick Zeit. Ich will mich anziehen.«

»In Ordnung.«

Sie kam herein.

Ich zog ein Hemd an, fuhr mir einmal durchs Haar und kehrte ins Büro zurück. »Also, was soll ich nun für Sie tun?«

»Hm, ein Paket zustellen.«

»Was für eine Art Paket?«

»Dieser Art.« Aus einer großen Tasche irgendwo tief unten in ihrem Mantel holte sie einen ziegelsteinförmigen Gegenstand hervor, der in Packpapier gewickelt und mit Klebeband versiegelt war.

»Was ist da drin?«

»Nichts Gefährliches.«

Merkwürdige Ausdrucksweise. Ich hätte gesagt: »Nichts Ungesetzliches«, wenn ich versucht hätte, mich dazu zu bewegen zu tun, wozu sie mich bewegen wollte.

Also fragte ich: »Etwas Ungesetzliches?«

»Oh, nein. Nichts in der Art.«

Und aus irgendeinem Grund – diese zwischenmenschliche Sache, von der wir alle meinen, wir verstünden uns so gut darauf – glaubte ich ihr.

»Wo soll ich es hinbringen?«

»In den Garfield Park. Wissen Sie, wo der ist?«

»Im Süden der Stadt. Nicht besonders weit weg. Ja. Und wenn ich dort bin, soll ich dann von der ersten Weide auf der linken Seite aus zehn Schritte nach Nordosten gehen und *The Star-Spangled Banner* in Dis-Dur pfeifen, bis eine Frau in einem Bikini mit Pünktchenmuster mir auf die Schulter tippt und mich fragt, wieviel Uhr es in Tokio ist?«

»Was?«

»Ms. King, das hört sich stark nach Spionage und Geheimagenten an.«

»Nein, nein. Nichts in der Art.«

»Wie lange wird es dauern, bis ich herausfinde, um welche Art von Auftrag es sich nun wirklich handelt?«

»Sie brauchen es nur auf eine der Kinderschaukeln zu legen. Die blauen Plastikschaukeln in der Nähe des Haupteingangs. Sie sind nicht schwer zu finden.«

»Und wann soll ich es tun?«

»Sofort.«

»Oh, sofort. Natürlich. Wie dumm von mir.«

»Werden Sie's machen?«

Wenn sie sich der Tatsache bewußt war, daß sie mich um etwas sehr Merkwürdiges bat, ließ sie sich jedenfalls nichts anmerken.

Aber... Ich wurde langsam neugierig.

Werden Packen-wir's-an-Detektive neugierig?

»Ich bin mir nicht sicher«, sagte ich.

»Wir werden bezahlen.«

»Wir?«

»Ich meine, ich. Ich werde bezahlen.«

»Wieviel?«

»Wieviel berechnen Sie?«

»Um Pakete an Kinderschaukeln auszuliefern? Der Standardkurs liegt bei tausend Dollar.«

»Im Ernst?« Sie sah mich an.

»Nein, nicht im Ernst«, sagte ich.

Ich hatte sie endlich aus dem Konzept gebracht, aber sie wußte nicht, wohin ich sie gebracht hatte.

Ich sagte: »Ich gebe Ihnen, was mein Honorar betrifft, die Auswahl.«

»Ach ja...?«

»Wenn Sie mir erzählen, worum es eigentlich geht, mache ich es kostenlos. Aber wenn Sie es mir nicht erzählen, wird es Sie hundert Dollar kosten.«

»Ich nehme die hundert Dollar«, sagte sie. Ihre freie Hand tauchte wieder in den Mantel ein. Sie blieb einen Augenblick lang dort und kam schließlich mit zwei kleinen Notenbündeln wieder heraus. Sie zählte sie nicht. Woher wußte sie, daß ich ein Vielfaches von fünfzig verlangen würde? Vielleicht war sie eine Gedankenleserin.

Aber sie schob mir das Geld nicht über den Schreibtisch. Statt dessen sagte sie: »Es gibt da gewisse Bedingungen.«

»Oh. Bedingungen. Klar. Und wie sehen die, bitte schön, aus?«

»Nummer eins – Sie dürfen das Paket unter gar keinen Umständen öffnen.«

»Paket nicht öffnen«, sagte ich. »Gut.«

»Nachdem ich gegangen bin, müssen Sie innerhalb von zehn Minuten aufbrechen.«

»Innerhalb von zehn Minuten aufbrechen, gut.«

»Und Sie müssen genau den Weg nehmen, den ich Ihnen

sage. Auf der Shelby Street nach Süden, bis Sie zur 431 kommen. Von der 431 fahren Sie ab auf die Southern. Der Park liegt dann auf der linken Seite.«

»Vorgegebener Weg.« Ich wartete. »Ist das alles?«

»Ja.«

»Jetzt nenne ich Ihnen meine Bedingungen.«

»Ihre Bedingungen?« Dieser Gedanke war ihr überhaupt nicht gekommen. »Was meinen Sie damit?«

»Nummer eins, Sie und ich, wir gehen jetzt nach unten, wo Sie meine Mutter und deren Untermieter Norman kennenlernen werden.«

»Was?«

»In Gegenwart meiner Mutter und Normans werden Sie erklären, daß an beziehungsweise in diesem Paket nichts Ungesetzliches ist, in keiner Hinsicht.«

Sie kniff die Augen zusammen. »Ach ja?«

»Dann werden Sie mir die hundert Dollar geben. Und ich gebe Ihnen eine Quittung. Das sind meine Bedingungen. Ich bin sicher, Sie werden mir recht geben, daß diese Bedingungen nichts anderes als eine simple Schutzmaßnahme für mich sind.«

Schweigend verdaute sie, was ich gesagt hatte.

»Sind Sie mit meinen Bedingungen einverstanden?«

»Hm... äh, ich weiß nicht.«

»Vielleicht hätten Sie gern etwas Zeit zum Nachdenken. Vielleicht möchten Sie, während Sie das tun, ein paar Schritte vor die Tür gehen.«

»Ja. Ja, ich glaube, ich würde gern nach draußen gehen und darüber nachdenken.«

»In Ordnung.«

Ich ließ sie hinaus.

Diesmal blieb ich, während sie die Treppe hinunterging, dicht hinter der Tür stehen und hörte tatsächlich ein paar Schritte. Sie war wohl einfach ein stilles Mädchen.

Ich trat ans Fenster und sah von dort aus zu, wie sie die Straße überquerte und zu einem Kombiwagen hinüberging, der auf der anderen Seite parkte. Diesmal stieg sie hinten ein. Der Wagen stand ein gutes Stück von den Laternen entfernt, und ich konnte nicht feststellen, welche Farbe er hatte. Aber ich war bereit, eine bescheidene Wette darauf abzuschließen, daß das Tageslicht ihn als ein hellgrünes Vehikel offenbart hätte.

Oder sind Glücksspiele der Weg, auf dem erfolgreiche Menschen wieder erfolglos werden? Dieses verdammte Leben ist so voller Fallen.

Da der Wagen, in den meine Möchtegernklientin eingestiegen war, nicht sofort losfuhr, verließ ich meinen Ausguck und rief meine Flamme an, um ihr mitzuteilen, daß ich mich wahrscheinlich verspäten würde.

»Du hast einen Klienten?« fragte sie. »Ach, erzähl mir doch nicht so was! Wenn du schon Ausreden erfinden mußt, denk dir wenigstens was Glaubwürdiges aus.«

Ein echter Witzbold, meine Flamme.

10

Nach fünfundzwanzig Minuten stand Kate King wieder vor der Tür.

»Lange nicht gesehen«, sagte ich.

»Ich nehme Ihre Bedingungen an«, sagte sie.

»Okay.«

Sie kam herein, und ich führte sie ohne weitere Umstände durch meine Wohnung zur Innentreppe. Wir gingen ins Wohnzimmer hinunter, wo Mom und Norman Scrabble spielten.

»Mom. Norman. Darf ich euch Ms. Kate King vorstellen. Kate King, das ist meine Mutter, Posie Samson, und Norman Tubbs.«

Mom sagte: »Guten Tag.«

Norman blickte auf, als wären wir Qs ohne Us.

Kate King verlagerte ihr Gewicht auf den anderen Fuß, sagte aber: »Guten Tag.« So erfuhr ich, daß sie eine gute Erziehung genossen hatte.

»Was können wir für euch tun?« erkundigte sich Mom.

Ich sagte: »Ms. King beauftragt mich mit der Auslieferung eines Pakets. Zeigen Sie ihnen das Paket, wenn Sie so freundlich sein wollen, Ms. King.«

Sie zog den Ziegelstein aus der Tasche.

»Ms. King lehnt es ab, mir zu sagen, was sich in dem Paket befindet, versichert mir jedoch, das nichts Ungesetzliches daran ist. Ich möchte gerne, daß ihr beide bezeugt, daß sie mir das versichert. Okay?«

»Gütiger Himmel«, sagte Mom. »Was soll das Ganze, Kind?«

Norman legte ein Wort mit vier Buchstaben aus.

Kate King drehte sich zu mir um. »Was soll ich sagen?«

»Sagen Sie mir, daß an dem Paket nichts Ungesetzliches ist.«

»An dem Paket ist nichts Ungesetzliches.«

»Hand aufs Herz?«

»Hand aufs Herz.«

»Habt ihr das gehört?«

»Ja«, sagte Mom. Norman konzentrierte sich ganz darauf, die Buchstaben in dem Beutel zu betasten, bevor er sich neue zog.

»Ms. King wird mir jetzt eine Summe Bargeld geben, und ich werde ihr eine Quittung geben. Das Geld ist für die Auslieferung des Paketes und für nichts anderes bestimmt. Ist das richtig, Ms. King?«

»Ja.«

»Das Geld, bitte.«

Sie holte das Geld abermals hervor. Nachdem ich es gezählt hatte, stellte ich die Quittung aus.

Wir kehrten in mein Büro zurück.

»Ich werde zehn Minuten, nachdem Sie gegangen sind, aufbrechen«, sagte ich.

Aber sie ging nicht direkt auf die Tür zu. Sie schwieg einen Augenblick und sagte dann: »Ich habe Sie mir nie mit einer Mutter vorgestellt.«

Ich lächelte, das Lächeln, das ich lächele, wenn junge Leute Dinge sagen, die sehr jung sind. Aber innerlich war ich traurig, denn in welchen Schwierigkeiten diese junge Frau auch stecken mochte, ich war bereit, meinen Erfolg darauf zu wetten, daß es sich um etwas Schwerwiegendes und Unerfreuliches handelte.

»Ich mag Ihre Mutter«, sagte Kate King.

»Ich mag sie auch«, sagte ich. »Warum kommen Sie nicht irgendwann mal wieder und besuchen sie?«

»Hm, ich weiß nicht recht«, sagte sie.

»Sie macht da unten ziemlich gute Hamburger. Kommt sogar Fleisch rein«, sagte ich in dem Versuch, einen Berührungspunkt zu finden.

Aber ich traf um eine Generation daneben. »Igitt, tote Tiere!« Kate King zog die Nase kraus.

Sie ging.

Entweder hat meine Mutter ein besseres Gehör als ich, oder sie hatte vom Fuß meiner Treppe aus zugesehen, denn binnen weniger Sekunden nach Kate Kings Abschied stand Mom in meinem Büro. Ich zog gerade meinen Mantel an.

»Ich bin froh, daß du raufgekommen bist«, sagte ich. »Ich wollte gerade zu dir runterkommen.«

»Wer war dieses Mädchen, Albert?« wollte Mom wissen.

»Du weißt mehr oder weniger genauso viel wie ich.«

»Warum hatte sie diese komische Perücke auf?«

»Perücke?«

»Oh, dir muß doch aufgefallen sein, daß sie eine Perücke trug. Und noch dazu eine billige.«

»Ich habe gedacht, das ist wieder so etwas, was die jungen Leute heutzutage mit ihren Haaren anstellen.«

»Um Himmels willen, Albert!«

»Ich werde vielleicht bald einen aufmerksamen Assistenten einstellen müssen. Hast du schon mal darüber nachgedacht, bei mir einzusteigen?«

»Um merkwürdige Pakete auszuliefern? Was für eine Art Geschäft ist das?«

»Denk mal drüber nach, Mom. Vielleicht bei einem gemeinsamen Arbeitsessen?«

Sie gab es auf.

Ich sagte: »Könntest du etwas für mich tun?«

»Was?«

Ich nahm den eingepackten Ziegelstein heraus. »Schneide das Papier am Ende auf, und sieh mal nach, was drin ist.«

Sie sah mich mit zusammengekniffenen Augen an. »Warum tust du das nicht selbst?«

»*Ich* habe versprochen, es nicht zu öffnen.«

»Also wirklich!« sagte sie. Aber sie nahm das Päckchen, und ich holte ihr ein scharfes Messer.

Sie schlitzte das braune Papier an einem Ende des Ziegelsteins säuberlich auf und zog das Messer dann an einer Seite herunter, um eine dreieckige Lasche zu fabrizieren. Diese Lasche schlug sie dann zurück und trat mit dem Ziegelstein ins Licht.

»Wie lautet das Urteil?« fragte ich, während ich durchsichtiges Klebeband hervorkramte, um das braune Papier damit wieder zusammenzukleben. Das Klebeband würde im Dunkeln kaum zu sehen sein.

»Vielleicht ist ja noch was anderes drin«, sagte sie, »aber alles, was ich sehe, sind zurechtgeschnittene Blätter Zeitungspapier.«

11

Diplomaten aus »nicht befreundeten« Ländern werden routinemäßig beschattet, wenn sie ihre Botschaften verlassen. Sie wissen, daß sie verfolgt werden. Und die Leute, die ihnen folgen, wissen, daß sie es wissen.

Manchmal geht ein »Diplomat«, der mehr Maulheld als Diplomat ist, zu einem in einem Auto wartenden Verfolger und klopft ans Fenster und sagt dem Verfolger, was er als nächstes tun wird: »Nur für den Fall, daß der Verkehr zu dicht wird und Sie mich verlieren.«

Als ich zum Garfield Park fuhr und an dem geparkten vermutlich hellgrünen Wagen vorbeikam, fühlte ich mich versucht anzuhalten. »Nur für den Fall, daß Ihre Batterie streikt und Sie Hilfe brauchen.« Die Versuchung war um so größer, als der Wagen leer zu sein schien.

Ich stellte mir vor, daß darin jetzt zwei, drei, vier Menschen auf dem Boden lagen. Aber so gern ich mir meine Klienten in ihrer mißlichen Lage einmal angesehen hätte, fuhr ich doch weiter.

Es war eine verflixte Versuchung, eine weitere Falle für den Packen-wir's-an-Detektiv. Wenn ich stehenblieb, um einen Blick zu riskieren, machte ich damit womöglich meine Chancen auf einen Folgeauftrag zunichte. Es gab buchstäblich Tausende von Kinderschaukeln in Indianapolis. Für hundert Dollar das Stück konnte ich mich allein mit der Auslieferung von Zeitungspapierziegelsteinen zur Ruhe setzen.

Ich fuhr zu dem Park. Ich legte das Päckchen auf eine der Schaukeln und ging, ohne meinen Schritt zu verlangsamen, eine kleine Runde zurück zu meinem Wagen. Ich stieg ein und fuhr los. Job erledigt, Bedingungen erfüllt.

Die Arbeit beendet: Das Spiel kann beginnen!

»Wir bleiben zu Hause«, hatte meine Flamme gesagt. »Wir versuchen mal etwas, das wir vorher noch nie gemacht haben.«

Ich ging die Fahrt zum Haus meiner Flamme mit Methode an. Ich sah genauso oft in den Rückspiegel wie durch die Windschutzscheibe. Ich bog mit quietschenden Rädern ab, fernsehreif, ohne zu blinken. Ich sorgte dafür, daß ich einige Ampeln als letzter gerade noch bei Gelb passierte.

Ich bin kein Spezialist für Überwachungen, aber wenn der Fahrer der Kate-King-Gang mir da nicht ganz schön was voraus hatte, war ich nicht verfolgt worden.

Sobald ich mir dessen sicher war, dachte ich darüber nach, Kontakt zur Polizei aufzunehmen. Nun, nicht direkt zur Polizei, sondern zu meinem Freund – mittlerweile Captain – Jerry Miller. Aber was sollte ich ihm sagen? Ein merkwürdig aussehendes Mädchen hat mich engagiert, um einen Stapel Altpapier auszuliefern. Sie hat einen Freund mit einem Kombiwagen. Sie hat bar gezahlt.

In der Plastikgeldgesellschaft war das Bargeld vielleicht der verdächtigste Teil des Ganzen.

Es war kein Fall, mit dem man einem Freund den Samstagabend verdarb. Und es war nicht so, als machte ich mir wirklich Sorgen.

Hätte ich aber tun sollen.

Bei meiner Herzdame erwartete mich eine ganze Phalanx von Scheinwerfern, eine große Videokamera auf einem spindeldürren Stativ und ein paar Kisten mit Tonausrüstung.

Außerdem Frank. »Tut mir leid, daß ich Sie nicht direkt erreicht habe, Albert«, sagte er. »Aber ich bin da an einem großen Projekt.« Er zwinkerte. »Kann jetzt nicht darüber reden.«

Eine kleine Entschädigung und die einzige, die mir an

diesem Abend zuteil wurde. Wir filmten für eine Reihe von Werbespots meine Auftritte.

Wenn ich das gewußt hätte! Ich hätte zum Friseur gehen können. Ich hätte mir einen neuen Smoking kaufen können.

»Bitte, sei mir nicht böse«, sagte meine Herzdame später. »Sie waren Mittwoch zum Abendessen hier, und Frank hat unaufhörlich über seine Pläne für dich und deine Werbespots geredet. Er meinte, du würdest dich auf dem Bildschirm sicher ganz toll machen, wenn du nur ganz entspannt und du selbst wärest. Ich sagte, ich würde gerne bei den Aufnahmen zusehen, und eines führte zum anderen, und der heutige Abend schien der einzige Zeitpunkt zu sein, an dem wir alle frei waren.«

»Oh.«

»Und wir hatten das Gefühl, daß du spontaner wärest, wenn du dich nicht schon lange vorher aufregst.«

»Soso, dieses Gefühl hatten wir also, ja?«

»Ehrlich, du hast es wirklich gut gemacht, Al. Ich war gewaltig beeindruckt. Und du bist wunderbar rübergekommen. Mir ist klar, daß dir die Art und Weise, wie das abgelaufen ist, nicht gefällt, aber das Ergebnis war wirklich sehr, sehr gut. Es wird natürlich eine Menge von den Aufnahmen abhängen, in die Frank dich einblendet, aber deine Auftritte werden dir Liebesbriefe und unanständige Anträge einbringen. Ehrlich.«

»Versprochen?« fragte ich.

»Der Gedanke gefällt dir?«

»Du weißt ja, wie so was ist«, sagte ich. »Das Leben geht weiter. Man wird erfolgreich. Und die Freunde, die einem so nützlich waren, scheinen einfach die neuen Probleme nicht zu begreifen, mit denen man sich herumschlagen muß.«

»Ah. Ich verstehe. Dir gefiel meine Verschwörung nicht.«

»Ich gebe zu, daß ich nicht besonders glücklich bin. Ich war ziemlich guter Laune, als ich hierher kam, aber dieser ganze Hokuspokus war nicht besonders würdevoll. Nein, ich bin im Augenblick nicht gerade glücklich.«

»Das glaube ich dir nicht«, sagte sie.

»Ach nein?«

»Ich glaube, du bist sehr zufrieden damit, wie die Sache gelaufen ist, und ich glaube, daß du absolut begeistert wärest, wenn diese Werbung dir zu einem geschäftlichen Aufschwung verhelfen würde. Ich glaube, deine schlechte Laune ist lediglich vorgetäuscht.«

»Hm, unter diesem sensiblen, weltverdrossenen Äußeren schlägt also ein Herz, das ein Fruchtzwerg der Kategorie Privatdetektiv werden möchte?«

»Ja.«

»Du hast recht. Meine schlechte Laune ist vorgetäuscht. Ich täusche sie sehr gut vor.«

»Gibt es irgend etwas, was ich da machen könnte?«

»Mmh.«

»Wirst du es mir verraten?«

Ich hob eine Augenbraue, so wie ich es in einem der Werbespots getan hatte. Das mache ich immer, wenn ich versuche, mir Liebesbriefe und unschickliche Anträge zu erschleichen.

Aber dann sagte ich: »Hey, was war das mit diesem Abendessen am Mittwoch? Du hast mit Frank an einem Tisch gesessen? Gehe ich recht in der Annahme, daß du dich langsam mit dem Gedanken abfindest, dieses Neutrum zum Schwiegersohn zu bekommen?«

»Nur über meine Leiche.«

»Soso«, sagte ich. »Du wirst also langsam müde.«

12

Und dann erschien der *Sunday Star* ohne seine Wo-wir-die-Bombe-fanden-Story. »Ist es endlich vorbei?« fragte der *Star*. Vielleicht zeigte die von den Medien angezettelte Wachsamkeitskampagne ihre erste Wirkung.

Vielleicht war es auch einfach nur eine kleine Unregelmäßigkeit bei den Dynamitlieferungen der Scum Front.

Auf Wiederhören bis zur nächsten Woche.

Also las ich einen ausführlichen Bericht über die Fortschritte einer anderen Art von Terrorismus. Der Art, die jede Menge Geld hat, die richtigen Leute kennt und der man im Leitartikel auf die Schulter klopft.

Es ging um die Fortschritte der Überdachung des City-Einkaufszentrums auf der Washington Street, das die City-Einkäufer vor dem City-Verkehr und dem City-Wetter schützen sollte, während sie ihre City-Kreditkarten benutzten und City-Tratsch austauschten.

Es gab Probleme. Die Ladenbesitzer, deren Läden ganz vorne liegen sollten, zögerten mit den Mietverträgen. Obwohl man Löcher gesprengt hatte, ging es mit der Arbeit nicht weiter. Ach herrje. Wirklich ein Jammer.

Die Washington Street. Die alte Bundesstraße. Von Washington, D.C., nach Indianapolis und weiter westwärts.

Die sollte jetzt nur noch das Fundament einer gigantomanischen Hamsterwelt sein?

Oder war ich einfach sauer, weil meine Karriere als erfolgreicher Detektiv mich noch nicht in einen städtischen Verschwender verwandelt hatte?

Nach dem Mittagessen machte ich mich über die Rechnungen her, ganz im Sinne von Lektion 12 aus *Buchhaltung in 30 Tagen*. Ich trank Orangensaft. Ich grübelte darüber nach, ob mein neues dynamisches Leben nun jeden Samstagabend Demütigungen für mich bereithalten würde.

Viertel nach fünf. Bei mir klingelte es an der Tür. Es war meine verwandte Seele.

»Herr Poet«, sagte ich an der Tür. »Habe ich schon erwähnt, daß ich sonntags doppeltes Honorar berechne?«

Ich trat beiseite, damit er eintreten konnte. Er begab sich ohne Umstände zum Klientenstuhl und ließ sich darauffallen. Er gab einen gehetzten Laut von sich. »Tut mir leid, wenn ich Sie in Ihrer religiösen Andacht störe, alter Knabe, aber das Schicksal hat an die Tür gepocht, und jemand muß ihm auftun.«

Ich trat an meinen Schreibtisch, den Arbeitsplatz eines Das-machen-wir-ganz-lässig-Detektivs. »Hm, ich habe meine Entscheidung getroffen. Ich werde tun, was ich kann, innerhalb vernünftiger Grenzen natürlich, um Ihnen zu helfen.«

»Das ist eine große Erleichterung für mich.« Er sah mich durchdringend an. »Vielen Dank«, sagte er.

»Also, was ist passiert?«

»Morgen muß der Todestag sein. Morgen werde ich die Tat vollbringen.«

»Warum gerade morgen?«

»Charlottes Kinder waren beide das ganze Wochenende über auf Besuch vom College zu Hause, und sie hatten beide Freunde dabei.«

»Ich verstehe nicht.«

»Plötzlich ist Charlotte fahrig und aufgebracht. Sie sagt zwar, daß sie ein hochaktives, hochintensives Leben liebt, aber sie scheint die Kontrolle verloren zu haben. Und das ist auch wirklich kein Wunder. Es gibt niemanden auf Erden, der an einem irren Partywochenende die Kontrolle über sieben zügellose, narzistische, hyperaktive amerikanische Collegestudenten behalten könnte. Es ist Zeit, zuzuschlagen!«

»Oh.«

»Tja, morgen früh also. Ich werde sie beim Frühstück trösten. Ich werde ihr in Erinnerung rufen, was für verantwortungsbewußte Menschen ihre Kinder einmal sein werden, auch wenn sie im Augenblick die reinsten Wilden sind. Ich werde sie mit Zitaten von Shaw und Wild und Dorothy Parker amüsieren. ›Sie spricht achtzehn Sprachen und kann in keiner einzigen davon nein sagen.‹ Kannten Sie den schon?«

Er hielt kurz inne, obwohl es nur eine rhetorische Frage war. Er sagte: »Und dann wird das Telefon klingeln, und es wird für mich sein. ›Wer kann das denn sein?‹ werde ich fragen, wenn Loring den Apparat in die Frühstücksecke bringt. Ich werde einen Augenblick lang besorgt dreinschauen. Aber dann werde ich geistreich bemerken: ›Wahrscheinlich der Ausschuß für den Nobelpreis, der mir mitteilen will, daß ich den Literaturpreis kriege.‹ Sie wird lachen, meine Charlotte, und ich werde den Anruf mit einem abwartenden ›Hallo?‹ entgegennehmen.«

Ich sah zu, wie er das Telefongespräch mimte und seine verschiedenen Gesichtsausdrücke probte.

»Und, siehe da! Es ist ein Anruf von Vanessas Mutter! Sie wird mir erzählen, daß Vanessa…«

»Wer ist Vanessa?«

»Meine liebe dahingeschiedene Frau. So roh und vorzeitig ermordet. In der höchsten Blüte ihrer fraulichen Reife von einer Bande marodierender Hooligans niedergestreckt.«

»Einer Bande was?«

»Schläger.«

»Ah. Schläger. Herr Poet, wie stellen Sie sich das Arrangement eines transatlantischen Anrufs vor?«

»Oh, das ist alles organisiert, mein lieber Freund. Ich habe eine Schwester mit schauspielerischer Ader. Ich habe ihr gestern abend den Text diktiert. Sie wird morgen früh nach unserer Zeit anrufen. Ich habe ihr gesagt, wann Charlotte und ich frühstücken werden.«

»Sie wohnen bei Charlotte?«

»Nein, nein. Ich habe ein Apartment. Ist Teil meines Stipendiums. Aber ich werde mir heute abend den Knöchel verstauchen und sie bitten, bleiben zu dürfen. Charlotte wird nichts dagegen haben, aber doch ein klein wenig argwöhnisch sein. Aber ich werde mich aller eindeutigen Vorschläge und schlüpfrigen Bemerkungen enthalten, als vollendeter Gentleman. Wir werden Freunde sein, nichts als Freunde.«

»Hm, Sie haben die Sache anscheinend genau durchdacht. Heißt das also, daß Sie mich gar nicht brauchen werden?«

Aber genau das hieß es eben nicht.

Er ging mit mir die Geschichte durch, die er sich für Vanessas Schicksal zurechtgelegt hatte. Ihre Stärken beruhten auf geschickter Inszenierung und den Gefühlen, die von der Ungerechtigkeit willkürlicher Gewalt ausgelöst wurden. Sie hatte auch eine Moral: Alles Gute im Leben mußte beim Schopf gepackt werden, weil das Leben viel zu kurz ist.

Als er fertig war, bestand meine Aufgabe darin, die Sache zu kommentieren.

»So als hätte man Sie engagiert, in dieser Sache Nachforschungen anzustellen«, sagte er und warf sein Haar zurück. »Was würden Sie tun? Wo könnten die undichten Stellen liegen?«

»Das Problem, Poet, ist folgendes: Wenn irgend jemand die Tatsachen überhaupt hinterfragt, wird er herausfinden, daß die ganze Sache eine einzige undichte Stelle ist.«

»Wie meinen Sie das?«

»Mal angenommen, jemand bäte mich, das zu überprüfen. Als erstes würde ich mit der Polizei an dem Ort telefonieren, wo der Mord angeblich stattgefunden haben soll. Und ich würde nach dem Beamten fragen, der für den Mord an Vanessa Quayle zuständig ist. Und dann würde man mir sagen: ›Nun mal schön der Reihe nach‹, oder was immer die Polizei drüben sagt, wenn sich jemand nach einem Mord erkundigt, von dem sie noch nie gehört hat. Und das, Poet, das wär's dann.«

»Aber die würden doch bestimmt nicht am Telefon mit Ihnen reden.«

»Sie würden mir erzählen, daß sie nie von einem Mordopfer namens Vanessa Quayle gehört hätten.«

Er sinnierte. Er sagte: »Ich werde mich nicht genau dazu äußern, wo es passiert ist.«

Ich schüttelte den Kopf. »Wenn irgend jemand da einen Schwindel wittert, braucht er lediglich den IQ eines Joggers, um die Nuß an einem einzigen Tag zu knacken.«

Er schniefte ein paarmal. Aber dann sagte er: »Sie sind der Experte. Was würden Sie empfehlen?«

»Ist mir ein ›Vergessen Sie's!‹ gestattet?«

»Nein«, sagte er. Er ließ die rechte Hand unter sein Hemd gleiten und klopfte sich damit auf die Brust. Eine Andeutung seines flatternden Herzens.

»Ihre einzige Chance besteht darin, daß niemand fragt: ›Ist diese Geschichte wahr?‹«

»Mmmh...«

»Also überschütten Sie Ihr Publikum mit Einzelheiten. Sagen Sie Ihrer Schwester, sie soll einen Drucker engagieren, um Ihnen eine Zeitungsseite mit einer Todesanzeige zurechtzumachen. Arrangieren Sie Telefonanrufe, in denen irgendwelche Leute ihr Beileid aussprechen. Briefe von Anwälten wegen des Nachlasses Ihrer Frau. Alles, was Ihnen in dieser Hinsicht in den Sinn kommt.«

»Ich verstehe.«

»Gehen Sie zur Beerdigung?«

»Ganz bestimmt nicht. Die Beerdigung hat bereits stattgefunden. Vanessas Mutter wird mir das morgen erzählen, und ich werde sehr aufgeregt sein, weil ich natürlich zurückgeflogen wäre. Charlotte wird mir kondolieren.«

»Okay, dann sorgen Sie dafür, daß Sie ein Telegramm

wegen der Beerdigungskosten kriegen. Ein Fax vom Testamentsvollstrecker Ihrer Frau, in dem er anfragt, ob Tante Edna die gehäkelte Tagesdecke haben kann, die sie immer so gern mochte.«

»Verstehe«, sagte er.

»Fragen Sie die Leute hier um Rat. Sollen Sie ihren Verwandten helfen? Sehen Sie zu, daß das Spiel auf Ihrem Territorium bleibt. Das ist Ihre einzige Chance.«

Er nickte heftig. »Das ist klasse, Albert. Sie haben mir ein paar gute Ideen in den Kopf gesetzt.«

»Gehört alles zum Service«, sagte ich. Ich dachte darüber nach, ob ich der ›beeindruckenden‹ Liste meines Leistungsangebots eine neue Eintragung hinzufügen sollte. Falls ich einen passenden Namen für diesen Service fand.

Mein Klient erhob sich. »Ich gehe jetzt nach Hause und schmiede ein paar Pläne.«

Und sowenig ich mir diese sonntägliche Störung gewünscht hatte, so hatte ich doch, als er fort war, alle Mühe, ruhig da weiterzumachen, wo ich unterbrochen worden war. Der Gedanke an das, was er da vorhatte, gefiel mir noch immer nicht. Aber der Gedanke an noch mehr Buchhaltung stimmte mich auch nicht heiterer. Schon gar nicht, solange die Sonne noch schien.

13

Die Nacht schien schlagartig hereinzubrechen, mit einem Schlag, der mich voll im Genick traf. Allein daß ich lebte, war mir unerträglich. Es gab nichts, was ich tun wollte. Das letzte auf der Welt, was ich sein wollte, war ein Packen-wir's-an-Detektiv. Oder irgendeine andere Art von Detektiv. Oder ein Oberligawerfer beim Baseball: so schlimm stand's um mich.

Ich hasse es, wenn ich instinktive Wahrnehmungen habe und sie nicht klarkriege.

Ich wünsche mir dann einen Zauberstab, mit dem ich die Zeit anhalten kann. Um mir mal in Ruhe die Fußnoten des Lebens anzusehen.

Aber das funktioniert nie.

Die Zeit schlich weiter, und nach zwanzig zutiefst unbehaglichen Minuten rang ich mich endlich zu etwas Konstruktivem durch: Ich machte eine Liste mit allen Dingen, die ich nicht tun wollte.

Dann beschloß ich, meiner Tochter einen Brief zu schreiben.

Ich holte mir einen Bogen Papier. Ich füllte meinen Füllfederhalter.

Aber ich legte nicht los. Statt dessen saß ich da und kritzelte vor mich hin und fragte mich, wo sie wohl war. Ich wußte nichts von ihr, außer daß sie, als sie sich von ihrem Bildhauer trennte, Frankreich verlassen hatte und nun irgendwo anders in Europa war. Ich konnte in die Schweiz schreiben, wo ihre Mutter lebte, seit... seit einer Ewigkeit. Seit sie ihren phantastischen Ehemann geheiratet hatte, seit sie den alten, schlichten abgestreift hatte.

Töchter. Was tat sie wohl gerade? Ich wußte, daß sie in letzter Zeit viel mit irgendwelchen hochgestochenen Musikern herumhing. Ob sie sich mit einem Frank der Musik eingelassen hatte? Wie konnte man einer Frau von Anfang zwanzig erklären, was mit einem Frank nicht stimmte? Nach den Normen der Gesellschaft scheinbar akzeptabel. Aber kein Mensch, dem man etwas Kostbares anvertrauen sollte.

Wie so vielen Männern ging es ihm letztlich nur um die Frage: »Was habe ich davon?«

Sinnloses, sinnloses, sinnloses Grübeln.

Ich schlug mir vor den Kopf. Tat, was ein gerechter Gott tun würde, wenn er oder sie existierte. Sparte ihm oder ihr die Mühe.

Welchen Wert kann man der Meinung eines Menschen beimessen, der nur nickt und lächelt, wenn jemand wie Quentin Crispian Quayle ihn als ›verwandte Seele‹ bezeichnet?

Ich nahm eine Kaffeetasse und warf sie an die Tür. Weil das zu den Dingen gehört, die ich niemals tue.

Die Tasse ging natürlich in Scherben. Ich sah mir die Stücke auf dem Fußboden an. Ich begann sie zu zählen. Ich spielte ein Spiel. Wie viele konnte ich sehen, ohne von meinem Stuhl aufzustehen? Aber was bedeutete das genau, auf meinem Stuhl zu bleiben, meinem ›Detektivstuhl‹?

Zuerst saß ich, die Ellbogen auf den Schreibtisch gestützt, ganz still da. Dann reckte ich mich, soweit es ging, nach rechts und links. Dann zog ich meine Füße hoch und stellte mich auf den Sitz.

Dann setzte ich mich wieder hin und kippte den Stuhl vorsichtig um, während ich mein Bestes tat, nicht den körperlichen Kontakt zu ihm zu verlieren.

Als ich schließlich der Länge nach auf dem Boden lag, fing ich an zu lachen und lachte und lachte und erholte mich etwas.

Und dann hörte ich, als Strafe für meine Rückkehr unter die nicht zauberstabbewehrten Menschen, Schritte auf der Außentreppe.

Es klingelte an der Tür.

14

Draußen stand Norman, das Untermieteretwas.

»Ich habe meinen Schlüssel verloren«, sagte er. »Kann ich reinkommen?«

Norman war noch nie an meiner Tür oder in meinem Büro gewesen. Ich sagte: »Wie haben Sie Ihren Schlüssel verloren?«

Er antwortete mir nicht. Er schlüpfte an mir vorbei und trat auf Kaffeetassenstücke. Er sagte: »Ich wollte schon länger mal ein Wort mit Ihnen reden. Wegen Ihrer Mutter.«

Der? Wollte mit *mir* über Mom reden?

Er sagte: »Ich glaube, Sie übervorteilen sie, wenn Sie diese Wohnung so nutzen, wie Sie es tun.«

»Ich übervorteile sie? Im Vergleich mit Ihnen bin ich...«

Aber er war schon verschwunden und hatte die Tür hinter sich zugezogen.

Und dann klingelte es schon wieder.

Ich konnte es nicht fassen.

»Mein Gott«, sagte ich und sprach Ihn damit direkt an. »Ich habe dir vor ein paar Minuten ein wenig Zeit und Mühe erspart. Ist das deine Dankbarkeit? Was ist aus dem Sonntag, dem Tag der Ruhe, geworden, hm? Wirst du langsam senil oder was?«

Vor meiner Tür stand Kate King.

Ihre billige Perücke bedeckte immer noch den größten Teil ihres Gesichts.

»Jaa?« sagte ich.

»Hm, nun...« Sie betrachtete einen Teil des Treppenaufgangs, den ich nicht einsehen konnte. Dann sagte sie: »Sie haben die Anweisungen nicht befolgt.«

»Doch, habe ich. Ich habe das Päckchen nicht aufgemacht. Meine Mutter hat es für mich geöffnet. Sie sollten in Zukunft etwas genauer mit Ihrer Sprache umgehen, wenn Sie so verdammt pingelig sind.«

Sie stand stirnrunzelnd und unsicher da.

Ich wußte, daß sie irgend jemandes Tochter war, aber es war mir egal. »Tut mir leid«, sagte ich. »Keine Rückerstattungen.«

»Äh, geben Sie mir vielleicht eine Minute Zeit?«

»Ich kann Ihnen die Zeit eines ganzen, gottverdammten Lebens geben, junge Dame.« Ich schlug ihr die Tür vor der Nase zu.

Ich ging zurück zu meinem Stuhl. Ich setzte mich.

Und ich hörte Leute reden, Frauenstimmen. Es klang nach geflüsterter Uneinigkeit. Die Worte verstand ich nicht.

Das Adrenalin begann, in meinem zügellosen Geist Klarheit zu schaffen.

Ich stand auf. Ich machte einen Schritt auf die Tür zu.

Aber ich blieb stehen und kehrte an meinen Schreibtisch zurück. Ich setzte mich und öffnete die Schublade, in der ich meinen Kassettenrekorder aufbewahre. Ich legte eine Leerkassette ein und stöpselte das versteckte Mikrofon ein, das die Packen-wir's-an-Detektive manchmal nützlich finden, wenn es für ein Gespräch keine unabhängigen Zeugen gibt.

Nichts garantierte mir, daß die Frauen vor meiner Tür über mehr diskutierten als über die Frage, in welchem Park der nächste Zeitungspapierziegelstein hinterlegt werden sollte. Aber mir erschien das Ganze merkwürdig genug, um vorsichtig zu sein.

Die Stimmen verstummten. Meine Glocke ertönte abermals. Ich ging an die Tür.

Kate King führte drei Gestalten in langen Kapuzenmänteln an.

Außerdem trugen alle drei eine Tiermaske.

»Ah, scharf«, sagte ich. »Ein Ausbruch aus dem Zoo?«

»Bitte!« sagte Kate King. »Die Sache ist wichtig. Lassen Sie uns rein.«

Ich zuckte mit den Schultern. Und trat zurück.

Es handelte sich um drei Spezies. Als erstes kam der Frosch. Sie war gut einsfünfzig groß und trug Turnschuhe.

Sie trat auf ein paar Tassenscherben, blieb stehen und fragte mit einer hohen Piepsstimme: »Was ist das Zeug auf dem Fußboden?«

»Wir haben hier in dieser Gegend eine Menge Probleme mit barfüßigen Einbrechern.«

Hinter ihr trat ein Bär ein und hinter dem Bären ein Gorilla. Sie trugen allesamt Turnschuhe, und jetzt sah ich Jeans unter ihren Mänteln hervorlugen. Der Bär war vielleicht einssechzig und der Gorilla einssiebzig.

Sie wählten ihre Schritte mit Bedacht, und der Gorilla schloß die Tür.

Einen Augenblick lang standen alle wortlos da. Ich sagte:

»Also, wann werde ich rausfinden, was zum Teufel hier eigentlich vorgeht?«

Die anderen sahen den Frosch an. Ohne auf ihre künstlich hohe Stimme zu verzichten, sagte sie: »Man hat mich zur Sprecherin gewählt.«

»Okay, Sprecherin, dann lassen Sie Ihre entsprungenen Irrenhäusler auf der Bank neben der Tür Platz nehmen.«

Sie nickte. Die anderen setzten sich.

Ich bedeutete ihr, daß sie sich auf den Klientenstuhl setzen solle, und ging selbst hinter meinen Schreibtisch.

Der Frosch und ich saßen einander gegenüber.

Der Frosch holte tief Luft und sagte: »Wir sind die Scum Front.«

15

»Ich kann nicht glauben, daß mir das passiert«, sagte ich. »Sie stehen ganz oben auf der Liste der ständig und mit besonderer Dringlichkeit in ganz Indianapolis gesuchten Verbrecher, und Sie kommen so einfach in mein Büro spaziert.«

»Wir sind nicht hergekommen, um uns zu stellen«, sagte der Frosch.

Ich betrachtete den Bären und den Gorilla auf der anderen Seite des Raumes. Und dann Kate Kings Pelzmaske. »Nein, das sehe ich.« Ich hatte noch keinerlei Spekulationen darüber gehört, daß die Scum Front eine Frauenbande war. Meine Gedanken überschlugen sich. Waren Sie etwa hier, um in der Imbißstube meiner Mutter eine Bombe zu legen?

Ich sah mir die Hände des Froschs an. An vier Fingern

waren in der Nähe der Knöchel weiße Streifen. Wer immer sie war, in ihrem Leben gab es genug Sonne, um schon im Mai weiße Streifen unter den Fingerringen zu haben.

»Also, worum zum Teufel, geht es eigentlich?« fragte ich.

»Wir haben ein Problem«, sagte der Frosch.

Ich nickte. Und sagte: »Ich gehe davon aus, daß Ms. King meine Position bezüglich Mitwisserschaft bei kriminellen Taten erklärt hat.«

»Wir betrachten uns nicht als Kriminelle«, sagte der Frosch.

»Die Definitionen, an die ich mich zu halten habe, kommen von der Polizei.«

»Oh, wir wissen, daß Sie möglicherweise geradewegs zu den Bullen laufen werden. Aber ich glaube, Sie werden eine höhere Verpflichtung erkennen als die dem sogenannten Gesetz der Gesellschaft gegenüber.«

»So, so«, sagte ich.

»Wir haben ein Problem«, wiederholte sie. »Wir sind zu angreifbar, um es selbst zu lösen. Und vielleicht sollten wir in der Sache überhaupt nichts unternehmen.«

Sie sah ihre Kolleginnen auf der Bank an. Sie saßen steif da, beobachteten uns, hörten zu.

Und ich begriff, daß die Entscheidung, sich nach so vielen Wochen der Anonymität zu erkennen zu geben, eine traumatische Angelegenheit für sie gewesen sein mußte.

Also war ihr Problem wirklich wichtig.

Der Frosch sagte: »Wir haben uns dazu entschieden, genau eine Person ins Vertrauen zu ziehen. Wir dürfen keine Zeit verlieren, aber wenn Sie beschließen, uns nicht zu helfen, werden wir in dieser Sache nichts weiter unternehmen.

Mr. Samson, Sie sind – buchstäblich – der einzige Mensch, der eine Tragödie verhindern kann.«

»Ich glaube, Sie sollten mir besser erklären, was los ist«, sagte ich.

»Die Leute bezeichnen uns als Terroristen«, sagte der Frosch, »und in gewisser Hinsicht sind wir das natürlich auch. Aber der einzige Terror, den wir verursachen wollen, hat jene Leute zum Ziel, deren Gier nach ›Besitz‹ und ›Eigentum‹ und ›materieller Entwicklung‹ die wirkliche, lebendige Welt zerstört, in der wir und künftige Generationen leben müssen. Wenn nicht irgend jemand diese Leute aufhält, werden sie uns alle zerstören.«

»Bitte ersparen Sie mir das Vertretergewäsch. Ich sympathisiere in gewisser Weise mit Ihren Zielen, aber erwarten Sie von mir keine wie auch immer geartete Sympathie für Bomben, selbst wenn sie nicht explodieren.«

»Es sind nicht nur Bomben, die nicht explodieren«, sagte sie. »Es sind Bomben, die gar nicht explodieren können. Wenn wir Terroristen sind, dann sind wir zumindest gesellschaftlich verantwortungsbewußte Terroristen.«

Ich sagte nichts.

»Sehen Sie sich unser Sündenregister an«, sagte sie. »Wir haben nichts zerstört, und doch haben wir einen bedeutenden Einfluß auf die Medien ausgeübt und über die Medien auf das öffentliche Bewußtsein. Die Leute wissen, daß es in Indianapolis endlich eine Gruppe von Menschen gibt, die sich dem Ziel verschrieben haben, zu beschützen...«

Ich hob die Hand. »Meine Toleranzschwelle für politische Vorträge ist extrem niedrig.«

»Nun, wie würden Sie denn gegen das, was in dieser Stadt

geschieht, angehen?« fragte sie. »Mit Erziehung zum demokratischen Prozess?«

»Ich denke schon.«

»Aber die Leute, die an den Schalthebeln sitzen, haben diese Dinge so wasserdicht gemacht...«

»Sie brauchen mich nicht davon zu überzeugen, daß die Waage der Gesellschaft sich stark zugunsten der Besitzenden und zum Nachteil der Habenichtse neigt.«

»Also besteht der logische Schluß eindeutig in der Formulierung von Alternativen...«

»Halt«, sagte ich.

»Aber...«

»Halt. Meine Grenze ist soeben überschritten worden.«

Sie hielt inne.

Wir alle atmeten schweigend ein paarmal tief durch.

»Ich habe nur versucht, unsere Denkweise zu erklären«, sagte sie.

»Bei mir hat es sich ausgedacht«, sagte ich. »Sie behaupten, es bestehe die Gefahr einer Tragödie. Gehen Sie endlich darauf ein, oder gehen Sie raus.«

»Wir haben am Freitag im Gebäude der Handelsbank eine ›Bombe‹ hinterlassen.«

Aber es hatte nichts in der Zeitung gestanden. Ich sagte nichts.

»Wir haben ganz früh am Samstagmorgen eine Warnung durchgegeben. Wir rufen eine Kabelfernsehgesellschaft an...«

»Cab-Cos Kanal 43. Ich weiß.«

»Sehen Sie unsere Nachrichten?«

»Nein. Aber ich habe einen Freund, der euch Leuten

dicht auf den Fersen ist, und wenn wir zusammen Mittag essen, erzählt er mir, was Sie so getrieben haben.«

»Öffentliches Bewußtsein«, sagte der Frosch und verbuchte den Punkt für sich.

Sinnlos zu erwähnen, daß mein Freund ein Bulle war.

»Wenn wir Cab-Co anrufen«, sagte der Frosch, »geben wir ein Codewort durch, damit die sich dort sicher sein können, daß wir es sind. Am Samstagmorgen haben wir also angerufen. Cab-Co hat die Polizei benachrichtigt. Die Polizei ist in das Gebäude gegangen und hat überall dort nachgesehen, wo wir sie hingeschickt haben. Alles wie gewöhnlich.«

»Und?«

»Die Bombe war nicht da, Mr. Samson.«

»Was meinen Sie damit, nicht da?«

»Ich meine, daß jemand sie mitgenommen hat. Nachdem wir sie dort hinterlassen hatten und bevor die Polizei kam.«

»Na gut, aber wenn sie doch nicht losgehen kann...«

Aber noch während ich sprach, wurde mir klar, wo das Problem lag. »Oh«, sagte ich. »Die Anweisungen.«

Der Frosch nickte.

Der Sinn einer Bombe der Scum Front lag in der Botschaft: »Seht! Wir hätten dieses Gebäude in die Luft sprengen können, wenn wir es wirklich gewollt hätten.« Um anzudeuten, daß sie es beim nächsten Mal vielleicht tun würden, wenn sie nicht bekamen, was sie verlangten.

Aber wenn man lediglich eine Tüte mit ein paar Stangen Dynamit irgendwo herumliegen ließ, bewies das noch nicht, daß man die Bombe auch hätte zünden können. Zu einer Explosion gehörten ein Zünder und ein Zeitschalter. Und das Wissen, wie man sie zusammensetzte. Also gehörte zu den ›Bomben‹ der Scum Front auch ein Schaltplan.

Ich sagte: »Das heißt also, daß nun jemand mit einem Bombenbausatz rumläuft.«

16

»War diese Bombe leicht zu finden?«

»Nein, auf keinen Fall«, sagte der Frosch.

»Und haben Sie eine Ahnung, wer sie jetzt hat?«

»Nein.«

»Woher wissen Sie, daß die Polizei sie nicht gefunden hat?«

»Nachdem es nicht in den Nachrichten war, haben wir noch mal bei Cab-Co angerufen, und der Mann, mit dem wir dort reden, sagte, die Polizei hätte nichts gefunden.«

»Mit wem reden Sie dort?«

»Mit dem Spitzenmann für den Umweltkanal.«

»Wieso hat er den Bullen nicht erzählt, daß Sie Frauen sind?«

Sie seufzte ungeduldig. »Ist das wichtig?« Dann fügte sie hinzu: »Wir benutzen einen computergesteuerten Stimmenverzerrer, nehmen auf, was wir zu sagen haben, und spielen es dann am Telefon ab.«

»Oh.«

»Wir haben diese Kampagne sehr sorgfältig geplant, Mr. Samson.«

»Aber Ihnen ist nie der Gedanke gekommen, daß eines

Tages möglicherweise jemand einen Ihrer Bombenbausätze mitnehmen könnte?«

»Nein«, sagte der Frosch. »Darauf sind wir einfach nicht gekommen.«

Nun, wenigstens keine Ausreden.

Ich warf noch einen Blick auf die Bank. Kate King und die Tiere sahen weiterhin ausdruckslos zu. In Anbetracht der geflüsterten Uneinigkeit, die ich durch die Tür gehört hatte, bevor sie eingetreten waren, war die Disziplin der Gruppe beeindruckend. Aber so sollte das bei konspirativen Vereinigungen wohl auch funktionieren, nicht wahr? Charismatische Führung und Emotionen. Irregeleitete Individuen, die ihre Individualität externen Zielen unterwarfen.

Ich sah den Frosch an. Sie war wortgewandt. Aber charismatisch?

Zumindest war sie keine unkontrollierte Irre. Sobald wir die Präliminarien hinter uns hatten, hatte sie auf das geantwortet, was ich fragte.

»Und Sie wollen, daß ich versuche, Ihre Bombe zu finden?«

»Wir wollen Sie engagieren. Wir haben vor zu bezahlen.«

»Aber wie zum Teufel soll ich das Ding denn finden?«

»Wenn Sie einverstanden sind und es versuchen wollen, werden Sie Informationen bekommen, an die die Polizei niemals herankäme. Wir haben rekonstruiert, was von dem Zeitpunkt an, als wir uns für die Handelsbank entschieden haben, bis zu unserem Telefongespräch passiert ist. Wir würden Sie mit Einzelheiten versorgen, die Ihnen vielleicht als Fingerzeig dienen können.«

»Wie zum Beispiel?«

»Ich kann unmöglich darüber reden, ohne die bedingungslose Zusicherung von Ihnen erhalten zu haben, daß Sie nicht die Polizei hinzuziehen werden. Daß Sie dort wirklich nichts von dem mitteilen werden, was Sie über uns erfahren.«

»Wie können Sie das von mir verlangen? Eine ›bedingungslose‹ Zusicherung?«

Der Frosch sagte: »Wenn wir auch nur den leisesten Hinweis darauf erhalten, daß Sie der Polizei erzählt haben, was Sie wissen, werden wir Ihnen nicht mehr helfen.«

Ich stützte das Kinn in die Hände und dachte nach. »Sie haben mich«, sagte ich, »in eine sehr schwierige Lage gebracht. Sie bitten mich, die Lizenz aufs Spiel zu setzen, auf der mein gesamter Lebensunterhalt basiert.«

»Wir bitten Sie zu verhindern, daß Menschen ihr Leben lassen.«

»Und der ganze Käse mit dem Päckchen, das an die Schaukel im Park ausgeliefert werden sollte?«

»Wir mußten eine Möglichkeit improvisieren, um herauszufinden, ob Sie Anweisungen befolgen würden.«

»Warum ich?«

»Wie bitte?«

»Warum sind Sie ausgerechnet zu mir gekommen?«

»Weil«, antwortete der Frosch, »Sie allein arbeiten. Wir haben beschlossen, das Risiko einzugehen, einen Menschen ins Vertrauen zu ziehen. Nur einen.«

»Ihr habt mir bereits mehr Informationen über euch gegeben, als die Polizei hat. Wie kann ich es da vermeiden, zugeben zu müssen, daß Sie Kontakt zu mir aufgenommen haben?«

»Wir verstehen diesen Druck. Aber die Gesellschaft hat von uns nichts zu befürchten. Die Gesellschaft muß sich vor demjenigen fürchten, der unsere verschwundene Bombe hat. Das muß jetzt Vorrang haben.«

»Die Polizei könnte durchaus das Gefühl haben, daß es ihre Aufgabe ist, mit dieser Gefahr fertigzuwerden.«

»Nein. Kommt nicht in Frage.«

»Aber Sie begreifen mein Dilemma?«

»Ja.«

»Wie stehen meine Chancen, Ihre Bombenausrüstung zu finden?«

»Hier stehen Menschenleben auf dem Spiel, Mr. Samson. Wir haben beschlossen, einen Versuch zu unternehmen, um die möglichen Konsequenzen unseres Fehlers abzuwenden. Dieser Versuch sind Sie. Wenn Sie nicht versuchen werden, das verschwundene Material zu finden, werden wir alle einfach irgendwann in der Zeitung davon lesen.«

Ich sagte nichts.

Der Frosch sagte: »Ich muß außerdem klarstellen, daß es unangenehme Konsequenzen für Sie haben wird, wenn Sie sich einverstanden erklären, unserem Wunsch nach Geheimhaltung nachzukommen, und dieses Vertrauen dann brechen.«

»Sie drohen mir also?« Und sie hörten sich plötzlich schon eher wie ›richtige‹ Terroristen an.

»Wir alle haben viel aufs Spiel gesetzt, was unser bürgerliches Leben betrifft, um für das größere Ziel zu arbeiten. Wir werden uns zu schützen wissen. Ihre Mutter wohnt mit ihrem Geliebten hier. Und wir wissen auch, daß Sie eine Freundin haben. Wir wissen, wo sie wohnt und daß sie einen Sohn und eine Tochter hat. Was ich damit sagen will, ist nur, daß Sie nicht an unserer Entschlossenheit zweifeln sollten.«

»Ich glaube«, sagte ich, »daß diese Unterredung jetzt beendet ist.«

»Mr. Samson, wenn wir feststellen, daß wir Ihnen vertrauen können, werden Sie feststellen, daß Sie uns trauen können. Wir haben nicht den Wunsch, Sie in Schwierigkeiten zu bringen, weder in Bezug auf Ihre Lizenz noch auf... irgend etwas sonst. Wir wollen nur, daß die Bombe gefunden und unschädlich gemacht wird. Bitte denken Sie ernsthaft über die Konsequenzen nach, wenn Sie den Auftrag nicht annehmen.«

»Ich werde ernsthaft darüber nachdenken«, sagte ich.

»Wenn Sie bereit sind, die Sache anzugehen, dann rufen Sie...« Sie holte aus ihrer Tasche ein Stück Papier mit aus einer Zeitung ausgeschnittenen, aufgeklebten Ziffern heraus. »Das ist die Telefonnummer von Kanal 43 bei Cab-Co. Benutzen Sie ein öffentliches Telefon. Sagen Sie dann zu demjenigen, der an den Apparat geht: ›Naturgrün in Zahn und Klaue.‹ Dann legen Sie auf. Die Polizei überwacht die Leitung. Man kann jetzt Telefongespräche per Computer zurückverfolgen, so daß die Polizei binnen weniger Minuten einen Streifenwagen da haben wird, von wo aus Sie angerufen haben. Wenn Sie dieses Telefonat nicht bis heute nacht um zwölf erledigt haben, dann werden wir alle wissen, wo Ihre Prioritäten liegen.«

Ich strich das Stück Papier mit der Telefonnummer auf dem Schreibtisch glatt. Ich spürte das ganze Gewicht der Situation auf meinen Schultern. »Ja, in Ordnung«, sagte ich.

Der Frosch stand auf. Fast augenblicklich standen auch die drei auf meiner Bank auf. Sie gingen allesamt zur Tür und verschwanden.

»Schönen Tag noch«, rief ich ihnen nach, als die Tür sich hinter ihnen schloß.

Ich versuchte angestrengt zu lauschen, konnte aber kaum hören, wie die Scum Front meine Treppe hinunterging.

17

Ich holte mir Kehrschaufel und Handfeger und fegte die Einzelteile der zerbrochenen Tasse auf.

Unter den Scherben waren sechs große Stücke. Ich warf eins nach dem anderen in meinen Abfalleimer. Ich wußte, daß sie alle ihr Ziel erreichen würden. So geladen war ich.

Jeder Wurf ein Treffer.

Was für eine Art Leben ist das? Ein schlichter Mann in mittleren Jahren beschließt endlich, ein Stück von sich selbst herzugeben. Er versucht, ein bißchen so wie die anderen Menschen zu sein. Er versucht, das Geldverdienen wichtig zu nehmen. Und was passiert? Ihm rücken Terroristen auf die Bude.

Aber sind es nette, durchschnittliche Terroristen, die nach dem Motto vorgehen: Tötet alles, was sich bewegt? Nein, nein. Das wäre zu einfach. Es sind ›gesellschaftlich verantwortungsbewußte‹ Terroristen. Es sind Bombenleger, die nichts in die Luft sprengen möchten.

Ich stand auf.

Ich leerte die Kehrschaufel.

Ich brauchte einen Hammer, um mir damit auf den Kopf zu schlagen. Und anschließend aus einem Fenster im zweiten Stock zu springen. Und ausgeraubt zu werden. Hauptsache etwas, das für eine Weile meine Aufmerksamkeit beanspruchen würde. Das mir den Kopf frei machen würde.

Es war ja schön und gut, wenn Terroristen sich zu Moralaposteln aufschwangen und von Menschenleben redeten, die auf dem Spiel standen. Aber war es meine Pflicht, mich da reinziehen zu lassen? Meine Aufgabe?

Ich erinnerte mich an die Hände des Froschs. Nicht die Hände einer jungen Frau. Sonnengebräunte Hände.

Ich wünschte, ich hätte mir die Kleider der Tiere näher angesehen. Turnschuhe, ja, aber Reeboks oder Keds?

Wer zum Teufel waren diese Leute?

Drei Erwachsene und ein Kind: »Bitte, Mister, helfen Sie mir, meine Bombe zu finden.«

Sollte ich nicht einfach die Polizei anrufen? Mochten doch die Bullen den verschwundenen »Gegenstand« finden.

Das hätte ich doch tun sollen, oder?

Wo lernt man, wie man eine Bombe macht? Hieß das, daß eine von ihnen bei der Armee gewesen war?

Aber man mußte immer noch an den Sprengstoff herankommen.

Sie benutzten Dynamit, und da das auf Farmen und in Steinbrüchen benutzt wurde, war es vielleicht doch nicht so schwierig, an das Zeug heranzukommen. Aber explosive Kontakte und sonnengebräunte Hände?

Ringe an den Fingern?

Ich ging zum Kühlschrank, um mir eine Tüte Orangensaft zu holen. Ich gab jede Menge Eiswürfel in ein Glas.

Dann stellte ich den Orangensaft zurück und kaute nur auf dem Eis herum. Kälte. Schock. Klarheit.

Ich hatte keine Ahnung, wie diese Leute in Zivilkleidung aussahen. Ich konnte ihnen auf der Straße begegnen, ohne auch nur den blassesten Schimmer zu haben.

Aber das war natürlich der Sinn von Masken und langen Mänteln. Und von einer hohen Stimme. Der Bär und der Gorilla hatten überhaupt nichts gesagt, die perfekte Tarnung.

Moment mal, ich hatte sie ja auf Band!

Ich ging wieder in mein Büro und öffnete die Schublade mit dem Kassettenrekorder. Er schien zu funktionieren. Ich hielt ihn an, spulte das Band zurück und drückte auf die Abspieltaste. »Ah, scharf«, hörte ich mich selber sagen. »Ein Ausbruch aus dem Zoo?«

Mein Telefon klingelte. In echt. Nicht auf Band.

Ich hielt die Kassette an.

Mehrere Sekunden lang tat ich nichts.

Aber das beharrliche, aufdringliche, häßliche Schrillen war zuviel für mich. Schließlich gab ich's auf und ging an den Apparat.

Der Anrufer war Jerry Miller. Captain Miller. Von der Polizei.

18

Mein Herz hämmerte wild. Ich schnappte nach Luft. Ich sagte: »Na, wie steht's denn so, Jer?« und hoffte, daß er nicht meine Gedanken lesen konnte.

Aber er lauschte auf seine eigene Trommelmaschine. »Mir geht's prächtig«, sagte er. »Janie ist zu einer Tante in Noblesville gefahren, und ich will gerade ausgehen.«

»Ah«, sagte ich. Miller hat jetzt schon seit einer ganzen Weile eine… ›Freundin‹. Wendy ist beim Lokalfernsehen. Miller ist jetzt viel glücklicher als früher. Seit seiner Beförderung.

Er sagte: »Also, wann startet deine große Werbekampagne im Fernsehen?«

»Was?«

»Ich dachte, du läßt einen Werbespot machen.«

»Oh. Ja. Ja.«

»Wird es was für die Presse geben? Mit Schönheitsköniginnen, die um dein Vergrößerungsglas drapiert werden?«

Ich brachte es fertig zu sagen: »Ich habe da einen Burschen an der Hand. Er macht die Werbung. Er schneidet wohl gerade die Filme.«

»Gut«, sagte Miller. »Klasse. Aber ich muß unbedingt wissen, wann es kommt.«

In guter Laune, der Miller.

Dann sagte er: »Ich hab mir überlegt, ob du nicht Lust hättest, morgen zum Mittagessen rüberzukommen.«

Mein Herz spurtete wieder los. »Mal nachsehen.«

Ich legte die Hand auf den Hörer und schloß die Augen.

»Nun?« hörte ich ihn sagen.

»Ja«, sagte ich, da mir nicht mal die schlichteste Lüge einfallen wollte. »Essen wir 'nen Happen zu Mittag. Ich ruf dich morgen früh an.«

»Gut«, sagte er. »Al, da sind 'n paar wilde Sachen im Gange. Wird dich interessieren.«

»Ach ja?«

»Unsere Scummy-Freunde haben ihre allwöchentliche Bombe angekündigt, aber als die Jungs hinkamen – nichts.«

»Ach ja?«

»Ich schätze, die haben die Bombe überhaupt nicht gelegt und versuchen jetzt, ob sie nicht trotzdem die Publicity kriegen können.«

»Ja?«

Er räusperte sich. »Wir haben's hier wohl mit minimalistischen Bombenlegern zu tun.«

Er wartete darauf, daß ich etwas dazu sagte. Als ich schwieg, meinte er: »Diese Bombenleger, die nichts in die Luft jagen, entwickeln sich jetzt zu Bombenlegern, die nicht mal Bomben legen.«

Er wollte mich dazu bringen zu sagen: »Du hast früher nie Worte wie ›minimalistisch‹ benutzt.« Ich sagte es.

»Ja«, erwiderte er überglücklich. »Tja, ich lese jetzt.«

Ein verliebter Polizist.

Er sagte: »Wenigstens hat dieser hinterhältige Bastard beim Kabelfernsehen diesmal gespurt. Schlimmm genug, daß er sich mit denen einläßt, aber wenn er ihnen jetzt auch noch Sendezeit geschenkt hätte, ohne daß sie auch nur das kleinste Ei gelegt hätten, na, das wäre wirklich ein starkes Stück gewesen.«

»Ja«, sagte ich. »Hör mal, Jer, ich muß jetzt los.«

»Ich auch. Viel Glück.«

Wir legten auf.

Und ich setzte mich hin. Ich fragte mich, ob ich meine Entscheidung nicht bereits getroffen hatte. Ich hatte ihm nichts erzählt.

19

Ich ging aus.

Ich fuhr langsam und zuerst in keine bestimmte Richtung. Dann steuerte ich eine Gegend in der Nähe an, die ich gut kannte, und fuhr so lange durch die Gassen und Einbahnstraßen, bis sogar meine Paranoia halbwegs überzeugt war, daß mir niemand folgte.

Es sei denn, sie hätten meinen Wagen elektronisch markiert.

Würden sie das tun?

Ich fuhr kurz auf die Kentucky Avenue raus und dann weiter nach Südwesten, bis ich zu einem Einkaufszentrum kam. Darin befand sich ein Steakhaus.

Ich hätte mich tatsächlich für eine Weile an etwas Eßbarem festhalten können.

Ich parkte in einer Ansammlung von Autos. Aber als ich auf das Restaurant zuging, sah ich einen öffentlichen Fernsprecher an der Wand zwischen einem Drugstore und einem Chiropraktiker, und mir wurde klar, daß mir das Telefon wichtiger war als jede verdammte Mahlzeit.

Ich suchte nach ein paar Vierteldollarstücken und rief meine Flamme an.

Sie war nicht zu Hause. Dann fiel mir wieder ein, daß sie nicht zu Hause sein konnte, aber ich hatte vergessen, warum.

Ich ging in das Steakhaus, nahm mir ein Tablett und bestellte einen Kaffee.

»Kaffee? Ist das alles?« fragte mich ein Südstaaten-Dickwanst in roten und weißen Streifen.

Ich sagte: »Äh, nein. Geben Sie mir noch eine gebackene Kartoffel und einen gemischten Salat.«

»He Mann, wenn Sie so ’n verdammter Vegetarier sind, sind Sie hier falsch.«

Ich trat einen Schritt zurück. Ich sah ihn an, während er mich mit unbekümmertem Vergnügen musterte und sich offensichtlich darüber freute, so mühelos jemanden identifiziert zu haben, der ›anders‹ war.

»Stimmt was nicht?«

»Sie haben recht«, sagte ich. »Ich glaube, ich bin vielleicht wirklich am falschen Platz.«

Ich ging.

Ich folgte dem Gehsteig des Einkaufszentrums zurück zu dem Drugstore und schweifte eine Weile in dessen Gängen herum.

Als ich zum Stand mit dem Kram für die Indy 500 kam, blieb ich stehen.

Plötzlich wollte ich mit meiner Tochter reden.

Aber ich wußte, was sie sagen würde. Sie würde mich in einem Berg von Plüschtieren verschwinden lassen, mich in Masken kleiden und mir komische Stimmen vormachen, und sie würde die ganze Zeit über schallend lachen. Immer voller Tatendrang, meine Tochter. Ihrer Meinung nach war ein ruhiger Abend zu Hause eine Übung fürs Grab.

Ich lächelte. Ich lachte kurz.

Mein kleines Mädchen, mein kleines, weit entferntes Mädchen.

Eine Frau in meiner Nähe – sie trug eine sepiafarbene Satinjacke – wußte nicht, daß ich wegen des Kindes lächelte.

Sie dachte, ich wäre auf eine Anmache aus. Also sagte sie: »Träum was anderes, Blödmann.«

»Was?«

»Da läuft nichts, Alter«, sagte sie. Sie griff sich ein Indy 500 Party-Pack und sechs karierte Flaggen und verschwand.

Es erschien mir passend, mich in die entgegengesetzte Richtung zu entfernen.

Mein Weg führte mich schnurgerade auf die Kasse zu. Ich nahm mir einen Schokoladenriegel. Ich zahlte in bar.

Draußen ging ich wieder zum Telefon. Ich rief die Nummer bei Cab-Co an. Ich sagte: »Naturgrün in Zahn und Klaue.« Dann legte ich auf.

Ich sah mich um und wurde mir plötzlich der Tatsache bewußt, daß mein Telefongespräch sich für einen potentiellen Lauscher nur um eine Shrimp-Breite von einem Cocktail unterschied. Ich hatte Angst, diese Sepiasatinjackenfrau könnte sich mit einem weißen Netz an mich heranpirschen.

Aber ich war allein.

Ich blieb mehrere Sekunden lang stehen, während mein Herzschlag sich verlangsamte, dann ging ich zurück zu meinem Wagen und stieg ein.

Als ich nach meinen Schlüsseln suchte, fand ich den Schokoladenriegel. Ich wickelte ihn aus, ohne das Papier zu zerreißen, und nahm dann einen kleinen Bissen.

Ich stellte zu meiner Unterhaltung das Radio an. Ein Discjockey versuchte, mir eine Markenpizza zu verkaufen, daher stellte ich die Lautstärke runter, bis ich die Worte nicht mehr verstehen konnte.

Ich ließ die Schokolade schmelzen.

Dann wurde irgendwelche Musik gespielt. Ich drehte die Lautstärke rauf und summte mit.

Ich nahm noch einen Bissen.

Ich hatte noch den halben Riegel übrig, als die Bullen kamen.

Der erste Wagen hielt mit quietschenden Bremsen. Ihm folgten zwei weitere mit der Geschwindigkeit, mit der Fliegen der Scheiße folgen.

Meine Windschutzscheibe war ein Fernsehschirm. Ich sah zu, wie die Streifenpolizisten sich am Telefon versammelten. Einer von ihnen öffnete ein Päckchen und holte das Klebeband heraus, mit dem sie ein abgesperrtes Gebiet markieren.

Ein vierter Wagen fuhr vor und machte sich nicht die Mühe, ordentlich einzuparken, daher mußte ich, als ich beschloß, auf einen anderen Sender umzuschalten, einen langen Umweg zum Ausgang des Einkaufszentrums nehmen.

Der erste Polizist war viereinhalb Minuten nach meinem Telefonat eingetroffen.

20

Als ich an ihrer Wohnzimmertür klopfte, war Mom im Bademantel und allein mit dem Fernseher. »Komm rein, Sohn«, sagte sie. Sie stellte den Ton ab.

»Hattest du einen schönen Sonntagsausflug?« fragte ich.

Sie sah mich an. »Stimmt irgendwas nicht, Albert? Hat es etwas mit diesem merkwürdigen Mädchen zu tun, das du hier runtergebracht hast?«

Ich wollte eigentlich sagen: »Nein.« Aber ich zögerte.

»Sie ist zu jung für dich, mein Sohn.«

Ich wollte gerade belustigt alles leugnen, als Norman sich hinter mir durch die Tür schob.

Wir sahen einander an. Er sagte: »Oh.« Dann drehte er sich um und ging wieder hinaus.

»Sie mag dir zwar zuerst aufregend erscheinen«, sagte Mom, »aber du hast ganze Jahrzehnte durchlebt, von denen sie nie was gehört hat, daher wird euch bald der Gesprächsstoff ausgehen.«

Ich sagte: »Es ist nichts dergleichen.«

»Du hast doch nichts gegen einen mütterlichen Ratschlag oder, mein Sohn?«

»Natürlich nicht.«

»Laß dich nicht von deiner Phantasie übermannen. Das ist alles, was ich dazu zu sagen habe.« Mit diesen Worten wandte sie sich wieder dem Fernseher zu.

Ich ging und schloß die Tür hinter mir.

Aber als ich mich dem Fuß der Treppe näherte, die zu meinen Räumen führte, tauchte aus irgendeiner dunklen Ecke Norman auf. »Nun?« fragte er.

»Nun was?«

»Um Himmels willen!« sagte er. Und stampfte an mir vorbei Richtung Wohnzimmer.

Als ich wieder in meinem Büro war, stellte ich fest, daß ich vergessen hatte, meinen Anrufbeantworter einzuschalten, bevor ich aufgebrochen war.

Das ärgerte mich in einem Maße, das in keinem Verhältnis zur Wichtigkeit des Vorfalls stand. Es war ein kleiner Fehler im routinemäßigen Arbeitsablauf, ein Verstoß gegen die Regeln, die mein neues Ich für das neue Leben aufgestellt hatte.

Keine große Sache, aber ... Entweder spielte ich dieses Spiel, oder ich ließ es.

Nach ein paar Augenblicken der Selbstzüchtigung vergab ich mir. Und zur Belohnung erinnerte sich mein Gehirn daran, warum meine Herzdame nicht verfügbar war, um meine selbstquälerischen Ergüsse zu beschwichtigen: Sie nahm an der Versammlung einer Selbsthilfegruppe für Pflegeeltern teil.

Ich beschloß zu lesen. Ich ging in mein Schlafzimmer und wählte von den Regalen, die die Wand neben dem Bett säumen, *Chance & Necessity* aus. Es geht da um den Ursprung des Lebens. Nun, mein Leben stand an einem neuen Anfang. Vielleicht konnte mir das Buch ja ein paar Tips geben.

Und dann hörte ich es klopfen.

Aber es war nicht die Scum Front auf dem Aufgang vor dem Büro. Es war Mom an der Tür, die mich mit dem Rest ihres Hauses verbindet.

Sie sagte: »Ich wollte noch sagen, mein Sohn, wenn du in irgendwelchen Schwierigkeiten bist, ich habe jetzt eine Waffe.«

»Du hast was?«

»Du kannst sie dir leihen, wenn du sie brauchst.«

»Eine Waffe? Wie meinst du das, eine Waffe?«

Sie zog eine kleinkalibrige Automatik aus der Tasche ihres Bademantels und zeigte sie mir.

»Ist dieses Ding geladen?«

»Anders hätte das Ding nicht viel Sinn, wie? Aber es ist gesichert. Siehst du?«

Ich sah. »Was ist bloß in dich gefahren, daß du dir eins von diesen Dingern beschafft hast?«

»Entscheidend ist nicht das Werkzeug«, sagte sie, »entscheidend ist, wie man das Werkzeug benutzt.«

»Was meine Frage nicht beantwortet.«

»Oh, ich dachte nur, es wäre vielleicht eine gute Idee«, meinte sie. »Ich finde, eine Witwe hat ein Recht auf ein wenig Schutz.«

»Ist das Normans Idee gewesen?«

»Kümmer dich nicht um Norman, mein Sohn. Er meint es nur gut.«

»Ach ja?«

»Ja«, sagte sie. »Obwohl er, wie ich zugeben muß, ein wenig grob ist.«

»Du willst mir doch nicht erzählen, daß sich unter der harten Schale ein Juwel verbirgt, hoffe ich.«

»Er ist mir auf jeden Fall eine Hilfe.«

»Weißt du, daß er was dagegen hat, daß ich hier wohne und arbeite? Daß er glaubt, ich würde dich übervorteilen?«

»O ja. Aber ich habe ihm gesagt, daß du mir Miete zahlen wirst, sobald du erst fest auf deinen Füßen stehst.«

»Das wird bald soweit sein, Mom«, sagte ich. Es sollte eigentlich stark und entschlossen klingen, kam aber ziemlich schwächlich.

»Da bin ich mir sicher«, sagte sie.

»Ich lasse ein paar Fernsehspots machen. Die müßten jetzt bald auf Sendung gehen.«

»Oh, gut. Welcher Sender?«

»Einer von denen aus dem neuen Kabelsystem.«

»Oh.«

»Ich werde ihn dir abonnieren, wenn du nichts dagegen hast. Ich bezahle natürlich auch.«

»Nun, wir werden sehen«, sagte sie. Und fügte dann hinzu: »Möchtest du die Waffe gern haben, mein Sohn?«

»Bitte ziel nicht mit diesem Ding auf mich!«

»Ich werde dich schon nicht erschießen. Ich habe geübt.«

»Wo?«

»In einem der Einkaufszentren draußen an der Southeastern gibt es einen Schießstand. Ich bin die letzten beiden Sonntage dort gewesen.«

»Mit Norman?«

»Es macht mir viel Spaß. Und ich werde immer besser. Jetzt treffe ich fast jedesmal die Zielscheibe.«

»Du wirst dir sicher zum Geburtstag eine größere Waffe wünschen, mit Schalldämpfer und allen Schikanen.«

»O nein«, sagte sie. »Noch nicht. Aber denk dran, mein Sohn, sie ist hier, falls du sie brauchst.«

»Ich werde dran denken, Mom.«

»Das ist gut.«

»Okay.«

Sie blickte zu mir auf. »Albert, ist alles in Ordnung bei dir?«

»Klar doch.«

»Es ist komisch, weißt du. Ein Junge wie du, der plötzlich nach all diesen Jahren sein Geschäft so ganz anders anpackt. Ich hoffe, du versuchst nicht etwas zu sein, was du nicht bist. Wir sind nicht alle dazu bestimmt, erfolgreich zu sein, mein Sohn, aber wir sind alle dazu bestimmt, wir selber zu sein.«

»Es ist alles bestens.«

»Und dann bringst du eine seltsame junge Frau mit... Ich weiß nicht. Ich weiß einfach nicht.«

»Du brauchst dir keine Sorgen zu machen, Mom.«

»Ich wünschte, ich könnte das glauben«, sagte sie, als spräche sie mit sich selbst. Dann fügte sie hinzu: »Hättest du Lust, runterzukommen und mit mir und Norman Scrabble zu spielen?«

»Ich glaube, ich werde diese Runde auslassen. Danke für die Einladung.«

»Du mußt wahrscheinlich noch arbeiten, jetzt, wo du so viel zu tun hast.«

»Das stimmt. Ich erwarte einen Anruf.«

Noch bevor ich ausgesprochen hatte, klingelte das Telefon.

21

Am Apparat war Quentin Quayle. »Albert, die Sache läuft schief!«

»Tut mir leid, das zu hören.«

»Ich muß vielleicht dem Ganzen ein Ende machen!«

»Selbstmord sollte es in diesem Fall aber nicht sein.«

Mit ruhiger Stimme, in der ein Hauch von Kritik mitschwang, sagte er: »Seien Sie nicht dumm. Das habe ich nicht gemeint.«

»Ah.«

»Aber ich muß augenblicklich mit Ihnen reden.«

»Soso.«

»Na, kommen Sie schon. Nehmen Sie sich von dem Geld,

das ich Ihnen gegeben habe, soviel Sie benötigen, aber kommen Sie.«

»Glauben Sie nicht, daß Sie ein klein wenig…«

»Bitte!« sagte er.

Ein Zauberwort, vor allem im Zusammenhang mit der Tatsache, daß das Warten auf die Scummies mich nervös machte. Ich sagte: »Geht in Ordnung.«

Meinem Poeten war eine Wohnung im dritten Stock an der Ecke Achtunddreißigste Straße und Meridian Nord zur Verfügung gestellt worden. Ich brauchte fast geschlagene zwanzig Minuten, um an seine Tür zu gelangen, und als er sie öffnete, sagte er: »Ah, Albert!« Und begleitet wurden diese vielsagenden Worte von einem theatralischen Stoßseufzer, der die sofortige Rückkehr zum Stummfilm bedeutet hätte, wäre er je ins Kino gekommen.

Ich bekam nicht gleich die Chance, ihn zu fragen, worin sein Problem bestand. Er drehte sich um und entfernte sich von mir. Währenddessen raufte er sich in kleinkindhaftem Zorn die Haare.

Ich war mir nicht mehr so sicher, ob es wirklich eine gute Idee gewesen war, dem Ruf meiner verwandten Seele Folge zu leisten, aber ich betrat die Wohnung und schloß die Tür.

Das Wohnzimmer war vollgestopft mit Möbelstücken und Zierat. Quayle konnte es in wenigen Monaten unmöglich in einen solchen Zustand der Überfüllung versetzt haben. Vielleicht hielt sich Charlotte Vivien diese Wohnung eigens für Poeten.

Ich war noch nie zuvor in dem Gebäude gewesen, aber es war das Haus, in dem ein Lokalpolitiker sein persönliches

Programm gegen die Diskriminierung von Minderheiten betrieb. Jedenfalls laut Miller.

Quayle drapierte sich auf einem geblümten Sofa hinter einem Couchtisch mit Glasplatte und Bronzebeinen.

Ich suchte mir einen geraden, hohen Stuhl aus und setzte mich ihm gegenüber.

»Ich bin am Boden zerstört. Und das, wo wir so ein herrliches Leben vor uns gehabt hätten! Charlotte hat einen anderen.«

»Deswegen haben Sie mich herkommen lassen?«

»Natürlich.«

»Wer ist es?«

»Oh, ich habe keine Ahnung.«

»Nun, woher wissen Sie es dann?«

»Charlotte ist plötzlich nicht mehr so offen zu mir.«

Ich wartete. Mehr kam aber nicht. »Und das war's?«

»Ja.«

»Mein lieber Poet, haben Sie mir nicht erzählt, daß sie dieses Wochenende ihre Kinder zu Hause hatte und ziemlich aufgeregt war?«

»Sie ist einfach weniger offen. Ich war ein Vertrauter für sie, und plötzlich bin ich das nicht mehr. Da ist ein Mann im Spiel, Albert. So sicher, wie ein Ei ein Ei ist, trifft sich Charlotte Vivien mit irgend jemandem. In diesen Dingen irre ich mich nie.«

»Wenn Sie es sagen.«

»Ich sage es.«

Ich sagte: »Das ist der Lauf der Dinge. Zeit, sich als guter Sportsmann zu erweisen, ihr Glück zu wünschen und sie zu vergessen.«

Er setzte sich auf und beugte sich vor. Er blickte zu Boden, und wegen des herabhängenden Haars konnte ich von seinem Gesicht überhaupt nichts sehen. »Aber ich will sie nicht vergessen«, sagte er.

»Welche Wahl haben Sie denn?«

Er warf den Kopf zurück und sagte: »Ich möchte, daß Sie ihr folgen.«

»Was?«

»Ich kann mir keine neue Strategie zurechtlegen, bis ich weiß, wer mein Gegner ist.«

»Poet, für die Verfolgung von Charlotte Vivien haben Sie mich nicht angeheuert.«

»Ich habe Sie angeheuert, mir Ihre professionellen Dienste zur Verfügung zu stellen. Ist die Verfolgung treuloser Frauen nicht der eigentliche Kern dessen, was Privatdetektive tun?«

»So was braucht viel Zeit. Ich habe andere Aufträge.«

»Folgen Sie ihr nur nachts. Das reicht. Abends. Ich bin sicher, daß sie nicht die Art Frau ist, die es bei Tageslicht täte.«

Ich sah ihn an. »Ich nehme an, in solchen Dingen irren Sie sich auch nie.«

»Sie müssen es tun«, sagte er pathetisch.

»Nun, ich kann andere Leute engagieren, die ihr folgen, wenn ich zu viel zu tun habe.«

»Tun Sie alles, was nötig ist.«

»Aber Ihr Geld wird nicht lange reichen.«

»Ich gebe Ihnen noch mehr.«

»Poet, sind Sie sich da auch wirklich sicher?«

»Ja.«

»Ist das nicht eine Panikreaktion? Wollen Sie nicht erst mal abwarten, wie sich die Sache entwickelt?«

»Nein.«

Ich sagte nichts.

Er sagte: »Albert, waren Sie denn nie verliebt?«

Als ich die Treppe hinunterging, dachte ich nach. Eine einfache Beschattung für Charlotte Vivien sollte nicht schwer zu arrangieren sein. Graham Parkis hatte ›Jungs und Mädels‹, die nur auf Arbeit warteten. Und ich hatte seine Privatnummer.

Also gut.

Auf der anderen Seite der Achtunddreißigsten Straße stand eine Telefonzelle. Ich steuerte sie an.

Die Nummer, die ich wählte, war jedoch die von Charlotte Vivien.

Ich erwartete, daß Loring an den Apparat ging, aber es meldete sich eine Mädchenstimme. »Hallo?«

»Könnte ich mit Mrs. Vivien sprechen?«

»Wer sind Sie denn, bitte?«

Ganz egal, was Mom gesagt hatte, dies war nicht der richtige Zeitpunkt, ich selbst zu sein.

»Der Polizeichef.«

»Oh, hallo, Chief.«

»Hm, hallo.«

»Hier ist Sheree. Mom ist im Augenblick nicht da, aber kann ich ihr etwas ausrichten?«

»Nein, danke, Sheree«, sagte ich. »Nicht nötig.«

»Ach, ich hab Sie heute nachmittag gesehen.«

»Tatsächlich?«

»Auf Video. Das Band von Moms Party.«

»Oh, das. Ich hatte selbst noch keine Gelegenheit, es mir anzusehen. Zuviel Arbeit.«

»Sie waren toll.«

»Schön. Schön.«

»Und ich fand, dieser Detektiv, den Mom engagiert hat, war einfach Megaklasse. Als er in dieses Pulver nieste und es ihm ins Gesicht flog! Wow, das war echt komisch! Er war einfach süß.«

»Finden Sie?«

»Ich würde ihn schrecklich gern mal kennenlernen. Kennen Sie ihn?«

»Flüchtig.«

»Ist er Schauspieler oder so was?«

»Ich habe mir sagen lassen, daß er demnächst ein paar kleine Sachen im Fernsehen machen wird«, entgegnete ich.

22

Da Charlotte Vivien nicht zu Hause war, war ich jeglicher Notwendigkeit enthoben, ihre Überwachung organisieren zu müssen. Man kann unmöglich irgendwelchen Jungs oder Mädels sagen, sie sollen jemandem folgen, wenn man nicht weiß, wo der Betreffende sich befindet. Stimmt's? Hab ich recht?

Ich fuhr nach Hause. Ich hatte Hunger.

Ich war noch nicht lange genug wieder da, um auch nur einen einzigen Happen zu essen, als es bereits an der Tür klingelte.

Ich wußte, wer es sein würde. Ich ging an den Schreibtisch und stellte den Kassettenrekorder an. Dann öffnete ich die Tür.

Es waren der Bär und der Frosch. Keine Kate King und auch kein Gorilla.

»Wo zum Teufel sind Sie gewesen?« fragte Frau Frosch mich mit ihrer hohen, ›komischen‹ Stimme. »Was glauben Sie, was das hier ist? Ein Spiel?«

»Was erwarten Sie denn? Daß der Rest meines Lebens einfach den Atem anhält? Ich habe Kanal 43 angerufen, aber dann mußte ich einen anderen Klienten besuchen.«

»Sie haben auch noch anderweitig telefoniert«, sagte Frau Bär. Auch sie sprach mit einer künstlich schrillen, aber etwas leiseren Stimme. Es war fast ein Knurren. »Ecke achtunddreißigste und Meridian.«

»Stimmt genau«, sagte ich.

»Haben Sie mit der Polizei telefoniert?« fragte Bär.

»Nein«, sagte ich. »Diesmal nicht.«

Die Fröschin kochte hinter ihrer Maske. »Ist es Ihnen eigentlich völlig egal, daß jemand sterben könnte, während Sie hier irgendwelchen Blödsinn machen?«

»Wenn Sie etwas suchen, das auf Knopfdruck funktioniert, dann nehmen Sie einen Limo-Apparat. Kommen Sie nun rein oder nicht?«

Sie kamen rein.

»Setzen Sie sich«, sagte ich. »Sobald Sie es sich bequem gemacht haben, werde ich Ihnen meine Bedingungen für die Übernahme dieses Jobs nennen.«

»Ihre Bedingungen?« fragte Frau Bär.

»Sie haben ganz richtig gehört.« Ich holte einen zweiten

Stuhl aus dem Schlafzimmer und sah sie beide von der anderen Seite des Schreibtisches aus an.

»Wir reden hier über einen Job und nicht über eine Clubmitgliedschaft. Das heißt, Sie müssen für meine Zeit und meine Unkosten bezahlen. Ein paar tausend Dollar für den Anfang. Ich werde meine Ausgaben detailliert offenlegen, aber nicht schriftlich. Haben Sie soviel Geld bei sich?«

»Ja«, sagte sie.

»Und ich brauche eine Möglichkeit, um im Notfall mit Ihnen Kontakt aufzunehmen.«

Frau Bär sagte: »Was, Sie meinen so etwas wie eine Telefonnummer?«

»Das wäre ideal.«

»Nein. Kommt nicht in Frage.«

»Nun, dann denken Sie sich etwas anderes aus. Aber ich muß in der Lage sein, Sie auch in aller Eile zu erreichen.«

Die Tiere sahen einander an.

»Wir werden sehen, was wir tun können«, sagte der Sopranfrosch.

»Ich werde Ihretwegen nicht zur Polizei gehen, aber wenn die Polizei zu mir kommt, wird das, was ich tue, von dem Druck abhängen, der auf mich ausgeübt wird.«

»Das haben wir uns so ungefähr gedacht«, sagte der Frosch.

»Und noch etwas«, sagte ich. »Solange ich an der Sache arbeite, werden Sie keine weiteren Bomben mehr legen.«

Sie tauschten einen Blick, sagten aber nichts.

»Ich muß an meine Lizenz denken. Wenn die Polizei herausfindet, daß ich für Sie arbeite, werde ich einen guten Grund benötigen, um zu erklären, warum ich mich nicht gleich an die Behörden gewendet habe. Die Tatsache, daß ich Sie davon abhalten konnte, weitere Bomben zu legen, ist dieser Grund. Haben Sie mich verstanden, und sind Sie mit meinen Bedingungen einverstanden?«

Der Frosch sah den Bären an, und Bär nickte. Der Frosch sagte: »Ja.«

»Das hatte ich befürchtet«, sagte ich.

23

Es war der Frosch, der die verschwundene Bombe hinterlegt hatte. »Ich bin gegen halb vier am Gebäude der Handelsbank angekommen.«

»In der Lobby?«

»Nein. Nebenan ist ein Parkhaus, und von dort führt ein Gang in das Gebäude, direkt in den fünften Stock.«

»Sie hatten die Bombe bei sich?«

»In einer Plastikeinkaufstüte.«

»Ich nehme an, Sie sind ohne Maske da aufgetaucht?«

»Ich habe einen leichten Wollmantel getragen, Hahnentrittmuster, und einen schwarzen Samthut.«

»Keine Kleider, die Sie für gewöhnlich tragen?«

»Genau«, sagte sie. »Und ich hatte eine blonde Perücke und eine Brille auf.«

»Was haben Sie als nächstes getan?«

»Ich bin mit dem Aufzug in den vierten Stock runtergefahren.«

»Was befindet sich dort?«

»Teile einer Anwaltskanzlei. Ich bin ausgestiegen und

habe gewartet, bis der Aufzug wieder wegfuhr. Dann habe ich so getan, als sei ich im falschen Stock gelandet. Ich fragte die Empfangsdame nach dem Treppenhaus. Sie zeigte zum anderen Ende des Foyers, und ich ging hin.«

»Verstehe.«

»Einen Stock tiefer ist eine Damentoilette. Na ja, an der Tür steht ›Damen‹. Ich ging hinein, nahm meinen Hut ab und setzte eine Sonnenbrille auf.«

»Ach ja?«

»So, wie die gesellschaftlichen Verhältnisse liegen«, warf Frau Bär ein, »würde sich später jeder, der ihr auf der Treppe begegnet ist, nur an ›blond‹ und ›Sonnenbrille‹ erinnern.« Sie gab ihren Worten mit beredten Gesten Nachdruck. Bärs Hände waren schmal mit langen Fingern, nicht jünger als die des Frosches – wenn auch weniger braun.

Ich wartete.

Der Frosch sagte: »Dann bin ich die Treppe hinaufgegangen und habe nach einer Stelle gesucht, wo ich mein Päckchen hinterlegen konnte.«

»Hat irgend jemand Sie gesehen?«

»Nein. Es hat niemand die Treppe benutzt.«

»Und?«

»Ich bin zu der Klappe gegangen, hinter der der Feuerwehrschlauch untergebracht ist. Im sechsten Stock.«

»Wovon reden Sie?«

»Auf jedem Treppenabsatz im Treppenhaus befindet sich ein Wandschrank mit der Aufschrift: ›Feuerwehrschlauch‹. Diese Schränke werden nicht abgeschlossen, und die Schläuche darin hängen bis auf den Boden herunter. Es ist ein perfekter Platz für eine Bombe.«

»Wo genau?«

»Ich habe sie mit Klebeband an der hinteren Wand befestigt. Dann habe ich die Tür wieder geschlossen.«

»Und die Bombe war nicht weiter auffällig?«

»Absolut nicht, es sei denn, man suchte danach.«

»Und dann?«

»Ich habe das Treppenhaus im fünften Stock verlassen und bin zu meinem Wagen zurückgegangen.«

»Und Sie haben niemanden auf der Treppe gesehen?«

»Nein.«

»Und im Flur, beziehungsweise im Parkhaus?«

Der Frosch dachte nach. »Als ich reinkam, stieg eine Frau mit mir in den Aufzug, aber sie hat auf den Knopf fürs erste Stockwerk gedrückt. Und auf dem Weg hinaus habe ich zwei Leute im fünften Stock gesehen. Aber sie lachten über irgend etwas und haben keine Notiz von mir genommen. Ich glaube, sie wollten zur Snackbar.«

»Um wieviel Uhr haben Sie das Gebäude verlassen?«

»Ich war vor vier wieder draußen.«

»Mit Ihrer Perücke?«

»Die habe ich erst im Wagen abgenommen.«

»Und dann sind Sie wohin gefahren?«

»Das ist meine Sache«, bemerkte sie spitz.

»Hm«, sagte ich, »das klingt mir nicht danach, als hätte jemand Ihre Bombe rein zufällig aufgelesen.«

»Der Meinung sind wir auch«, knurrte Frau Bär.

»Aber vielleicht hat jemand, der Ihnen nicht aufgefallen ist, Ihr Benehmen merkwürdig gefunden.«

Das glaubte der Frosch nicht, sagte aber: »Das ist denkbar.«

»Oder vielleicht ist Ihnen jemand den ganzen Weg über gefolgt.«

Ich erwartete eine augenblickliche und eindeutige Zurückweisung dieser Idee, denn eigentlich sollte ja niemand wissen, wer sie waren. Statt dessen spürte ich deutliches Zögern, und die beiden Tiere sahen einander an.

»Aha, Sie haben mir also noch was zu sagen. Lassen Sie's hören, ja?«

»Da war dieser Mann«, sagte der Frosch.

Ich wartete.

»Als wir den Sprengstoff kauften, gab es da eine kleine Panne.«

»Eine ›kleine Panne‹?«

»Wir hatten den Kauf von etwas Dynamit, Zündkapseln und Zeitschalter eingefädelt. Aber als wir die Lieferung abholen wollten, haben wir einen Mann gesehen, der sich für uns zu interessieren schien.«

»Wo war das?«

Der Bär sah den Frosch an und sagte: »Hm, kennen Sie den Trümmergürtel...«

»Den was?«

»Die ganzen leerstehenden Häuser nördlich des Zentrums, die mit Brettern vernagelt sind und jetzt langsam verfallen. Die Häuser sind vollkommen in Ordnung – einige sind sogar regelrecht schön.«

»Ja, ich kenne sie«, sagte ich.

Direkt jenseits des jüngsten Sanierungsgebiets befindet sich ein Korridor des Verfalls. Der ›Trümmergürtel‹ – kein schlechter Name dafür.

»Nun«, sagte der Bär, »wir haben unseren Lieferanten

direkt nördlich der dreiundzwanzigsten Straße hinter einem leeren Haus getroffen.«

»Zu wievielt waren Sie dort?«

»Alle vier.«

»Wie haben Sie das, was Sie gekauft haben, weggeschafft?«

»In Koffern«, antwortete der Frosch. »Aber es ist nicht so, als wären wir damit durch die Straßen gelaufen. Wir haben vorm Haus geparkt und sind in die frühere Garage gegangen, hinten im Garten. Unser Lieferant wartete in seinem Wagen. Wir haben ihn bezahlt, und er hat die Koffer aus seinem Kofferraum geholt.«

»Aber dann«, sagte der Bär, »fiel mir dieser Mann auf, der auf uns zu kam. Er war vielleicht hundert oder zweihundert Meter entfernt.«

»Was haben Sie gemacht?«

»Ich habe unseren Lieferanten auf ihn aufmerksam gemacht.«

»Und was sagte der?«

»Wir sollten uns keine Gedanken über ihn machen. Um genau zu sein, sagte er: ›Ach, ist doch nur irgendein Penner, Schätzchen.‹«

»Aber Sie hielten ihn nicht für einen Penner?«

»Er hatte eine Papiertüte bei sich, aber ich habe nicht gesehen, daß er irgend etwas damit angestellt hätte. Ich hatte das Gefühl, daß er sich für uns interessierte«, sagte der Bär. »Er wirkte irgendwie aufmerksam.«

»Hätte er ein Polizist sein können?«

»Das hatten wir ja befürchtet. Aber er wirkte auch nicht wie ein Polizist.«

»Also, was passierte dann?«

Der Bär sagte: »Als wir die Taschen zu unserem Wagen trugen, bin ich nicht mit eingestiegen. Ich bin um das Haus herumgegangen, um festzustellen, ob der Bursche blieb, wo er war, oder ob er uns folgte oder was.«

»Und?«

»Er suchte sich einen Platz, von dem aus er uns auf der Straße beobachten konnte.«

»Aha«, sagte ich. »Wie hat er denn ausgesehen?«

»Schwarz. Besser gesagt, Afroamerikaner. Ziemlich groß, über einsachtzig. Sehr dünn. Dunkles, kurzes Haar, teils ausrasiert. Er war vielleicht dreißig. Und nicht besonders gut gekleidet.«

»Hat er Sie gesehen?«

»Nein.«

»Und dann?«

»Er ging zur Garage und sah sich um. Dann ging er die Gasse zur Vierundzwanzigsten Straße runter. Da stand ein alter *Flat-back*.«

»Flat-back?«

»Ein Pick-up. So haben wir diese Wagen genannt, als ich noch ein Kind war. Da, wo ich aufgewachsen bin.«

Ich fragte nicht, wo das war.

Der Bär sagte: »Ich habe mir das Kennzeichen notiert.« Sie hatte ein Stück Papier zur Hand. Wie die Telefonnummer, die sie mir zuvor gegeben hatte, war es eine Collage.

Ich sagte: »Der Mann hat sich also zu einem kritischen Zeitpunkt für Sie interessiert. Haben Sie noch andere Gründe zu glauben, daß er mit der Sache zu tun haben könnte?«

Frau Frosch sagte: »Ich glaube, ich habe den Mann später noch einmal gesehen.«

»Wo war das?«

»Nein«, sagte sie. Sie schüttelte den Kopf. »Das werde ich Ihnen nicht verraten.«

»In der Nähe Ihres Wohnorts?«

»Ja.«

»Was tat er, als Sie ihn gesehen haben?«

»Er stand auf der Straße und sah zum Haus hinüber. Er blieb ziemlich lange dort.«

»Woher sollte er wissen, wo Sie wohnen?« fragte ich.

»Ich glaube«, sagte sie, »weil der Wagen, in dem wir die Sprengstoffe transportiert haben, mir gehörte. Wir dachten, darin läge kein Risiko. Das war uns eine Lehre. Ich habe den Wagen dann ohnehin abgeschafft.«

Wenn er sie anhand ihres Nummernschilds aufgespürt hatte, ergaben sich dadurch gewisse Fragen, wer der Mann sein mochte und wen er vielleicht kannte.

Der Frosch sagte: »Ich könnte mich aber auch irren, und er war es gar nicht.«

»Aber Sie glauben es nicht.«

»Nein.«

»Wie lange ist es her, daß Sie das Dynamit gekauft haben?«

»Das war Anfang Februar«, antwortete der Frosch.

»Und wann haben Sie den Mann wiedergesehen?«

»Ungefähr eine Woche später.«

»Also ist jetzt fast drei Monate lang nichts passiert?«

»Bisher nicht.«

Nicht gerade eine heiße Spur. Ich sagte: »Wie haben Sie

denn jemanden gefunden, der bereit war, Ihnen Dynamit zu verkaufen?«

»Die erste Kontaktaufnahme fand nicht hier statt«, sagte der Bär.

»Also war der Mann, mit dem Sie es zu tun hatten, kein Einheimischer?«

»O doch«, sagte der Bär. »Aber ich habe ihn das erste Mal in Boston kontaktiert.«

Ich runzelte die Stirn. »Worüber reden wir? Eine irische Verbindung?«

»Laut Plan«, sagte der Bär, »wollten wir einen Plastiksprengstoff namens Semtex benutzen. Es stellte sich jedoch heraus, daß der schwer zu bekommen war, aber in Boston habe ich jemanden gefunden, der mir den Namen eines Mannes nannte, der uns hier Dynamit verkaufen würde. Aber er hat nichts mit der verschwundenen Bombe zu tun, da bin ich mir sicher.«

Der Frosch nickte, daher sagte ich: »Gibt es denn wirklich gar nichts anderes, was mir vielleicht weiterhelfen könnte?«

Die beiden sahen einander an. »Nein«, sagte der Frosch.

»Okay«, sagte ich. »Dann möchte ich Ihnen jetzt etwas erzählen.«

»Was?« fragte der Frosch.

»Morgen esse ich mit einem Freund von der Polizei zu Mittag. Ich weiß nicht, ob Sie noch mehr Zeit und Energie darauf verschwenden wollen, mir zu folgen, aber ich dachte nur, ich sag's Ihnen besser gleich, damit Sie nicht auf falsche Gedanken kommen.«

Ah, aber wonach bemißt sich, ob ein Gedanke richtig

oder falsch ist? Sobald ich die Tür hinter ihnen geschlossen hatte, kam ich auf den Gedanken, meine Herzdame anzurufen.

Sie war zu Hause, aber sie sagte: »Ich habe nicht damit gerechnet, heute abend von dir zu hören. Gibt es ein Problem?«

»Ich hab mich bloß gerade mit der Scum Front unterhalten«, sagte ich. »Aber verrat's niemandem.«

»Al, ich habe eine harte Versammlung hinter mir, fühle mich nicht sehr wohl und bin mitten in einem Gespräch mit Lucy. Ich bin wirklich nicht in Stimmung für Witze.«

Ich sagte: »Nein, das merke ich. Tut mir leid, Kleines. Schlechter Stil.« Kurz danach legten wir auf.

24

Wie einfach könnte das Leben sein?

Am Morgen ging ich zur Handelsbank. Ich nahm den Aufzug in den vierten Stock. Ich stieg aus. Ich stand einer jungen Frau gegenüber, die hinter einem halbmondförmigen Schreibtisch saß.

Und sobald ich näher trat, blickte sie auf und sagte: »Kann ich Ihnen helfen?«

Ich sagte: »Ich hoffe es.«

Und sie sagte: »Ich hoffe es auch.«

Das Leben ist aber nicht so. Die Sache mußte einen Haken haben.

»Darf ich fragen«, sagte ich, »ob Sie auch am Freitagnachmittag hier waren?«

»Oh, es geht um den Bombenalarm.«

Ich lächelte. »Sind Sie die Scum Front? Kann ich mir meine Belohnung abholen?«

»Sie haben keine Bombe dagelassen, und wenn sie's getan hätten, wäre sie nicht losgegangen«, sagte sie, »aber es ist schon echt gruselig, wie? Ich meine, der Gedanke an eine Bombe, hier. Es ist... eine Art Verletzung der Privatsphäre.«

»Das ist es wirklich«, sagte ich. »Aber ich interessiere mich nicht für Bomben.«

»Oh, gut«, sagte sie. »Ich habe mich so aufgeregt, daß ich mich das ganze Wochenende nicht aufs Tanzen konzentrieren konnte.«

»Sie haben das ganze Wochenende getanzt?«

»Das ist mein Zweitjob.«

»Aha«, sagte ich.

»Was wollen Sie eigentlich?«

»Es geht um eine Frau. Sie ist am Freitag kurz nach halb vier hier aus dem Aufzug gestiegen.«

»Oh, Sie meinen die Frau mit dem Hahnentrittmantel?«

»Sie erinnern sich an sie?«

»Sie muß ganz schön berühmt sein«, sagte das Tanzmädchen.

Mein Herz schlug schneller, weil ich wußte, was sie als nächstes sagen würde. Ich lieferte ihr mein Stichwort: »Warum sagen Sie das?«

»Weil sich noch jemand nach ihr erkundigt hat.«

»Wann?«

»Am Freitagnachmittag.«

»Um wieviel Uhr? Erinnern Sie sich daran?«

»Ach, nur ein paar Minuten nachdem sie weg war.«

»Und dieser andere…?«

»Es war eine Schwarze in einem sehr teuren, milchkaffeefarbenen Kleid mit winzigen, verdeckten Knöpfen vorne.«

»Und was wollte sie über die Frau in dem Hahnentrittmantel wissen?«

»Ob ich sie gesehen hätte und wohin sie gegangen sei.«

»Und was haben Sie gesagt?«

»Daß sie zur Treppe gegangen ist.«

»Und ist die zweite Frau dann auch zur Treppe gegangen?«

»Treffer.«

»Hat sie gesagt, warum sie sich danach erkundigte?«

»Nein. Sie hat bloß gefragt«, antwortete die Tanzmaus. »Genau wie Sie.«

Wir sahen einander an.

Ich sagte: »Ich bin nur ein Mann, der seine Arbeit tut, Miss, und wenn Sie mir die zweite Frau beschreiben könnten, die gegen halb vier am Freitag hier war, würde mir das meine Arbeit sehr erleichtern.«

»Na gut«, sagte Tanzmaus. »Lassen Sie mich mal nachdenken. Der Rock war diagonal geschnitten und im Sarong-Stil gewickelt. Er war aus ganz leichtem Jersey. Sie trug schwarze Wildlederstiefel und hatte goldene Ohrringe an, drei Reifen ineinander. Und sie trug merkwürdige Handschuhe.«

»Merkwürdig?«

»Sie waren aus Wolle. Paßten überhaupt nicht zu ihrem Kleid.«

»Oh.«

»Sie war vielleicht einsfünfundsechzig groß. Weder dick noch dünn. Und sie war keine von den ganz dunklen Schwarzen, aber sie war doch ziemlich dunkel.«

»Würden Sie sie wiedererkennen?«

»Sie? Die Person?«

»Genau.«

»Das weiß ich nicht«, sagte sie. »Ich weiß, daß man das heutzutage nicht mehr sagen sollte, aber für mich sehen diese Leute alle gleich aus.«

Es gab wohl kein Programm gegen die Diskriminierung von Minderheiten auf dieser Welt, das hier etwas ausrichten konnte – Tanzmaus würde sich immer mehr für die Kleider, die die Menschen trugen, als für die Menschen selbst interessieren.

»Ich werde jetzt ganz ehrlich zu Ihnen sein«, sagte ich.

»Ach ja?«

»Ich bin Privatdetektiv.« Ich holte meine Lizenz aus der Tasche und hielt sie ihr hin.

»Na Donnerwetter«, sagte sie, »wissen Sie, ich fand Sie tatsächlich ein klein bißchen unheimlich.«

»Diese Frau in dem milchkaffeefarbenen Kleid ist jemand, den ich finden muß. Ich glaube, Sie könnten mir sehr helfen, wenn ich noch einmal mit einer Zeichnerin herkommen dürfte.«

»Mit einer Zeichnerin?«

»Mit jemandem, der versuchen würde, die Frau nach Ihren Angaben zu zeichnen.«

»Ach, ich weiß nicht.«

»Wir könnten es hier erledigen. Oder nach Ihrer Arbeit. Wie es Ihnen besser passen würde.«

»Ich möchte mich da nicht in irgendwas reinziehen lassen.«

»Sie werden keine Probleme bekommen. Es ist nichts dergleichen.«

»Ich weiß trotzdem nicht so richtig.«

»Ich kann Sie für Ihre Zeit bezahlen, wenn das helfen würde.«

Es half.

Ich rief von ihrem Telefon aus Graham Parkis an.

»Ja«, sagte er. »Ich hab ein Mädchen, das solche Sachen macht. Sie ist klasse. Sie müßte es bis, hm, halb drei, drei Uhr bis zu Ihnen schaffen.«

Aber Tanzmaus wollte es lieber nach der Arbeit machen, also verabredeten wir ein Treffen in der Lobby kurz nach fünf.

»Das wird Sie aber was kosten, Samson«, sagte Parkis zu mir.

»Wieviel?«

Er nannte eine Zahl. Ich stimmte zu, ohne zu feilschen.

Ich verabschiedete mich von Tanzmaus und ging die Treppe zum sechsten Stock hoch.

Ich fand den Wandschrank mit dem Feuerwehrschlauch und öffnete die Tür.

Dahinter sah es genauso aus wie beschrieben. Ein aufgerollter Stoffschlauch füllte den ganzen Schrank.

Eine an die hintere Wand geklebte Bombe würde nur gefunden werden, wenn jemand danach suchte.

25

Am Montagmittag sah Miller lange nicht so unbekümmert aus, wie er sich am Vortag am Telefon angehört hatte.

»Frag gar nicht erst«, sagte er, als ich Platz nahm.

Aber ich hatte einen erfolgreichen Vormittag gehabt. »Ich würde es doch nicht glauben, was im Indianapolis Police Department vorgeht, stimmt's?«

»Du hast es erfaßt.«

Ich lachte kurz, aber er schien mich ungefähr so komisch zu finden wie einen Ayatollah.

Ich sagte: »Du mußt an die schönen Dinge im Leben denken, Jer. Du mußt daran denken, daß es ohne Regen keine Blumen gäbe.«

»Nun, was ist los? Bestellen Sie jetzt, oder nicht?«

Wir bestellten.

Aber ich ließ nicht locker. »Kopf hoch«, sagte ich. »Ich muß dich mal wieder um einen Gefallen bitten, ganz wie in alten Zeiten.«

Er kniff die Augen zusammen und versuchte, in mein Gehirn zu blicken. Auch ganz wie in alten Zeiten. Das bedeutete eine leichte Stimmungsverbesserung.

»Es geht um ein Autokennzeichen. Ich möchte den Namen und die Adresse des Besitzers wissen.«

»Ach ja? Und worum geht's?«

»Es ist eine heiße Spur, die zur Scum Front führt.«

»Oh«, sagte er.

Ich schrieb das Kennzeichen auf eine Serviette.

»Ja, geht in Ordnung. Wenn sich eine Gelegenheit ergibt«, sagte er. Er steckte die Serviette in die Tasche.

Ich sagte: »Erst machst du Witze, bist fast am Telefon explodiert, und am nächsten Tag kriege ich kaum ein höfliches Wort aus dir raus. Stimmt was nicht? Ist Janie früher nach Hause gekommen? Hat die blonde Wendy dir erzählt, daß sie einen anderen hat – oder eine andere?«

»Nein, nein. Nichts in der Art.«

»Na, welcher Art dann?«

Er rührte in der Zuckerdose. »Ich bin heute zur Arbeit gegangen.«

»Das versaut einem aber auch jeden Tag.«

»Die Politiker sind bis obenhin angekotzt, weil wir die Scummies noch nicht geschnappt haben. Eine Weile haben wir da alle am selben Strang gezogen, aber jetzt kämpfen ein paar Leute, die sich da irgendwas zusammengereimt haben, wieder um ihr Territorium. Die ganze Sache ist beschissen.«

»Also was passiert denn nun mit der Scum Front?«

Er sah mich an. »Was passiert? Nichts passiert, das passiert.«

»Es gab also keine Bombe?«

»Sie haben eine angekündigt. Im Gebäude der Handelsbank. Habe ich dir das nicht erzählt?«

»Doch, doch. Aber du sagtest, als deine Jungs die Bombe holen wollten, war keiner zu Hause.«

»Stimmt.«

»Es war also überhaupt keine Bombe da?« fragte ich. »Es ist nicht so, daß ihr eine gefunden, aber beschlossen hättet, nichts zu sagen? Um denen die Publicity abzugraben?«

»Darüber haben wir vor ein paar Wochen mal nachgedacht«, sagte er.

»Ach ja?«

»Niemand wollte die Verantwortung übernehmen für den Fall, daß die Scummies darüber in Wut geraten und tatsächlich irgendwas in die Luft sprengen würden.«

»Das leuchtet mir ein«, sagte ich.

»Aber dieselben Niemands legen allen anderen mit Wonne die Daumenschrauben an. Und wenn man Leute unter Druck setzt, die sich bereits zerreißen, um die bösen Buben zu schnappen, passiert natürlich immer dasselbe – sie machen sich Gedanken darüber, wie sie ihre Ärsche schützen können.«

Auch das leuchtete mir ein.

»Also machen die Politiker es, indem sie Zeter und Mordio schreien, nur noch unwahrscheinlicher, daß sie bekommen, was sie wollen.«

Unser Essen kam.

Miller und ich hatten schon unterhaltsamere Gespräche geführt. Ich hätte seiner Laune vielleicht etwas Auftrieb geben können, wenn ich das Thema gewechselt und auf alte Zeiten oder Vizepräsidentenwitze umgeschwenkt wäre. Aber ich hatte meine eigenen Probleme. Ich fragte ihn, ob das Indianapolis Police Department irgendwelche ernstzunehmenden Spuren bezüglich der Scum Front habe.

»Spuren?« Er lachte, aber nicht, weil er es komisch fand. »Sie haben nichts, und sie verbringen den ganzen Tag damit, danach zu suchen. Sie kämmen jeden Ort durch, an dem die Scummies aufgetaucht sind, und lesen jeden Papierschnipsel, jeden noch so dürftigen Fingerabdruck und selbst jedes Staubkörnchen auf, um die Labors damit zu füllen. Sie haben einen ganzen Computer voller Informationen. Aber sie verfügen nicht über das geringste Wissen.«

»Du klingst wie ein Glückskeks.«

»Ja«, sagte er und lächelte matt. »Weißt du, was ich glaube?« fragte er. »Willst du wissen, was ich glaube?«

»Was glaubst du?«

»Ich glaube, wir werden sie nicht schnappen, bevor sie irgendein gottverdammtes Haus in die Luft sprengen. Das glaube ich.«

»Oh.«

»Ich hoffe nur, sie sitzen dann selber mit drin. Oder die gottverdammten Leute, die sie schützen.«

»Die sie schützen?«

»Na komm schon, Al! Irgend jemand weiß, wer sie sind. Kann gar nicht anders sein. Aber in den letzten vier Wochen hatten wir nicht mal mehr ein Zehntel der Telefonanrufe aus der Bevölkerung, die wir am Anfang hatten. Und das liegt daran, daß die Bomben nicht hochgehen. Die Öffentlichkeit mag die Scummies jetzt. Es ist verrückt, weil diese Leute scheißgefährlich sind. Aber die Menschen machen sich nicht mehr soviel Sorgen wie früher. Und wenn die Scummies keinen Fehler machen, muß erst jemand sterben, bevor was passiert.«

Ich nickte voller Mitleid.

»In der Zwischenzeit wird es auf dem Revier immer schlimmer. Früher waren es nur die Frontschweine, die keine Unterstützung von oben bekamen. Jetzt geht der ganze Laden in Stücke.«

Ich ließ ihn kommen; er hatte noch mehr zu sagen.

»Also, weißt du, was diese Psychofritzen sagen?«

»Was für Psychofritzen? Ich dachte, ihr wäret alle Psychos.«

»Die Sachverständigen für kriminalpsychologische Profile, Albert. Du glaubst doch nicht, daß wir bei einer größeren Untersuchung nicht die blitzgescheiten Herren hinzuziehen würden, die glauben, sie könnten die Augen schließen und sich im Geist ein Bild von unseren Schurken machen. Man braucht ihnen bloß einen Zeichenblock zu geben und ein paar blöde Bleistifte.«

»Und was sagen sie?«

»Das wird dir gefallen«, erwiderte er.

»Versprochen?«

»Sie sagen, die Scum Front bestünde aus Leuten, die nicht normal sind.«

Ich lachte ihm zuliebe.

»Nicht normal. Grandios, wie? Verstehst du, die passen einfach nicht in das ›typische Terroristenprofil‹.«

»Aha.«

»Die meisten Terroristen lassen ihre Bomben nämlich hochgehen. Die aber nicht.«

»Kapiert.«

»Sie meinen, wir hätten es mit ›unzufriedenen Mittelklassesoziopathen‹ zu tun. Vielleicht irgendwelche Burschen, die ihre Jobs bei einer dieser großen Firmen verloren haben und zu Hause bei ihren Ehefrauen langsam durchdrehen.«

»Soso.«

»Seit wir diese hochkarätige Analyse haben, beschäftigen sich ein paar Mann mit nichts anderem als mit Listen von Leuten, die in den letzten zehn Jahren hier in der Stadt ihre Jobs verloren haben. Stell dir mal diese Telefongespräche vor: ›Hallo. Sie haben letztes Jahr Ihren Job verloren? Immer noch arbeitslos? Wie schade. Sie haben nicht zufällig in letzter Zeit irgendwelche Bomben rumliegen lassen?‹«

Ich lächelte.

»Weißt du, wieviel die Psychologen dafür berechnen, daß sie uns solchen Scheiß liefern?«

»Hm. Was?«

»Ich wünschte, ich wüßte es. Ich würde tatsächlich die verdammte Abendschule besuchen. Würde ich wirklich.«

26

Captain Miller ging wieder an die Arbeit. Ich blieb, wo ich war. Der Kellner fragte, ob ich noch etwas haben wolle. Ich bestellte noch eine Serviette.

»Möchten Sie sie hier benutzen, oder soll ich sie zum Mitnehmen einpacken?« fragte er und redete sich damit um sein Trinkgeld. Aber das war ihm die Sache wahrscheinlich wert.

Ich brauchte die Serviette, um darauf rumzukritzeln, während ich über die Frau mit den Wollhandschuhen nachdachte, die nicht zu ihrem milchkaffeefarbenen Kleid paßten. Sie war die heiße Favoritin als die Person, die die Bombe hatte mitgehen lassen. Die Entdeckung ihrer Existenz war ein überdurchschnittlicher Glücksfall gewesen.

Aber ich hatte keine Zeit zum Feiern. Eine Verzögerung konnte genau zu der Explosion und dem Todesfall führen, auf den Miller so sicher vertraute. Ich spürte den Druck; ich mußte die Wollhandschuhfrau finden.

Natürlich war die Zeichnung der nächste Schritt. Aber

ich würde sie auch jemandem zeigen müssen. Hier war die Tierbrigade eindeutig mein bester Tip. Wenn die Wollhandschuhfrau wußte, daß sie dem Frosch folgen mußte, wußte der Frosch vielleicht, wer die Wollhandschuhfrau war.

Das Problem lag darin, daß ich bisher noch keine Möglichkeit hatte, Kontakt zu den Tieren aufzunehmen.

Also packte ich meine Serviette ein und fuhr nach Hause. Vielleicht hatten die Scummies meine Bedingung ja erfüllt. Vielleicht war ich immer noch auf einer Lohnliste.

Als ich in mein Büro zurückkehrte, hatte ich tatsächlich Besuch. Aber mein Besucher hüpfte nicht, knurrte nicht und schlug sich auch nicht an die Brust.

Quentin Quayle sah schrecklich aus. Schlaflosigkeit bekam ihm gar nicht. Vielleicht genausowenig wie die Notwendigkeit, im Mairegen auf meiner Bürotreppe zu sitzen.

Als ich die Tür öffnete, stand er auf.

Ich schloß das Büro auf und ging hinein.

Er brauchte keine übertriebene Einladung.

»Ich friere furchtbar«, sagte er. »Wo sind Sie gewesen?«

»Bei der Arbeit, Herr Poet. Ich habe Ihnen doch gesagt, daß ich viel zu tun habe.«

Ich begab mich an meinen Schreibtisch. Es waren mehrere Anrufe eingegangen, aber ich wollte die Nachrichten nicht in der Öffentlichkeit abspielen. Ich nahm einen Kopfhörer und sagte: »Entschuldigen Sie mich bitte einen Augenblick«, während er auf dem Stuhl seine Gliedmaßen sortierte.

Fünf der Anrufe waren von ihm. Aber ein anderer kam von Frank, der sagte, er habe an ein paar Fäden gezogen und mein erster Fernsehspot würde heute abend bei Cab-Co auf Sendung gehen. Der siebte Anrufer hatte keine Nachricht hinterlassen.

Als ich das Band zurückspulte, hatte Quentin Quayle es sich inzwischen bequem genug gemacht, um verärgert zu sein.

»Ich bezahle Sie«, sagte er.

Als ich nicht antwortete – es war auch keine Frage, oder? –, sagte er: »Nun?«

»Sie wollen Ihr Geld zurück?«

»Haben Sie irgend etwas bei dieser Arbeit erreicht, die Sie den ganzen Tag von Ihrem Büro ferngehalten hat?«

»Ziemlich viel«, sagte ich, »aber ich habe noch nicht nach Charlotte Viviens Verehrer gesucht.«

»Warum nicht?«

»Zum einen lautete Ihre Anweisung, daß ich ihr spät nachmittags und abends folgen solle.«

Zum anderen hatte ich sie ganz vergessen, aber gute Packen-wir's-an-Detektive pflegen diese Art von winzigen Wahrheiten nicht mit ihren Klienten zu teilen.

Er sagte mürrisch: »Sie war den ganzen Tag weg, und ich weiß nicht wo.«

»Wollen Sie damit sagen, daß ihr jemand Tag und Nacht folgen soll?«

»Nein, nein.«

»Nun, weswegen haben Sie mich dann angerufen?«

»Ich dachte, es würde Ihnen vielleicht helfen, wenn Sie ein Foto von Charlotte hätten.«

»Ich habe die Frau kennengelernt. Sogar für sie gearbeitet. Auch wenn ich in ihrer erlauchten Gegenwart nur mit gesenktem Haupt dastand, würde ich sie doch wiedererkennen.«

»Sie brauchen nicht schnodderig zu werden«, sagte er. »Sie brauchen einen Mann nicht noch zu treten, nur weil er am Boden liegt und verliebt ist.«

Da hatte er natürlich recht. Brauchte man nicht. Kann aber guttun.

Ich sagte jedoch: »Tut mir leid. Wenn Sie mir ein Foto von ihr geben könnten, dann hätte ich es gern.«

Mit Armesündermiene blickte er auf und sagte: »Wirklich?«

»Bei pathetischen Bemerkungen muß ich immer rülpsen, Herr Poet. Geben Sie mir einfach das Foto.«

Er schob einen Umschlag über den Schreibtisch. Er war mit einem dünnen, rosafarbenen Band zugebunden.

Ich suchte mir eine Schere. In dem Umschlag befand sich ein Stapel von etwa zwanzig Fotos.

Ich blätterte sie durch. Charlotte Vivien in beinahe jeder nur denkbaren Pose, in der man sie tagsüber im oder am Haus erwischen konnte. Jedes einzelne hätte zur Identifizierung ausgereicht.

Jetzt merkte ich auch, daß sie eine sehr attraktive Frau war.

Das war mir während der angespannten Tage im Vorfeld jener Party gar nicht aufgefallen. Damals schien sie lediglich von der Vorstellung besessen gewesen zu sein, was für eine hysterisch komische Idee die Party doch war.

Auf diesen Bildern war ihr Gesicht jedoch lebhaft und ausdrucksvoll. Der prüfende Blick der Kamera schien ihr nichts auszumachen, und vor allem ihre Augen erwachten, als ich die Schnappschüsse durchblätterte, zum Leben. Vielleicht galt Quentins Interesse doch nicht ihrem Bankkonto.

Ich zog eine der Aufnahmen heraus, auf der ihr Gesicht von vorn zu sehen war, und sagte: »Danke.«

»Keine Ursache.«

»So, und wie wär's jetzt mit ein paar Einzelheiten mehr? Sie ist ungefähr vierzig, stimmt's?«

»Siebenundvierzig.«

Ich sah mir das Foto noch einmal an. »Sie sagten, sie hätte Kinder.«

»Zwei. Beide auf dem College. Für gewöhnlich.«

»Und sie hat viele Interessen und Aktivitäten?«

»Sie ist sehr aktiv«, sagte er.

»Wenn Sie nach Hause fahren, möchte ich, daß Sie mir eine Liste der Organisationen zusammenstellen, zu denen sie gehört, und ich will auch Einzelheiten darüber, wo die Versammlungen stattfinden und wer noch dort sein könnte. In Ordnung?«

»Das kann ich machen«, sagte er.

»Und wissen Sie, wo sie jetzt ist?«

»Nein.«

»Aber sie wird noch am Nachmittag zurückkommen?«

»Sie erwartet ein Dutzend Leute von der Abteilung für Tanz und Theater der Butler University auf ein paar Cocktails.«

»Wenn danach also jemand bereitstünde, um ihr zu folgen …«

»Bestens«, sagte Quayle.

Dann fing er an zu weinen.

Das ging über meine Schmerzgrenze. »Raus mit Ihnen,

Poet. Gehen Sie heim, und machen Sie die Liste fertig. Sehen Sie zu, daß sie sich reimt.«

Er stand auf und griff nach seinem Mantel. Aber er bewegte sich langsam und schniefte ziemlich ausgiebig.

Ich sagte: »Ich kaufe Ihnen diese Weinerlichkeit nicht ab, Poet. Ich glaube, Sie spielen hier den Scarlet Pimpernel, während Sie in Wirklichkeit der Kopf der Scum Front sind. Denken Sie nur nicht, mir wäre nicht aufgefallen, daß die erst aufgetaucht sind, nachdem Sie in die Stadt kamen.«

Einen Moment lang leuchteten seine Augen auf. »Sie haben Baroneß Emmuska Orczy gelesen?«

»Nur als Comic.«

Das traf ihn schwerer als alles andere.

»Was tue ich eigentlich hier?« rief er. »In dieser... dieser... Wüste.«

Und ohne es eigentlich zu wollen, spürte ich die Einsamkeit und war gerührt.

Er sah mich mit dem Versuch eines Lächelns an. »Ich war nicht immer der Quentin Quayle, den Sie jetzt vor sich sehen.«

»Ach nein?«

»Ich bin meine eigene Schöpfung. Geboren wurde ich als ein ›George‹. Ich bin ein ›Quentin‹ geworden. Die Aliteration schien mir ein guter Schritt in Richtung Karriere zu sein.«

»Oh.«

»Früher war ich meinem Leben in Liebe verfallen. Jetzt bin ich meiner Liebe in Indiana verfallen.«

Das zweite ›Liebe‹ kam in einem Tonfall, als wäre es ihm schon mal besser gegangen.

Ich sagte: »Aber Sie waren immer ein Quayle?«

»O ja.«

Ich ging an die Tür. »Wenn Sie etwas wollen, das Ihnen ein wenig auf die Sprünge hilft, gehen Sie mal in die Grillstube unten. Fragen Sie nach Mom, und sagen Sie, ich hätte Sie geschickt. Bestellen Sie sich Chili. Das ist gut für die Liebe.«

Als er fort war, rief ich Graham Parkis noch mal an. Ich wollte, daß er mir jemanden schickte, der Charlotte Vivien für ein paar Tage beschattete.

»Ho, ho«, sagte Parkis. »An Ihrem Ende des Markts scheinen die Dinge ja ganz schön in Bewegung zu sein.«

»Ich habe ein Foto der Zielperson und weiß, wo sie heute am späten Nachmittag sein wird. Könnte Ihr Mitarbeiter mit Ihrer Zeichnerin in die Stadt kommen? Dann hätte er oder sie reichlich Zeit, zum Haus zu fahren, bevor die Zielperson ausgeht.«

»Ist es Ihnen egal, ob ich einen Mann schicke oder eine Frau?«

»Völlig egal.«

»In diesem Falle – wie wär's, wenn die Zeichnerin und der Mitarbeiter ein und dieselbe Person wären? Wir wissen, daß sie verfügbar ist.«

»Hat sie Erfahrung in Überwachungen?«

»O ja.«

»Kann sie das Bild malen und trotzdem vor sieben im Norden der Stadt sein?«

»Wenn Sie und Ihre Zeugin pünktlich sind, sollte das überhaupt kein Problem sein.«

»Gebongt«, sagte ich.

»Ich rufe sie jetzt an. Sie wird froh sein über den Auftrag. Ihrer Mutter geht es nicht gut. Da sind 'n paar Rechnungen aufgelaufen.«

Ich legte auf und kaute eine Pille gegen Magensäure. Zu viele rührselige Geschichten auf einmal schlagen mir immer auf den Magen.

27

Ich rief Miller an. Vielleicht hatte er schon etwas über das Wagenkennzeichen herausgefunden. Aber er war nicht in seinem Büro. Das überraschte mich ein wenig. Ich dachte, wenn man Captain ist, brauchte man das Revier nicht mehr zu verlassen. Aber was weiß ich schon?

Dann versuchte ich es bei Frank wegen meiner Werbespots.

Er war auch nicht da.

Es war kurz nach drei. Bis ich um halb vier in die Stadt mußte, konnte ich nicht mehr tun, als darauf warten, daß die Scum Front Kontakt mit mir aufnahm.

Gegen halb vier klingelte das Telefon. Ich flog praktisch von meiner Schmutzwäsche an den Apparat.

Eine Frauenstimme sagte: »Mr. Samson?«

»Ja.«

»Bobbie Lee Leonard.«

»Wer?«

»Ich soll eine Zeichnung für Sie machen, nach der Beschreibung einer Zeugin. Und jetzt höre ich, daß ich auch noch jemanden beschatten soll.«

»Ah, so, ah ja.«

»Stimmt was nicht? Ersticken Sie?«

»Nein, nein. Ich hatte nur ein anderes Gespräch erwartet.«

»Soll ich die Leitung frei machen?«

»Nicht nötig.«

Ich spürte ein leichtes Zögern.

»Wirklich nicht«, sagte ich.

»Wenn Sie sicher sind«, sagte sie. »Nun, ich rufe aus folgendem Grund an. Ich dachte, wenn wir uns vor dem Treffen mit Ihrer Zeugin sehen könnten, könnten Sie mir den Überwachungsauftrag erklären. Dann könnte ich gleich losfahren, sobald die Zeichnung fertig ist.«

»Ihr Vorschlag klingt ganz und gar, geradezu spektakulär, vernünftig«, sagte ich.

»Sind Sie wirklich sicher, daß alles in Ordnung ist bei Ihnen, Mr. Samson?«

»Absolut. Mir ist bloß Ihre Klarheit zu Kopf gestiegen.«

»Was dagegen, wenn ich sage, Sie reden anders als alle Leute, für die ich bisher je gearbeitet habe?«

»Sagen Sie's ruhig, Ms. Leonard.«

»Wir treffen uns mit Ihrer Zeugin in der Lobby der Handelsbank, stimmt's?«

»Stimmt.«

»Wir könnten uns vielleicht im Parkhaus neben dem Gebäude treffen. Sagen wir oberstes Geschoß um halb fünf. Hätten Sie dann noch genug Zeit, mich ins Bild zu setzen?«

»Das wäre genau richtig. Woran werde ich Sie erkennen?«

»Nun, wenn ich meinen Vergaser nicht schneller zusammengesetzt bekomme, als ich erwarte, bin ich diejenige mit den schmutzigen Fingernägeln.«

Ich lachte.

»Ansonsten sind die Chancen ziemlich hoch, daß ich die einzige Frau mit einem Zeichenblock sein werde, die an der Motorhaube eines roten Käfers lehnt.«

Als ich auflegte, klingelte das Telefon sofort wieder.

Es war Miller.

»Ich hab's vor ein paar Minuten schon mal bei dir versucht«, sagte ich, »aber du warst nicht da.«

»Jeder, dessen Job ihn dazu zwingt, viel zu sitzen, sollte es sich zur Gewohnheit machen, jede Stunde einmal für wenigstens fünf Minuten aufzustehen.«

»Ich sehe, daß die Seminare, auf die sie euch schicken, keine totale Verschwendung von Steuergeldern sind.«

»Möchtest du jetzt Einzelheiten, wem dieses Fahrzeug gehört, oder nicht?«

Der ›*Flat-back*‹ war neun Jahre alt und gehörte einem Cecil Redman. Redmans Adresse war College Avenue zwischen der Zweiundzwanzigsten und Dreiundzwanzigsten Straße. Es war nicht weit von der Stelle entfernt, wo die Scum Front ihre Sprengstoffe abgeholt hatte.

Ich beschloß, die Zeit vor meinem Treffen mit Bobbie Lee Leonard zu nutzen, um mir Redmans Haus anzusehen.

Aber als ich in meinen Wagen stieg, ließ ich nicht sofort den Motor an.

Auf der Beifahrerseite lag ein Briefumschlag. Ich hatte ihn, als ich nach Hause fuhr, nicht dort liegengelassen. Ich hasse unordentliche Autos.

Ich öffnete den Umschlag und hielt eine aus Zeitungspapier ausgeschnittene Nachricht in Händen. Sie begann: »Um sich mit uns in Verbindung zu setzen, hängen Sie das weiße Taschentuch in Ihr Bürofenster.«

Ich schüttelte den Umschlag. Ein weißes Taschentuch fiel heraus.

Die Nachricht ging noch weiter: »Wenn wir das Taschentuch sehen, werden wir in Ihrem Büro anrufen und einen der unten aufgeführten Orte nennen. An jedem dieser Orte steht ein öffentlicher Fernsprecher. Zu dem fahren Sie hin. Wenn Sie binnen sechs Minuten keinen Anruf bekommen, fahren Sie zum nächsten Telefon. Dann wieder sechs Minuten zum nächsten und so weiter. Wenn Sie am unteren Ende der Liste angekommen sind, fangen Sie oben wieder an.« Dann kam eine Liste von Straßenecken, die von eins bis neun durchnumeriert waren.

Das Schreiben endete: »Lernen Sie diese Standorte auswendig, und zerstören Sie das Schreiben.«

Eine Mantel-und-Degen-Geschichte von vorne bis hinten.

Ein Taschentuch in meinem Fenster?

Ich sah die Adressen der Telefonzellen durch. Man konnte mit dem Wagen schnell von einer zur anderen gelangen.

Nun, ich hatte also meine Möglichkeit, Kontakt zu ihnen aufzunehmen, auch wenn sie ziemlich arbeitsaufwendig war. Es schien, als seien sie darauf gefaßt, Stunde um Stunde, Tag um Tag damit zuzubringen, an meinem Büro vorbeizufahren. Aber ich hatte keine Zeit, es auszuprobieren. Mein Plan sah vor, mich in der Nähe von Cecil Redmans Adresse umzuschauen. Kein Grund, etwas daran zu ändern.

Ich schob das Schreiben und das Taschentuch wieder zurück in den Umschlag und machte mich auf den Weg zur College Avenue.

Eine Viertelstunde später erreichte ich die Adresse, die Miller mir angegeben hatte. Es war ein dreistöckiges, schindelgedecktes Haus von ehemals weißer Farbe.

Vom Wagen aus sah ich über eine schmale Galerie ohne Geländer zwei verblichene blaugrüne Türen. An jeder Tür stand eine Nummer; diejenige Redmans befand sich neben einem mit Vorhängen versehenen Schiebefenster. Das Fenster neben der anderen Tür war größer, hatte aber keine Scheibe mehr, sondern statt dessen ein Stück Pappkarton, das den Rahmen nicht ganz ausfüllte.

Redmans Pick-up stand nicht auf der Straße.

Ich fuhr um die Ecke und dann die schlammige Gasse hinauf, die hinter dem Gebäude verlief.

Auch dort war keine Spur von dem Wagen zu sehen, aber die Rückfront des Hauses zeigte, welch großer Teil davon leer stand und vor sich hin moderte. Im Dach bemerkte ich ein klaffendes Loch und ein weiteres in der Außenmauer. Keins der Fenster war verglast.

Redmans Haus war jedoch nicht ganz so baufällig wie der Schindelbau daneben. Und es war ursprünglich auch weniger elegant gewesen. Nebenan erkannte man noch die Überreste einer Veranda an zwei Hausseiten und im oberen Stock Zimmer mit Giebeln nach allen Seiten hin. Mich beeindruckte vor allem eine Rundbogendoppeltür, die früher einmal zu einer Veranda im Obergeschoß geführt hatte. Jetzt war da natürlich nichts mehr als ein verrottendes Loch.

Die Empörung des Bären über den ›Trümmergürtel‹ erschien mir plötzlich angemessen. Dieser Verfall war auch mir verhaßt. Und ich, ein Mann in mittleren Jahren, der seit einiger Zeit wieder bei seiner Mutter wohnte, identifizierte mich mit diesen Bauten. Wir waren altersmäßig nicht weit auseinander, das Haus und ich, aber es war vor der Zeit gealtert. Krankheit ist eine Sache, aber wegen Vernachlässigung vor sich hin siechen zu müssen ist einfach abscheulich.

Ich wäre begeistert gewesen, wenn das Haus mir gehört hätte. Wenn ich die Chance gehabt hätte, es wieder herzurichten. Es würde einen umwerfenden Stützpunkt für einen Packen-wir's-an-Detektiv abgeben.

Ich dachte an all die kleinen Räume und seltsamen Behausungen, in denen ich gewohnt und gearbeitet hatte.

Seltsam, daß der Magen an den eigenen rührseligen Geschichten nie Anstoß nimmt.

Meine Zeit lief langsam ab. Ich fuhr weiter die Gasse entlang und vollendete dann den Kreis, der mich zurück zu Redmans Haustür führte. Ich stieg aus und ging an die Tür. Ich lauschte einen Augenblick lang, aber von innen war nichts zu hören. Ich ging zu der anderen Tür hinüber. Durch das Loch oben im Fenster daneben sah ich den Himmel.

Als ich mich abwandte, kam ein Kind um die Ecke des Hauses nebenan – *meines* Hauses. Der Junge war acht oder neun. Als er mich sah, blieb er stehen.

Das war nur fair; ich blieb auch stehen, als ich ihn sah. Ich winkte ihn zu mir rüber. Er schüttelte den Kopf. Langsam ging ich auf ihn zu, aber als ich von der Veranda stieg, drehte der Junge sich um und rannte weg.

28

Ich war ein paar Minuten zu früh im Parkhaus; deshalb sah ich, wie Bobbie Lee Leonard mit ihrem Käfer um die letzte Ecke quietschte.

Sie war nicht zu spät dran, daher mußte sie sich einfach aus purem Spaß so beeilt haben.

Als ich näherkam, lächelte sie und entblößte dabei einen fehlenden unteren Schneidezahn. »Mr. Samson?«

»Darf ich bitte Ihre Hände sehen?«

Sie hielt sie hoch. Sie waren lange nicht so braun wie die des Froschs. Das hat man von Vergasern und Arztrechnungen. An den Fingernägeln war nichts auszusetzen.

»Wollen Sie mich hier ins Bild setzen?« fragte sie. »Oder haben wir noch Zeit für eine Tasse Kaffee?« Sie saugte Luft ein und leckte sich die Lippen. Ich schloß daraus, daß sie Durst hatte.

»In dem Gebäude gibt es eine Snackbar«, sagte ich und ging voran.

Vom siebten Stock des Parkhauses aus gingen wir direkt in den fünften des Bankgebäudes, genau wie der Frosch es am vergangenen Freitag getan hatte. Shelley's Shop lag am anderen Ende des rechten Korridors. Die Tische waren leer, aber an der Theke standen zwei Leute. Wir warteten neben einer Anschlagtafel.

»Na, das gefällt mir«, sagte Bobbie Lee. »›Wenn du was ißt und niemand es sieht, hat es auch keine Kalorien.‹ Also das ist mir mal eine schöne Lebensanschauung.«

Ich brachte zwei Tassen Kaffee, und wir zogen uns in eine kleine Nische zurück.

»Also, worum geht's bei der Sache?« fragte sie. »Ich verfolge diese Frau, stimmt's? Wegen einer Scheidung?«

»Nein. Wegen einer Heirat«, sagte ich. »Die Frau ist Witwe, und unser Klient liebt sie. Wir stellen fest, ob es einen anderen Mann in ihrem Leben gibt.«

Bobbie Lee legte sich beide Hände aufs Herz. »Liebe«, seufzte sie. »Man kann sich drauf verlassen, daß sie die Welt in die falsche Richtung dreht.«

Ich reichte ihr das Bild von Charlotte Vivien.

Sie betrachtete es aufmerksam. Sie sagte: »Ist diese Witwe eine reiche Witwe?«

»Sieht man das?«

»Teure Ohrringe, und die Bluse sieht nach Seide aus«, sagte Bobbie Lee. »Und was man vom Haus sieht, deutet auf einen Innenarchitekten hin.«

Sie hielt mir das Foto hin. »Jetzt, wo Sie's sagen«, meinte ich. Ich gab ihr das Bild zurück.

»Ist Ihr Klient in sie verliebt oder nur in ihr Geld?«

»Ich glaube, er empfindet wirklich etwas für sie.«

»Viele Menschen sind am besten, wenn man sie in Dollarzeichen hüllt.« Sie sah sich das Foto noch einmal an.

»Der Klient hat keine Ansprüche auf sie, aber er möchte die Opposition kennenlernen. Und Sie sollen ihr folgen, am späten Nachmittag und abends.«

Sie zuckte mit den Achseln. »Bin ich allein? Keine Schichten?«

»Nur Sie. Wenn es länger als ein paar Tage dauert, können wir das noch mal überdenken.«

»Hm«, sagte sie. »Okay.« Und fügte hinzu: »Was berechnet Graham Ihnen?«

Ich sagte es ihr.

Sie schien nicht besonders erfreut. »Ist Ihnen klar, daß er mir weniger als die Hälfte davon gibt?«

»Das wußte ich nicht«, sagte ich. »Scheint mir aber nicht ganz in Ordnung zu sein.«

»Ich habe mich bereit erklärt, es für weniger zu machen als sonst, weil er mir was vorgejammert hat. Sie wären ein alter Freund und er täte Ihnen einen Gefallen, weil Ihr Geschäft in Schwierigkeiten sei. Stimmt irgend etwas davon?«

»Nein.«

»Also wissen Sie, Mr. Samson«, begann sie.

»Wenn Sie es an Graham vorbeilaufen lassen wollen, ist das von mir aus in Ordnung, solange wir genug Stunden über ihn abrechnen, um noch glaubwürdig zu wirken.«

»Sind Sie denn ein Freund von ihm?«

»Hab den Mann vor letzter Woche nie gesehen.«

»Aber Sie wollen sich gut mit ihm stellen?«

»Ich expandiere. Wenn mehr Aufträge reinkommen, als ich allein bearbeiten kann, brauche ich Verstärkung. Und an dieser Stelle kommt Parkis ins Spiel. Bis ich es mir leisten kann, eigene Leute einzustellen.«

»Mr. Samson, ich glaube, ich habe mich verliebt.«

»Was?« fragte ich.

Sie lächelte breit, und ihre Zunge spielte mit der Lücke zwischen ihren Zähnen. »Sie müssen doch schon mal was über Liebe gelesen haben.«

»Äh, ja...«

»Hören Sie, ich kenne alle Selbständigen mit Lizenz auf Grahams Liste und noch ein paar mehr. Und ich weiß, wer gut ist und wer nicht und wer Arbeit sucht.«

»Es ist vielleicht eine zu persönliche Frage, selbst für jemanden, der verliebt ist«, sagte ich, »aber warum haben Sie keine eigene Agentur aufgemacht?«

»Ich hatte ein- oder zweimal Schwierigkeiten in der Familie. Und man braucht auch Geld und Zeit und diesen stürmischen, unternehmerischen Geist, der einen dazu treibt, Schulden bei der Bank zu machen und in den Gelben Seiten zu inserieren.« Sie zog die Nase kraus. »Eines Tages vielleicht, aber noch nicht. Und wenn ich in der Zwischenzeit für jemanden arbeiten könnte, der mich nicht so ausnimmt wie Graham Parkis, tja, dann könnte derjenige sich wahrhaftig auf mich verlassen.«

Wir kamen ein paar Minuten zu spät zu unserem Treffen mit Tanzmaus in der Lobby.

Tanzmaus war ungehalten. »Ich wollte gerade gehen«, sagte sie. »Unpünktlichkeit ist unhöflicher Umgang mit der Zeit anderer.«

»Es tut mir sehr leid«, sagte ich. »Aber erlauben Sie mir, Sie mit Bobbie Lee Leonard bekannt zu machen. Sie wird anhand Ihrer Angaben die Zeichnung anfertigen.«

Tanzmaus brauchte kaum eine Sekunde, um Bobbie Lees Flanellhemd und Cordhose einzuordnen. »Können wir's dann hinter uns bringen?« sagte sie.

Nachdem sie jedoch erst mal begonnen hatten, überraschte Tanzmaus mich mit ihrer Entschlossenheit, ihre Sache gut zu machen. Bei den ersten Skizzen zu Wollhandschuhfraus Kleidern gab es viel Hin und Her. Als Bobbie Lee die Sache dann aber auf einem neuen Bogen ins reine brachte, sagte Tanzmaus: »Das ist es. Sie haben es geschafft.«

»Gut«, sagte Bobbie Lee. Dann wandte sie sich an mich. »Mr. Samson, Sie können das haben, wenn Sie wollen, aber ich fertige davon zu Hause mit besseren Farben noch ein Bild an, falls Ihnen das weiterhilft. Sie können es morgen haben.«

»Super«, sagte ich.

Dann wandte Bobbie Lee sich wieder an Tanzmaus, stellte weitere Fragen und zeichnete. Sie versuchte Tanzmaus' Unterbewußtsein die Gesichtszüge der Wollhandschuhfrau zu entlocken. Unterbewußtes war in diesem Fall gewiß reichlich vorhanden.

Die zusätzlichen zehn Minuten förderten kein komplettes Bild zutage, aber Tanzmaus billigte eine Gesichtsform und entschied sich für eine Frisur, die nicht mit ihrer Erinnerung an die Frau kollidierte, mit der sie am Freitag gesprochen hatte.

Im Grunde war Tanzmaus selbst überrascht, daß ihr so vieles wieder eingefallen war, und als sie Bobbie Lees Arbeit betrachtete, sagte sie: »Das einzige, woran ich mich sonst noch erinnern kann, ist, daß sie für das, was sie war, ziemlich hübsch war.«

»Danke«, sagte ich. »Sie waren eine große Hilfe.«

Ich gab Tanzmaus mehr von dem Geld der Scum Front, als ich ihr versprochen hatte. Das freute sie. Als sie ging, sagte sie: »Wenn ich Ihnen noch irgendwie weiterhelfen kann, brauchen Sie nur zu fragen, hören Sie?«

Als wir wieder allein waren, fragte Bobbie Lee: »Was haben Sie ihr über den Fall erzählt, an dem Sie arbeiten?«

»Ich habe ihr gar nichts erzählt. Sie hat nicht gefragt.«

Wir sahen einander an. Sie sagte: »Wollen Sie damit andeuten, daß ich auch nicht fragen sollte?«

»Treffer.«

Sie zuckte mit den Schultern, reichte mir eine Zeichnung und stand auf. Dann meinte sie: »Warum kann ich mich niemals in einen einfachen Mann verlieben?« Sie machte sich auf den Weg zu Charlotte Vivien.

Ich machte mich auf den Weg nach Hause.

29

Als ich vor meinem Büro parkte, fiel mir auf der anderen Straßenseite ein Streifenwagen auf. Ich sah nichts, was die Anwesenheit der Polizei erfordert hätte, aber von der Virginia Avenue zweigt eine Gasse nach Osten ab, und ich dachte, daß die Bullen vielleicht dort etwas zu tun hatten. Auf den Gedanken, daß sie meinetwegen da sein könnten, kam ich nicht.

Ich nahm die Zeichnung und den Umschlag von der Scum Front und stieg aus meinem Wagen.

Als ich meine Treppe zur Hälfte hinter mir hatte, sah ich zwei Mann aus dem Streifenwagen steigen.

Da in Indianapolis die Streifenpolizisten allein auf Tour gehen, schien es mir ein wenig merkwürdig, daß aus diesem Wagen zwei Männer ausstiegen.

Daß sie in meine Richtung kamen, erschien mir noch merkwürdiger.

Aber ich ging weiter hinauf und trat wie der gewöhnliche Bürger, der ich war, in mein Büro.

Sobald ich jedoch drin war, ließ ich meiner Paranoia die Zügel schießen und raffte hektisch die Papiere zusammen, die die Scum Front mir gegeben hatte. Ich nahm alles, einschließlich Bobbie Lees Zeichnung, und brachte es in das Gästezimmer in Moms Teil des Hauses. Das war der sicherste sofort verfügbare Ort, auf den ich mich besinnen konnte. Auf dem Rückweg versperrte ich die Verbindungstür.

Ich atmete schwer.

Und meine Büroklingel schrillte.

Ich öffnete die Tür und zwei Männer standen vor mir. Einer war in Uniform.

»Ja?«

»Mr. Albert Samson?« Der Typ in Zivil übernahm das Reden. Er war ungefähr so groß wie ich, aber schwerer und hatte eine Art Plattnase, die ihm übers Gesicht hing. Nur die Nasenlöcher waren nach oben gedreht. Sie sahen aus wie eine doppelte Ringlasche zum Öffnen von Bierdosen.

»Genau der.«

»Dürfen wir reinkommen?«

»Worum geht's?«

Ringlasche fletschte förmlich die Zähne. »Ich habe ein paar Fragen an Sie. Wir können es ganz bequem bei Ihnen zu Hause machen, oder wir können alle in die Stadt runter fahren. Wie hätten Sie's denn gern?«

»Bitte entschuldigen Sie mich, wenn ich darauf bestehe«, sagte ich, »aber worum geht es eigentlich?«

»Wir gehören zu dem Team, das mit den Nachforschungen bezüglich der Scum Front betraut ist, okay? Wir haben Grund zu der Annahme, daß Sie uns bei unseren Nachforschungen behilflich sein können.«

Es gab keine Möglichkeit, sie in Schach zu halten, wenn sie magische Worte wie Scum und Front ins Spiel brachten.

Ringlasche wußte das. Er drängte sich an mir vorbei. Ich brachte ein, wie ich hoffte, beiläufiges Achselzucken zuwege und sagte zu dem uniformierten Beamten: »Tja, dann kommen Sie mal rein.«

Ich folgte Ringlasche. Der Streifenpolizist folgte mir.

Sie sahen sich um. Sie lächelten nicht.

Ringlasche sagte: »Ich bin Sergeant Ryder. Das ist Officer Hollenbaugh.« Ryder hielt irgendeinen Ausweis hoch. Aber nur einen Augenblick lang.

Ich bat nicht darum, ihn noch einmal sehen zu dürfen. Ein extrem höflicher und vorsichtiger und unschuldiger Bürger würde das doch nicht tun, oder? »Wie kann ich Ihnen behilflich sein?« fragte ich.

»Sie wohnen allein hier?« fragte Ryder.

»Mein Büro und meine Wohnräume sind vom Rest des Hauses getrennt. Ja, ich wohne allein hier.«

»Wer wohnt in dem anderen Teil?«

»Meine Mutter, und sie hat einen Untermieter. Meine Mutter betreibt die Imbißstube unten, und der Untermieter ist ihr Bratenwender.«

»Hm-hm. Und was machen Sie so allein in Ihrem Büro, Samson?«

»Ich bin Privatdetektiv.«

»Hm-hm«, sagte Ryder. »Und an was für Aufträgen arbeiten Sie im Augenblick?«

»Ich habe ein paar Routinefälle, und ich versuche, mein Geschäftsvolumen zu vergrößern.«

»Und wie machen Sie das?«

»Mit Werbung. Um genau zu sein, wird heute abend mein erster Fernsehwerbespot gesendet.«

»Ach ja? Und wann?«

»Die genaue Zeit kenne ich nicht. Der junge Mann, der die Werbung für mich gemacht hat, hat sie erst heute ins Programm genommen. Er hat eine Nachricht auf meinem Anrufbeantworter hinterlassen. Ich habe versucht, ihn zu erreichen, hab das aber leider nicht geschafft.«

»Sponsern Sie Basketballspiele, oder was?«

»Äh, nein. Na ja, ich weiß nicht. Aber ich glaube eigentlich nicht.«

Ich wußte, was als nächstes kommen würde. Es kam.

»In welchem Sender laufen die Werbespots denn?«

»In dem neuen Kabelsystem.«

»Cab-Co, wie?« Er sah mich länger als eine Sekunde an. Und er kam einen Schritt näher.

»Soso«, sagte er.

Er kam noch einen Schritt näher. Erstaunlicherweise tätschelte er mir mit der flachen Hand die Wange. Ich schätze, er wollte mir eine Warnung zukommen lassen, daß es nicht unter seinem Niveau sei, mir auf andere Weise zu nahe zu treten.

Ich konnte nicht dagegen an. Ich machte einen Schritt zurück.

Er kam ebenfalls wieder einen Schritt näher, und als er mir ins Ohr flüsterte, erzielte er dieselbe Wirkung, als hätte er geschrien: »Und wie kommt es, daß ein netter Bursche wie Sie sich mit Mistkerlen wie der Scum Front einläßt, Samson?«

Mein Herz hämmerte mir fast die Trommelfelle durch.

Ich sagte: »Wie bitte? Ich soll mich mit der Scum Front eingelassen haben? Ich?«

»Oh, na kommen Sie schon. Wir wissen Bescheid.«

Und einen Augenblick lang, nur einen Augenblick lang, verspürte ich das weißglühende Brennen der Furcht, daß er es wirklich wußte.

»Ich fürchte«, sagte ich stockend, »daß ich nicht weiß, worüber Sie reden.«

»Nehmen Sie ihn in Arrest, Hollenbaugh«, sagte Ryder.

Der Streifenpolizist kam nun ebenfalls auf mich zu. Er sagte: »Sie kennen Ihre Rechte, oder wollen Sie, daß ich Sie Ihnen vorlese?«

»Ich möchte wissen, weswegen Sie mich festsetzen«, sagte ich. Und fügte dann ein wenig pathetisch hinzu: »Bitte.«

Ryder sagte: »Ich möchte alles über Ihre Verbindungen zur Scum Front wissen. Ich möchte alles über die Telefongespräche mit Cab-Co wissen, die Sie für sie gemacht haben.« Ich konnte seinen Atem spüren, und ich konnte es kaum ertragen. Ich wollte ihm wirklich alles darüber erzählen.

Aber ich schüttelte den Kopf. »Ich verstehe nicht, wovon Sie reden.«

»Ach ja!« sagte Ryder mit einem Lachen, dem jede Heiterkeit fehlte.

Ich sagte: »Wenn Sie mir eine klare Frage stellen, werde ich versuchen, sie zu beantworten.«

»Gestern abend haben Sie ein Telefon benutzt.«

»Ich benutze das Telefon oft.« Ich sah zu dem Telefon auf meinem Schreibtisch hinüber. Und dann fiel mir die Bandaufnahme ein, die ich von den Tieren gemacht hatte. Sie war immer noch da. Oh, Scheiße!

»Nicht dieses Telefon«, sagte Ringlasche Ryder. »Ein öffentliches Telefon. Also, warum sollte ein schmieriger Privatdetektiv ein öffentliches Telefon benutzen wollen, wo er doch einen eigenen Anschluß besitzt?«

»Das ist, offen gesagt, eine lächerliche Frage«, entgegnete ich.

»Lächerlich, wie?« sagte er. »So, lächerlich ist meine Frage also?!« Er schlug mir ins Gesicht.

Ich trat lediglich wieder einen Schritt zurück.

Und ich hätte sagen können: »Danke, das habe ich gebraucht«, denn es half mir, mein Rückgrat wiederzufinden. »Wenn ich in meinem Büro bin, benutze ich mein Telefon. Wenn ich außerhalb meines Büros bin, benutze ich öffentliche Telefone.«

»Gestern abend haben Sie ein Telefon am Einkaufszentrum Eaglegate benutzt.«

»Das stimmt.« Dann runzelte ich die Stirn und sagte: »Woher wissen Sie das?«

»Weil Ihre Fingerabdrücke überall auf dem Apparat sind, daher weiß ich es.«

Ich dachte an die Armada von Streifenwagen, die auf den Parkplatz des Einkaufszentrums gedonnert war. Sie hatten Fingerabdrücke von dem Apparat dort genommen. Natürlich. Wie konnte ich einen solchen Anruf ohne Handschuhe tätigen!

»Ich hinterlasse meine Fingerabdrücke, wo ich gehe und stehe«, sagte ich. »Ich kapier's immer noch nicht.«

»Was haben Sie in dem Einkaufszentrum gemacht?«

»Ich bin reingefahren, um was zu essen. Da gibt's ein Steakhaus, nur als ich reinkam, war mir nicht mehr nach einem Steak zumute. Ich bin wieder rausgegangen und habe meine Freundin angerufen. Nur daß sie nicht zu Hause war. Dann bin ich in den Drugstore gegangen, habe mich umgesehen und schließlich einen Schokoriegel gekauft. Dann habe ich im Wagen gesessen und den Schokoriegel gegessen und zugesehen, wie … ah … plötzlich ist da jede Menge Polizei aufgetaucht. Ich habe die Streifenwagen gesehen und, ja wirklich, sie haben sich an dem Telefon zu schaffen gemacht. Ist das der Grund, warum Sie hier sind?«

»Das ist der Grund«, sagte Ryder. »Wenn Sie keine Schwierigkeiten wollen, Samson, denken Sie noch mal gründlich nach. Wenn Sie wollen, daß wir glauben, dieser Scum-Front-Anruf wäre nicht von Ihnen gekommen, wie wär's dann, wenn Sie sich an jemand anderen erinnern könnten, den Sie an diesem Telefon gesehen haben. Wie wär's, wenn Sie mal richtig gründlich nachdenken würden, denn wenn Sie's nicht tun, werden Sie derjenige sein, den wir suchen.«

Ich versuchte nachzudenken. Die einzige Person, auf die ich mich besinnen konnte, war die Frau mit der sepiafarbenen Satinjacke im Drugstore. Ich hätte sie um ein Haar erwähnt, aber das wäre eine bewußte Irreführung gewesen. Ich schüttelte den Kopf. »Ich kann mich an niemanden erinnern«, sagte ich. »Tut mir leid.«

»Ich glaube, Sie erinnern sich doch an jemanden«, sagte Ryder. »Ich habe es in Ihren Augen gesehen.«

»Ich erinnere mich an eine Frau, mit der ich im Drugstore ein paar Worte gewechselt habe. Aber sie war nicht mal in der Nähe des Telefons.«

»So einer sind Sie also, Samson? Die Freundin ist mal

nicht zu Hause, und gleich versuchen Sie Ersatz zu schaffen?«

Ich sagte nichts.

»Ich sollte mir wohl besser den Namen und die Adresse der Freundin notieren.«

Ich gab sie ihm.

»Und die Telefonnummer.«

Ich gab ihm auch die. Hollenbaugh schrieb alles in sein Notizbuch.

»Schön«, sagte Ryder. »Jetzt verraten Sie mir mal, Samson, ob Sie schon lange in diesem Privatdetektivspiel zugange sind.«

»Ja. Ziemlich lange.«

»Sie haben in der Zwischenzeit für niemand anderen gearbeitet? Sie hatten keinen regulären Job und sind vielleicht gefeuert worden, etwas in der Art?«

»Fehlanzeige. Keine regulären Jobs.«

Er holte tief Luft. »Und Sie haben niemanden in der Nähe des Telefons gesehen? Überhaupt niemanden?«

»Niemanden. Ich war selber nicht so furchtbar lange in der Nähe des Telefons.«

»Okay«, sagte Ryder. »Was dagegen, wenn wir uns mal umsehen?«

Ich zuckte die Achseln. Mir kam es vor wie ein unkontrollierbarer, nervöser Tick, aber vielleicht sah es nicht so aus.

Ryder ging vom Büro aus in meine Schlafküchenkombination. Aber er blieb nur wenige Sekunden dort. Als er zurückkam, zog er eine Visitenkarte aus der Tasche. Zu mir sagte er: »Wenn Sie sich an irgend jemanden oder irgend etwas erinnern, rufen Sie mich an.«

Ich nahm die Karte. »Klar«, sagte ich.

»Okay«, sagte er. »Gut.« Er machte seinen ersten Schritt Richtung Tür.

Dann blieb er stehen, als wäre ihm noch etwas eingefallen. »Ach«, sagte er, »tut mir leid, daß ich Sie ein bißchen rumgeschubst habe. Es war ein langer Tag, und diese Leute müssen gefunden werden.«

»Ich verstehe«, sagte ich. »Kein Problem. Gehört alles mit zum Job.«

»Wenn ich mal höre, daß jemand sich scheiden lassen will, schicke ich ihn vielleicht zu Ihnen. Machen Sie solche Sachen?«

»Ja«, sagte ich.

»Muß auch solche geben«, sagte er, als wäre er der Ritter, der die Zitadelle stürmt, und ich ein Haufen Pferdescheiße. »Ich selber werde nie wieder heiraten, aber unser guter Hollenbaugh hier, der will nächste Woche den Gang zum Altar antreten, stimmt's?«

»Genau«, antwortete der Streifenpolizist.

»Es sei denn, jemand sprengt vorher die Kirche in die Luft«, sagte Ryder.

30

Ich saß fünf Minuten lang da und zitterte.

Es war ja schön und gut, mir selber zu sagen: »Das Schlimmste, was dir passieren kann, ist, daß du ins Gefängnis wanderst«, und: »Auf See sind schon schlimmere Dinge passiert«, und: »Hauptsache, du bist gesund.« Diese Selbstbeschwörungen blieben ohne therapeutische Wirkung. Manchmal höre ich mir nicht einmal dabei zu.

Aber dann klingelte das Telefon. Das hörte ich und sah den Apparat voller Entsetzen an.

Er klingelte weiter, und zu guter Letzt zwang mich sein Geklingel zum Handeln. »Hallo?«

Am anderen Ende der Leitung hörte ich ein Zögern. »Albert?«

Es war meine Flamme, meine geduldig leidende und vielgemißte Herzdame. »Ja«, sagte ich.

»Was ist los? Du hörst dich schrecklich an. So schlimm war's doch nicht. Ein klein wenig zäh vielleicht, aber wirksam, fand ich.«

»Was?«

»Was was?«

»Wovon redest du?«

»Von deinem Werbespot.«

»Er ist gesendet worden?«

»Natürlich ist er gesendet worden. Was denkst du denn? Daß ich ihn mir nur eingebildet hätte?«

»Du hast ihn gesehen?«

»Und ich habe ihn gehört. Und gespürt. Eine Bekannte vom Amt, Tina, hat Cab-Co. Ich bin zu ihr rübergefahren und war schon darauf gefaßt, stundenlanges Geschwafel über mich ergehen zu lassen, aber es ist kurz vor sieben gekommen.«

»Na toll«, sagte ich. »Wie war's denn?«

»Albert, was ist los mit dir? Du redest wie ein Zombie.«

»Die Polizei war hier und hat mich aus der Fassung gebracht. Hat nichts zu bedeuten.«

»Was wollte die Polizei?«

»Sie haben Fingerabdrücke von öffentlichen Telefonen genommen, die die Scum Front möglicherweise benutzt hat. Ich habe dich gestern abend von unterwegs aus angerufen, und anscheinend habe ich ein Telefon benutzt, das einer von denen auch benutzt hat.«

»Ich habe dir doch gesagt, daß ich nicht zu Hause sein würde.«

»Ich weiß. Hatte ich vergessen.«

»Oh.«

»Solche Sachen passieren eben.«

»Und deswegen war die Polizei bei dir?«

»Jerry sagt, sie reißen sich ein Bein aus, um diese Leute zu kriegen. Anscheinend habe ich sie, als ich telefonierte, nur um Haaresbreite verpaßt.«

»Oh, wie aufregend«, meinte meine Flamme.

Diese Lügerei gefiel mir gar nicht. Aber falls die Gefahr bestand, daß die Polizei mich wegen gestern abend verhören würde, mußte ich meinen Lügen glauben. Und wenn ich ihnen glauben sollte, mußte ich sie aussprechen.

»Heißt das, daß sie wieder eine Bombe gelegt haben?« fragte sie.

»Weiß ich nicht. Die Bullen, die hier waren, haben nichts davon gesagt.«

»Jemand, den du kennst?«

»Ein Sergeant namens Ryder und ein halbwüchsiger Streifenpolizist namens Hollenbaugh, der kein Wort sagte. Hab ich beide noch nie zuvor gesehen.«

»Ich kenne diese Namen nicht«, sagte sie. Und meinte dann: »Ansonsten alles klar bei dir?«

»Doch, war alles klar. Ist klar. Ich weiß nicht, was los ist mit mir. Tut mir leid, daß ich mich so grimmig anhöre.«

»Hast du viel zu tun?«

»Ja. Ach, und heute hat mir eine fremde Frau erzählt, sie sei in mich verliebt.«

»Wie schön für dich.«

»Eine Privatdetektivin von ungefähr dreißig mit einem fehlenden Zahn. Und sie kann Autos reparieren.«

»Klingt perfekt.«

»Sie sagte, sie liebe mich. Aber ich weiß nicht, was sie damit meint. Sag mal, du kennst dich doch mit Mädchen aus. Was heißt das?«

»Ich nehme an, es heißt, daß sie sehr mädchenhaft ist. Aber ich kenne mich im Grunde genommen nur mit Frauen aus«, sagte meine Flamme.

Ich hätte mich liebend gern über den Unterschied belehren lassen, aber ich mußte Kontakt zu den Tieren aufnehmen. Da war noch die Kleinigkeit mit den Menschenleben, die wir retten wollten. Auch Packen-wir's-an-Detektive müssen gesellschaftlich verantwortungsbewußt sein.

Oder etwa nicht? Habe ich das nicht mal irgendwo gelesen?

Also war es jetzt Taschentuch-ins-Fenster-Zeit. Für den Augenblick konnte ich mich allerdings nicht daran erinnern, wo das Taschentuch war. Aber ich hatte ja vorhin sämtliche Scum-Front-Souvenirs in Moms Teil des Hauses verfrachtet.

Ich ging durch meine Wohnräume und schloß die Tür auf. Dann steuerte ich direkt auf das Gästezimmer zu.

Wo ich Norman fand.

Er hielt die Zeichnung von der Wollhandschuhfrau in der Hand.

Er las meine Nachrichten von der Scum Front.

»Was zum Teufel bilden Sie sich eigentlich ein?« schrie ich ihn an.

Er blickte auf und kehrte dann zu seiner Lektüre zurück. Die Seite, die obenauf lag, war die Liste der Telefonstandorte.

Ich riß ihm die Papiere aus der Hand und schnappte mir das Bild, das dabei ein wenig verschmierte. Dann schnappte ich mir die Briefe.

Er leistete keinen Widerstand. Statt dessen drehte er sich zu mir um und sagte: »Sie hätten bloß zu fragen brauchen.«

»Was haben Sie hier zu suchen?«

Er sagte: »Wem um Himmels willen wollen Sie diesen Quatsch geben?«

»Was?«

Er wartete und beobachtete mich mit augenfälligem Abscheu.

Er dachte, ich hätte diese aus der Zeitung ausgeschnittenen Nachrichten vorbereitet! Moment mal. Was besagten sie eigentlich? Es ging um Telefonnummern und solche Sachen.

Ich sagte: »Das ist meine Sache.«

»Sie sind an irgendeinem ganz besonders lausigen Fall dran, wie?« Er kratzte sich. »Mal sehen. Sie haben diese Modezeichnung gestohlen und versuchen jetzt, sie zu verkaufen, ohne dabei erwischt zu werden. Oh, wirklich eine große Sache, Sie Schnüffler. Sieht aus, als würden Sie diesmal Ihr Glück machen.« Er schüttelte langsam den Kopf. »Ihre Mutter hätte was Besseres verdient. Hätte sie wirklich.«

Was ich gerade im Augenblick schwerlich bestreiten konnte. Also ließ ich es damit bewenden. Ich ging zurück in mein Zimmer. Ich schloß die Tür ab, die mich mit dem Rest des Hauses verband.

Ich saß da und unternahm einen weiteren angestrengten Versuch, mich zu beruhigen. Ich überdachte die Konsequenzen des längsten Gespräches, das ich jemals mit Moms Bratenwender und Schießlehrer geführt hatte.

Ein paar Minuten später klopfte es an meiner Tür. Es ging mir durch und durch wie ein Fingernagel auf einer Tafel.

Ich sprang von meinem Stuhl auf. Und begriff dann, daß das Klopfen aus dem Hausinneren kam, nicht von außen.

Ich ging an die Tür und sperrte auf.

Meine Mutter stand vor mir. Sie hatte ein weißes Taschentuch in der Hand.

»Hi, Mom.«

»Norman sagt, du hättest das hier fallenlassen, mein Sohn.«

»Oh«, sagte ich.

»Er sagte, du würdest es vielleicht brauchen.«

»Äh, ja. Durchaus möglich.«

»Alles in Ordnung bei dir?«

»Alles bestens.«

»Hast du dich erkältet, Junge?«

»Nein.«

»Grippe?«

»Nein, Mom. Mir geht's gut.«

Sie hielt das Taschentuch hoch und stellte die stumme Frage.

»Ich bin gerne auf alles vorbereitet«, sagte ich. Lahm, lahm, lahm.

»Wo hast du das her?«

»Darf ich kein Taschentuch haben? Wo liegt das Problem?«

Ganz langsam sagte sie: »Es ist hübsch. Teuer.«

»Ich weiß, was ich sage, ergibt nicht viel Sinn. Vielleicht brüte ich wirklich etwas aus.«

Sie war nicht überzeugt. Kein Wunder. Ich war auch nicht überzeugend.

Aber bevor ich den unbefriedigenden Aspekt der Situation noch verschärfen konnte, sagte sie: »Hast du in letzter Zeit mal was von Sam gehört?«

Meine Tochter.

»Nein. Schon eine ganze Weile nicht mehr.«

»Vielleicht hast du ihr in letzter Zeit nicht geschrieben.«

»Es war so viel los.«

»Ich weiß.«

Wir standen uns einen Augenblick lang gegenüber.

Dann sagte sie: »Wenn ich irgend etwas für dich tun kann, tue ich es. Das weißt du doch, oder?«

»Ja, Mom. Danke.«

»Norman ist ein guter Junge, Albert. Er würde dir auch helfen.«

»Ich brauche keine Hilfe, Mom.«

»Er würde es tun, einfach weil ich ihn darum bitte. Was immer es sei«, sagte sie. Dann drehte sie sich um und ging wieder zurück durch den Flur und zur Treppe.

31

Ich hängte das Taschentuch in mein Fenster und strahlte es von hinten mit einer Lampe an. Ich kam mir blöd vor. Was, wenn ein Freund vorbeikam? Wie erklärt man ein angestrahltes Taschentuch in seinem Bürofenster?

Na schön, ich konnte sagen, ich hätte die Religion entdeckt.

Ich ging an meinen Schreibtisch und machte mich daran, die Unterlagen zu zerstören, die die Tiere mir gegeben hatten.

Ich trug die Cab-Co-Nummer in mein Notizbuch ein, schrieb dabei aber die letzten vier Zahlen in umgekehrter Reihenfolge auf. Das würde die Kryptologen der Polizei in die Irre führen.

Ich prägte mir die neun Telefonstandorte in der richtigen Reihenfolge ein. Wahrscheinlich hatte ich sie tatsächlich intus, aber zur Sicherheit markierte ich sie mir mit römischen Ziffern auf einem Stadtplan.

Blöde Spielchen. Warum gaben sie mir nicht einfach eine Telefonnummer, die ich im Notfall anrufen konnte? Ich würde versprechen, niemandem etwas zu erzählen. Ich würde sie auswendig lernen und nicht aufschreiben. Es sei denn, seitenverkehrt oder falsch herum oder irgendwas.

Dann verbrannte ich in einer Pfanne die Notizen und verrührte die Asche. Anschließend trat ich vor die Tür und bot sie der süßen Maibrise dar.

Dann ging ich wieder rein und saß eine Weile einfach nur da. Gab es denn nichts Nützliches, womit ich mich beschäftigen konnte?

Ein leuchtend weißes Taschentuch im Fenster.

Heiliger Bimbam!

Das Telefon klingelte.

Das Geräusch riß mich mit Macht ins wirkliche Leben zurück.

»Albert Samson«, sagte ich.

Ein Mann sagte: »Ich habe Ihre Werbung heute abend gesehen und wollte Ihnen bloß sagen, daß ich Sie widerlich finde.«

Kurz nach neun rief die Scum Front an.

Eine Frauenstimme sagte: »Drei.«

Mit einem Gefühl echter Erleichterung nahm ich das Taschentuch aus dem Fenster und machte mich auf den Weg in die Nacht hinaus.

Da niemand Telefon Nummer drei benutzte, stand ich in der Zelle und tat so, als suchte ich in meinem Notizbuch nach einer Nummer.

Ich spielte meine Rolle nicht gut. Ich hätte mir nicht geglaubt.

Auf der anderen Seite war niemand in der Nähe, für den ich mir hätte Mühe geben müssen. Also wurde es zu einer philosophischen Frage: Wenn niemand da ist, den man belügen kann, ist es dann eine Lüge?

Nun, ein Trottel ist ein Trottel, sage ich immer.

Wittgenstein würde mir recht geben.

Nach sechs Minuten war immer noch kein Anruf gekommen.

Ich stieg wieder in meinen Wagen und fuhr zu Telefon Nummer vier.

An diesem Standort waren größere Aktivitäten zu verzeichnen. Ein Mann und eine Frau gingen vorbei. Sie stritten sich.

Ich fuhr zu Telefon Nummer fünf weiter.

Taschentücher!

Das Telefon klingelte.

Ich nahm den Hörer ab und sagte: »Wurde auch langsam Zeit.«

Frau Bär sagte: »Sie können sich verpissen, Samson.«

»Was?«

»Sie sind erledigt. Ich war ja von Anfang dagegen, Ihnen zu vertrauen, Sie verräterischer Bastard. Ich hoffe, Sie können mit sich selber leben, weil alle eventuellen Todesfälle ausschließlich auf Ihr Konto gehen, auf Ihres und das Ihrer Polizistenfreunde. Ich weiß nicht, wie Sie es gemacht haben, aber ...« Sie wurde von einer Stimme hinter ihr unterbrochen.

Ich sagte: »Ich weiß nicht, wovon Sie reden, aber ich muß Sie einfach sehen.«

Sie legte auf.

Ich hielt den Hörer noch eine geschlagene Minute in der Hand. Ich wußte nicht, was geschehen war.

Meine ›Polizistenfreunde‹?

Ryder und Hollenbaugh konnten sie nicht meinen. Sie mußten doch wissen, daß ich, wenn ich sie verraten würde, die Polizei nicht gerade durch die Vordertür ins Haus ließe.

Aber was dann?

Polizistenfreunde. Ich kapierte es nicht.

Schließlich legte ich den Hörer auf.

Ich fuhr nach Hause.

Es gab nichts, was ich sonst noch hätte tun können.

Ich hängte das Taschentuch wieder ins Fenster. Es war meine einzige Verbindung zu den Tieren.

Dann sah ich, daß in meiner Abwesenheit jemand angerufen hatte.

Ich spielte die Nachricht ab. Eine jämmerliche männliche Stimme sagte, er glaube, daß seine Frau ihn betrüge. Sie sage, sie gehe mit ihrem Sohn Bridge spielen, aber der Junge war ein Muttersöhnchen und helfe ihr vielleicht dabei, ihre Treulosigkeit zu verbergen. Die Stimme fragte, ob das die Art Problem sei, bei der ich möglicherweise helfen könne. Sie hinterließ eine Telefonnummer.

Waren das die Aufträge, die reinzuholen ich mich als frisch konvertierter Packen-wir's-an-Detektiv derart abmühte?

Nun, vielleicht würde ja Bobby Lee von und zu Zahnlücke noch einen Job übernehmen.

Ich wünschte, ich hätte immer noch eine Whiskyflasche im Schreibtisch gehabt.

Ich saß bis spät in die Nacht hinein am Telefon und wartete.

32

Das Morgengrauen brachte die Notwendigkeit, eine kritische Frage zu beantworten: Sollte ich die Polizei anrufen und erzählen, was ich wußte?

Wenn ja, wann?

Wenn ja, was?

Aber um Viertel nach acht wurde mir die Entscheidung

aus der Hand genommen. Die Polizei rief mich an, in Gestalt von Jerry Miller. Er sagte: »Al, da ist etwas, worüber ich gern mit dir reden würde. Meinst du, du könntest zu mir rüberkommen?«

»Meinst du zum Mittagessen?«

»Vorm Mittagessen. Heute früh. Sofort.«

»Ist etwas passiert, Jerry?«

»Nein, nein«, sagte er ohne Überzeugung. »Ich würde einfach nur gern etwas reden. Was meinst du, um wieviel Uhr du hier sein könntest?«

Kurz nach halb zehn winkte seine Sekretärin mich direkt in sein Büro durch.

»Okay, Sportsfreund«, sagte ich. »Was zum Teufel ist los?«

»Setz dich«, sagte er.

Er machte einen ebenso reservierten Eindruck wie schon am Telefon, und ich überlegte mir, ob ich ihn mal richtig Mores lehren sollte. Aber ich hatte keinen Schimmer, worum es ging. Es konnte etwas Persönliches sein. Es konnte sein, daß er beschlossen hatte, Janie doch zu verlassen, endlich, und Hilfe bei seinem Abschiedsbrief brauchte.

Ich setzte mich.

Er sagte: »Wir haben im Augenblick morgens als erstes Lagebesprechung.«

Ich wartete.

»Scum Front«, sagte er.

Wieder wartete ich schweigend, aber diesmal, weil ich nichts hätte sagen können, selbst wenn ich gewollt hätte.

Er sagte: »Wir gehen die Dinge noch mal durch. Du weißt

schon. Was die Jungs am letzten Tag in dem Fall unternommen haben. Die letzten Ansagen von ganz oben. Und heute morgen, Al – du kannst dir vorstellen, wie mir zumute war, als ich deinen Namen hörte.«

Ich nickte und schluckte und versuchte meine Stimme wiederzufinden. »Ich... ich hatte Besuch von euren Jungs.«

»Das habe ich gelesen«, sagte Miller. Er nahm einige Papiere von seinem Schreibtisch. Aber er sah sie nicht an. Er sah mich an. »Wie dem auch sei, ich hörte also deinen Namen und bat Ryder um seinen Bericht.«

Ich entschied mich für die Verletzte-Unschuld-Masche. »Und wo liegt das Problem?«

Miller beantwortete die Frage nicht. Statt dessen schwenkte er nur langsam die Papiere. »Du hast von einem öffentlichen Fernsprecher aus telefoniert, stimmt's?«

»Stimmt.«

»Mit...«

»Nur daß sie nicht zu Hause war. Wo liegt denn nun das Problem, Jerry?«

»Nun, ich weiß nicht, ob du's weißt, aber es gibt da eine neue technische Spielerei für Telefone.«

»Wirst du noch lange brauchen? Ich habe nämlich eine kleine Tochter und möchte nicht die Party zu ihrem fünfzehnten Geburtstag verpassen.«

»Wenn wir auf dem Revier einen Anruf kriegen, gibt uns diese Vorrichtung automatisch die Telefonnummer des Anrufers und den Standort des Telefons durch, von dem aus der Anruf kommt.«

Ich wartete.

»Die Information wird gespeichert, bleibt sechsunddreißig Stunden lang verfügbar, bevor sie gelöscht und durch die Daten neuer Anrufe ersetzt wird. Dasselbe Gerät kann auch an anderen Telefonen angebracht werden, und wegen der Bedeutung des Scum-Front-Falls haben wir sämtliche Münzfernsprecher in Indianapolis-Mitte angeschlossen. Die Scummies benutzen sie, um Cab-Co anzurufen.«

»Jerry, das weiß ich doch alles. Ich habe die Sache live mit angesehen. Ich saß in meinem Wagen, kämpfte mich durch ein paar ernsthafte Kalorien und sah die Bullen aus dem Busch springen und zu diesem Telefon im Einkaufszentrum stürzen.«

»Ja, aber vielleicht wußtest du nicht, daß das Gerät auch die Uhrzeit der Anrufe aufzeichnet.«

»Ja? Na und?«

»Nun, als ich Ryders Akte über dich einsah, fand ich auch eine Kopie der Anrufe, die von dem in Frage stehenden Telefon aus getätigt wurden.«

»Jerry, komm zur Sache!«

Er seufzte und sagte: »Zwei Dinge machen mir zu schaffen, Al. Ich kann irgendwie nicht glauben, was ich denke, aber ich kann es auch nicht abschütteln.«

»Was denn um Himmels willen?«

»Zuerst wäre da der Anruf, den du angeblich getätigt hast.«

»Er ist doch in euren Unterlagen, oder etwa nicht?«

»O ja. Er ist verzeichnet. Aber das Problem ist der Zeitpunkt.« Er sah mich an. »Er wurde neunzehn Minuten vor dem Anruf der Scum Front bei Cab-Co getätigt.«

»Und?«

»Und du hast Ryder gesagt – und mir auch gerade

eben –, daß du gesehen hast, wie die Streifenbeamten ins Einkaufszentrum kamen und das Telefon versiegelten. Du hast sie von deinem Wagen aus beobachtet, während du einen Schokoladenriegel gegessen hast.«

»Ja. Und?«

»Aber hier steht auch, daß du niemanden in der Nähe des Telefons gesehen hättest. Also, für mich stellt sich die Sache folgendermaßen dar«, beharrte er. »Du sitzt in deinem Wagen und kannst unsere Jungs sehen, wie sie an dem Telefon rummachen, kurz nachdem ein Scummie es benutzt hat, aber irgendwie hast du vorher niemanden in der Nähe des Telefons gesehen.«

»Was soll ich deiner Meinung nach jetzt machen? Mir etwas aus den Fingern saugen? Wenn du mir gesagt hättest, ich solle meine Aufmerksamkeit einer Telefonzelle widmen, hätte ich es gemacht.«

»Könntest du mir einen Gefallen tun, Al? Könntest du mir eine kleine Skizze von dem Parkplatz anfertigen? Ich wüßte gern, wo du geparkt hast, wo das Telefon war und wo du den Schokoriegel gekauft hast.«

»Ja, das könnte ich machen. Aber warum sollte ich? Du wirst ja doch bloß sagen, daß du mir nicht glaubst, wenn ich behaupte, ein Rudel Bullen, die mit heulenden Sirenen in ein Einkaufszentrum stürmen, würde mir auffallen, aber jemanden, der einen Vierteldollar in einen Schlitz wirft, würde ich übersehen.«

»Du bist ein ausgebildeter Beobachter, Al.«

»Ich schätze, ich hab mein Fernglas vergessen. Aber soll ich mir denn nun was ausdenken? Okay. Ich habe einen Zwei-Meter-Kerl in Pacers-Uniform gesehen, der mit einem Ding gedribbelt hat, aus dem Drähte rausguckten. Und getickt hat es auch.«

»Nein, natürlich sollst du dir nichts ausdenken.«

»Also, was ist dann dein Problem? Meinst du, ich wäre ein Scum Fronter?«

»Hmm, nein«, sagte er, als wären da zwei Prozent ›vielleicht‹ mit drin. »Aber du bist nicht gerade das zufriedenste Mitglied unserer Gemeinschaft.«

»Soll ich dir ein paar Loblieder auf die Gemeinschaft singen?«

»Das ist kein Witz, Al.«

»Okay. Es ist kein Witz. Dann sag mir eins. Angenommen, ich habe mit der Scum Front zu tun. Glaubst du, ich wäre so blöd, einen Anruf für sie zu machen und meine Fingerabdrücke zu hinterlassen?«

Er zuckte mit den Schultern.

»Ich weiß Bescheid über Fingerabdrücke, Jerry. Die gibt's nämlich schon seit ziemlich langer Zeit. Sogar Mark Twain wußte über Fingerabdrücke Bescheid.«

»Und da wäre noch diese andere Sache«, sagte er.

»Dann spuck es besser gleich aus, bevor ich wegen Beamtenbeleidigung in Schwierigkeiten gerate.«

»Du hast es nicht gern, wenn man dich rumschubst?«

»Nein, hab ich nicht.«

»Nun, Ryder steht aber in dem Ruf, genau das zu tun«, sagte Miller.

»Richte ihm meine Glückwünsche aus.«

»Er ist ungehobelt. Er ist alles andere als höflich. Wir erhalten immer wieder Beschwerden über ihn. Jeder weiß über Ryder Bescheid. Es gibt Witze. Ein Einbruch in einer

Kirche, deren Pfarrer neunzig ist, und die Leute sagen: ›Schicken Sie Ryder rüber. Der kriegt ein Geständnis.‹«

»Und?«

»In seinem Bericht«, sagte Miller, »schreibt Ryder, wie kooperativ du gewesen seist, Al. Und ich habe ihn extra noch einmal gefragt, und er hat es wiederholt. ›Ganz Bitte und Danke‹, so hat er dich beschrieben.«

Miller und ich sahen einander an.

Miller sagte: »Ein Bulle klopft an deine Tür. Es ist ein Bulle, der findet, er sei zu wichtig für Routinearbeiten. Es ist ein Bulle, der einem Betrunkenen einmal den Schädel gebrochen hat, weil er ihn nicht ›Sir‹ nannte. Er kommt also an deine Tür und stört dich bei irgend etwas, das du gerade tust, und er stiehlt dir deine Zeit mit Fragen nach einem Telefonanruf, der ihn überhaupt nichts angeht. Zweifellos schreit er dich an und setzt dich unter Druck, um festzustellen, ob du dich wie ein Terrorist benimmst. Vielleicht schüttelt er dich auch ein bißchen durch. Vielleicht schnüffelt er bei dir rum. Und du, Al, du läßt dir nicht seine Dienstnummer geben. Du machst keine sarkastischen Bemerkungen, die ihn als das Arschloch hinstellen, das er zweifellos ist. Du weigerst dich nicht, seine Fragen zu beantworten. Du redest mit dem Burschen und spielst das Spiel auf seine Weise, du nickst und lächelst und sagst, du wüßtest ja, daß er nur seine Arbeit tut. Und das, Albert, das sieht dir gar nicht ähnlich. Du gibst sonst bei so was immer noch eine dicke Schicht Zuckerguß darüber, bevor du dir das Ganze zu Gemüte führst. Je besser deine Laune gerade ist, um so mehr genießt du die Mahlzeit, die du dir daraus zusammenbraust. Männern wie dir macht so was Spaß. Aber aus irgendeinem Grund diesmal nicht. Diesmal bist du ganz Lächeln und Sonnenschein und ›Bitte und Danke‹. Also frage ich mich doch, warum. Und ich frage dich, Al, warum? Warum, verdammt noch mal?!«

33

Ich verließ das Police Department ohne Handschellen. Was ich aber mitnahm, war ein schlechtes Gewissen und das deutliche Gefühl, daß ich langsam von allen Seiten eingekreist wurde.

Ich hatte es auf Miller geschoben. Er und ich hatten zusammen Mittag gegessen, ja? Er hatte mir was vorgejammert. Diese Scum-Front-Sache untergrub die Moral der Polizei. Dann waren – rein zufällig – meine Fingerabdrücke aufgetaucht, und ein Bulle schaute bei mir herein. Es wäre doch extrem kontraproduktiv gewesen, um nicht zu sagen schlicht und einfach blödsinnig, einem Bullen unter solchen Umständen das Leben schwer zu machen, selbst wenn es sich um einen schlechten Bullen handelte. Stimmt's?

Ist mir der Unterschied zwischen etwas Ernstem und etwas, worüber ich Witze reißen kann, nicht hinreichend klar?

Zeigte nicht allein die Tatsache, daß Miller mich in die Mangel genommen hatte, wie recht ich daran getan hatte, Ryder einfach zu ertragen? Weil die Scum Front sämtliche Bullen in den Wahnsinn trieb? Wenn ich eine sarkastische Bemerkung gemacht hätte, hätte Ryder mich wahrscheinlich erschossen.

Stimmt's?

Ich machte Miller mürbe. Bis ihm schließlich aufging, daß das, was er für eine Beobachtung gehalten hatte, in Wirklichkeit die geistige Umnachtung eines rastlosen Polizisten war, dessen Privatleben fast genauso kompliziert verlief wie sein Berufsalltag.

Und sobald ich ihn auf das Thema Janie gebracht hatte, war ich aus dem Schneider. Bevor ich ging, erzählte er mir einen Witz, der auf dem Revier die Runde machte: Was ist der Unterschied zwischen einer Ehefrau und einem Terroristen?

»Ich weiß nicht, Jerry. Was ist denn der Unterschied zwischen einer Ehefrau und einem Terroristen?«

»Mit einem Terroristen kann man verhandeln.«

Ich tat ihm den Gefallen zu lachen.

Auf dem Anrufbeantworter war eine Nachricht von Bobby Lee. Sie fragte, wann und wie ich die Farbversion ihrer Zeichnung in Besitz nehmen wollte.

Ich rief sofort zurück. Ich bekam ihren Anrufbeantworter, der hustete, sich räusperte und nach ungefähr achtzig klang. Er sagte: »Bobby Lee ist im Augenblick nicht zu Hause. Wenn Sie eine Nachricht hinterlassen wollen, würde ich es ihr ausrichten, sobald sie einen Fuß in die Wohnung setzt. Ich habe einen Stift.«

Ich hinterließ meinen Namen und schlug vor, daß Bobby Lee auf dem Weg zu ihrem Abendtermin bei mir im Büro vorbeikommen solle.

Dann bedankte ich mich bei dem Anrufbeantworter, der sagte: »Oh, keine Ursache« und anschließend auflegte.

Ich blieb noch einen Augenblick auf meinem Stuhl sitzen

und kritzelte vor mich hin, um festzustellen, ob mir etwas einfiel, womit ich mich beschäftigen sollte. Aber die Gedankenarbeit fiel mir schwer, und meine Kritzeleien waren alle kleiderförmig und gesichtslos.

Ich ging hinaus, die Treppe hinunter und in die Imbißstube. Ich war fürs Mittagessen etwas zu früh dran. Ich bestellte mir trotzdem was.

Während Norman in meinem köchelnden Essen rumstocherte, als hätte er mich persönlich in der Pfanne, spielte ich eine Runde am Flipper.

Als er mir den Teller auf die Theke knallte, verlor ich meinen letzten Ball. Ich aß schweigend und hinterließ ein Zehn-Cent-Trinkgeld.

Auf dem Weg zurück nach oben machte mein Gehirn sein Spiel. Ich beschloß, das Taschentuch noch mal ins Fenster zu hängen und der Sache eine Stunde zu geben. Wenn ich keinen Anruf bekam, wollte ich zu Cecil Redmans Haus fahren und zusehen, ob ich dort irgendwie weiterkam.

34

Vor Cecil Redmans Haus spielten zwei kleine Mädchen mit einem leeren, dreirädrigen Kinderwagen.

Es war eine Art Herausforderung. Die Kinder standen mehrere Meter voneinander entfernt auf dem Gehsteig und schubsten einander abwechselnd den Wagen zu, so fest es ging. Konnte man sich draufwerfen, ohne runterzufallen? Hatte man genug Mut, nicht aus dem Weg zu springen? Die unberechenbaren Schlenker des Kinderwagens waren der

Joker, der die Kinder zu Lachanfällen trieb. Nur wegen des schmalen Grasstreifens zwischen Gehsteig und Straße fiel das Geschoß nicht unter die Bestimmungen für den fließenden Verkehr. Es war ein heftiges, komisches, gefährliches Kinderspiel, und ich wollte mitspielen.

Aber der moderne dynamisch effiziente Detektiv spielt nicht jedesmal, wenn ihm gerade danach zumute ist, irgendwelche Spielchen. Statt dessen geht er zu Haustüren und spielt seine eigenen Spielchen.

Auf mein Klopfen erschien eine kleine Frau mit glänzenden Wangen und leuchtenden Augen, die mich musterte, als wäre sie von Geburt an damit beschäftigt, streitlustig irgendwelche Türen zu öffnen. »Was wollen Sie?« fragte sie.

»Bitte, ist Cecil Redman hier?«

»Weswegen suchen Sie Cecil?«

»Ich möchte mit ihm über etwas reden.«

»Er hat nichts getan.«

»Ich glaube, daß er mir helfen kann.«

»Wenn er's täte, wären Sie der erste.«

»Ist er da?«

»Nein, ist er nicht.«

»Wissen Sie, wo er ist?«

»Könnte sein.«

Ich lächelte. »Ich bin kein Bulle.«

»Ich weiß, daß Sie kein Bulle sind«, sagte sie. »Bei den seidenweichen Sprüchen, die Sie draufhaben, können Sie gar kein Bulle sein. Sie sind mehr wie ein ...« Sie betrachtete mich mit geübtem Auge. »Sie sind mehr wie 'n Vertreter für Enzyklopädien.«

»Vielen Dank.«

»Er kauft nichts.«

»Und ich verkaufe nichts.«

Sie machte ein Auge zu, lächelte schief und sagte: »Oder Sie sammeln im illegalen Straßenlotto die Einsätze ein. Jemand hat Ihnen ’n Gefallen getan und den Job verschafft, und dafür haben Sie versprochen, die Finger vom Alkohol zu lassen. Jemand kannte Ihren Papa.«

»Ich wünschte, ich wäre nur halb so interessant.«

Sie musterte mich abermals und kam zu einem Entschluß. »Kennen Sie den Club?« fragte sie.

»Welchen Club?«

»Ist kein richtiger Club. Aber ist auch kein Hauptquartier.«

»Nein?«

»Was da läuft, hat mehr mit dem anderen Ende zu tun.«

»Wie bitte?«

»Sie kapieren’s nicht, wie?«

»Nein.«

»Die nennen es Hauptquartier.«

»Ah, ah.«

»Sie sind ’n bißchen behämmert, wie? Na, dann treten Sie dem Club besser bei.«

Die Frau trat auf die Veranda hinaus und zeigte die Straße hinunter. »Ist ein kleines weißes Haus drüben auf der Vierundzwanzigsten Straße, von hier aus noch über die Illinois Street. Die haben da ’n Schild drauf, auf dem steht HQ. Da drin schmieden die ihre Pläne.«

»Und da würde ich ihn wohl auch finden?«

»Das hab ich doch gesagt, oder?« Sie schüttelte ein paarmal den Kopf und kehrte mir dann den Rücken zu.

Der Pick-up parkte vorm HQ. Das Gebäude war früher ein kleiner Lebensmittelladen gewesen, jedenfalls wenn man Rückschlüsse von den Plakaten an der Mauer ziehen durfte. Aber es war offensichtlich, daß er wie so viele andere Geschäfte in diesem Viertel schon lange Zeit vernachlässigt worden war.

Aber jetzt wurde er wieder benutzt. Unter dem Dach prangten in schwarzer Farbe große und kleine Buchstaben. Die großen Buchstaben lauteten HQ-CLUB. Die kleinen lauteten: »H-elfen Sie unser Q-uartier retten.«

Von drinnen hörte ich Männerstimmen.

Ich klopfte an das Holz, mit dem man das Glas in der Tür ersetzt hatte.

Das Gespräch verstummte. Aber sonst geschah nichts.

Ich klopfte wieder und hörte Schritte.

Die Tür wurde geöffnet, und ein Hüne von Mann blickte finster auf mich herab. »Also«, sagte er, »was soll das Getöse?«

»Tut mir leid, Sie zu stören«, sagte ich, »aber man hat mir gesagt, ich würde Cecil Redman hier finden.«

Ohne seinen Gesichtsausdruck zu mäßigen, drehte der Mann sich eine Spur und rief ins Innere des Hauses: »Cecil. Sieht so aus, als hättest du wieder mal vergessen, deine Schnapsrechnung zu bezahlen.«

Ohne den Kopf zu bewegen, kniff der Mann die Augen zusammen und nahm mich näher in Augenschein.

Von drinnen hörte ich: »Was haste gesagt?«, gefolgt von leisem Gelächter.

»Hier will dich einer sprechen, Cecil. Scheint 'n echt fieser Typ zu sein.«

»Oh, Scheiße.«

Zu mir sagte der Hüne: »Kommen Sie nun rein, oder was?«

Ich ging rein.

Drinnen war es dunkel. Obwohl auf den Regalen einige Kerzen brannten, kam das Licht in der Hauptsache aus dreißig Zentimeter hohen Lücken über den Brettern in den Seitenfenstern.

In der Mitte des Zimmers standen zwei Kartentische, die etwa halbe-halbe mit Papieren und leeren Bierdosen bedeckt waren. An einer Wand stand ein weiterer Tisch mit einer Hektografiermaschine und mitten im Raum ein Kerosinofen, der jedoch nicht zu brennen schien. Eine Tür in der gegenüberliegenden Wand konnte nach den Ausmaßen des ganzen Gebäudes zu nichts Größerem als zu einem Wandschrank oder einer Toilette führen.

An der Tür stand ein leerer Stuhl, der eindeutig meinem ›Gastgeber‹ gehörte. Ein halbes Dutzend weiterer, ungeöffneter Klappstühle lehnte an den Wänden. Zwei andere Stühle in der Nähe der Kartentische waren besetzt. Beide Männer waren schwarz – ein dünner, drahtiger und ein Kahlkopf in einer Blousonjacke, der sogar den weißen Hünen, meinen Türöffner, noch überragte. Nach der Beschreibung von Frau Bär mußte Redman der drahtige Typ sein.

Redman trug eine Stoffkappe, die ich als grün ausmachen konnte, weil sie zufällig von einem Lichtstrahl getroffen wurde. Er sah mich bei meinem Eintritt mit zusammengekniffenen Augen an. »Sie wollen mich wegen irgendeiner Scheißschnapsrechnung sprechen? Ich habe keine Schnapsrechnungen offen.«

»Ich bin kein Schuldeneintreiber«, sagte ich.

»Was sind Sie denn?« fragte er.

Diese Frage schien alle Männer zu interessieren. Die Blicke der sechs Augen waren plötzlich ziemlich deutlich zu spüren.

Ich hatte mir ein paar Geschichten zurechtgelegt – Lügen –, die ich Redman erzählen konnte, falls ich ihn fand. Aber unter dem Druck dieser genauen Musterung entschied ich mich dafür, es zuerst mit einem Bröckchen Wahrheit zu versuchen. »Ich bin Privatdetektiv«, sagte ich.

Redmans Wangen bliesen sich vor Mißfallen auf. »Was sagt der?« Er wandte sich ab. »Au Scheiße«, sagte er.

Die anderen Männer lächelten, und die Blousonjacke sagte: »Hab ich dir doch gesagt, Cecil. Hab ich dir nicht gesagt, daß sie ein hundsgemeines schwarzes Teufelsweib ist? Hab ich das nicht gesagt? Hab ich das nicht gesagt?«

Mein Gastgeber meinte: »Sie wird dich kriegen, Cecil. Sie wird dich kriegen. Tausend Eier die Woche, Minimum.«

Redman sprang auf und sah mich an. »Ich hab keine Knete. Sie können meine Clubkameraden hier fragen. Ich hab keine Knete. Sie und dieses Miststück können mich ins Gefängnis bringen, aber damit quetschen Sie noch keinen Penny aus mir raus.« Dann wandte er sich abwechselnd an seine beiden Freunde. »Habe ich Geld? Habe ich etwa Geld?«

Zuerst sagte keiner der beiden Männer etwas, aber dann meinte die Blousonjacke: »Abgesehen von deinem Vorrat an Barem unterm Bett – nein.«

Das johlende Gelächter meines Gastgebers übertönte, was ich Cecil von den Lippen ablesen konnte. In einem

Anfall von Frustration kippte er einen der Tische um. Bierdosen ratterten wie Maschinengewehrfeuer, und ein paar Papiere schwebten in die Luft und landeten auf den Dosen. Aber Redmans Geste brachte seine Kollegen weder zum Schweigen, noch schienen sie ihr Beachtung zu schenken.

Ich bückte mich, um die Papiere aufzuheben. Mein Gastgeber stellte den Tisch wieder hin. Und Cecil setzte sich.

Es schien mir ein guter Zeitpunkt zum Sprechen zu sein. Ich sagte: »Ich bin nicht hier, weil ich irgend jemanden vertrete, der Geld aus Ihnen herauszuholen versucht.«

Ich mußte wohl mehr Bühnenwirkung haben, als mir bewußt war. Alle verstummten.

Redman sagte: »Also, was wollen Sie dann?«

»Erinnern Sie sich, daß Sie Anfang Februar vier Frauen mit Koffern gesehen haben?«

Der große Mann sah mich weiter an. Cecil sagte: »Koffer? Mann, wieso quatschen Sie mit mir über Koffer?«

»Hinter einem leerstehenden Haus gleich nördlich der Dreiundzwanzigsten Straße.«

»Da stehen 'ne Menge Häuser leer«, sagte er. »Dafür kämpfen wir ja.«

»Wir? Sie meinen den Club?«

»Die Aktionsgruppe«, sagte Blousonjacke. »Wir sind eine Aktionsgruppe.«

Mein Gastgeber fragte: »Wo wohnen Sie, Mister?«

»Im Süden. Virginia Avenue.«

»Warten Sie, bis die Geldsäcke es sich in ihre hübschen kleinen Köpfe setzen, in Ihre Richtung zu expandieren. Dann werden Sie ja sehen, wie es Ihnen gefällt, wenn sie Ihnen Ihr gottverdammtes Haus wegnehmen und einen

Zoo draus machen oder einen inneren Ring oder irgendeine verreckte Uni.«

»Die Sanierer sind schon zu uns unterwegs«, sagte ich. »Ich wohne in der Nähe des Fountain Square.«

»Na, dann wissen Sie ja, wovon wir reden«, sagte mein Gastgeber.

»Ich weiß, wie das ist, keine eigene Bleibe zu haben, aber ich begreife nicht, wieso all die Häuser hier leerstehen, und das schon so lange.«

»Weil die Leute, die ihr ganzes Leben hier gelebt haben, zu arm sind, um jetzt, nachdem die Innenstadt wieder hergerichtet ist, weiter drin wohnen zu können, deshalb«, sagte mein Gastgeber.

»Sie machen uns zu einem historischen Gebiet«, sagte Blousonjacke.

»Und unsere Häuser werden enteignet«, ergänzte Redman.

»Und dann kommen die hübschen Jungs her und renovieren unsere Häuser und kassieren das ganze Geld«, sagte mein Gastgeber.

Blousonjacke sagte: »Aber wir arbeiten dran, Mann.«

»Wie?«

»Wir haben unsere Möglichkeiten«, antwortete er.

Mein Gastgeber war da entgegenkommender. Er sagte: »Wir finden raus, wem die Häuser gehören und welche Pläne dafür vorliegen. Dann schreiben wir Briefe, in denen wir sagen, wie dringend die Leute Wohnungen brauchen. Wir reden mit den Leuten hier aus der Nachbarschaft. Wir machen Flugblätter und solche Sachen.«

Ich sah den Vervielfältigungsapparat an und wandte mich

dann wieder den drei Männern in ihrem kerzenbeleuchteten Raum zu.

Blousonjacke sagte: »Unterschätzen Sie nicht, was der kleine Mann ausrichten kann, wenn er es versucht. Mein Daddy war unten in Montgomery, und er hat mir erzählt, wie das alles passiert ist.«

Ich wußte nicht, wovon er sprach.

»Glauben Sie, die Busboykotts sind von Werbeleuten und Fernsehspots in Gang gebracht worden?«

»Natürlich nicht.«

»Ich erzähle Ihnen, wie das passiert ist, Mann. Das war nämlich so. Als Rosa Parks verhaftet wurde, weil sie verdammt noch mal zu müde war, um im Bus irgendeinem weißen Scheißkerl ihren Platz abzutreten, gab es da unten Kerle wie uns, die das auf die Palme gebracht hat. So ist das alles passiert.«

Redman und mein Gastgeber nickten.

»Ein paar von den Leuten haben Flugblätter gemacht und sie verteilt, und auf diesen Flugblättern, da stand drauf: ›Boykottiert die Busse.‹ Und da hat die Sache angefangen, da können Sie drauf wetten.«

»Ich verstehe«, sagte ich.

»O nein, das tun Sie nicht«, widersprach er. »Es waren bloß 'n paar hundert Flugblätter. Völlig unmöglich, daß 'n paar klitzekleine Papierschnipsel die Busboykotte in Montgomery in Gang setzen konnten, die schließlich Reverend Martin Luther King Jr. zu internationaler Bedeutung verholfen und die Bürgerrechtsbewegung in Schwung gebracht haben, oder? Nicht ganz allein jedenfalls.«

»Tja...«

»Nee, bestimmt nicht. Aber was da unten passiert ist, war folgendes. Ein paar von den Flugblättern wurden auf den Gehsteig und in die Gosse geworfen, und da lagen sie nun rum. Und was passiert? Irgendein Typ hebt eins auf und sagt sich: ›Scheiße, Mann, diese verdammten Neger werden die Busse boykottieren!‹ Und dieser Typ, der läuft gleich zur Sonntagszeitung, und die drucken diese große Geschichte und was den Niggern Furchtbares passieren würde, wenn sie einen Boykott versuchen.«

»Aha«, sagte ich.

»Und was passiert dann? Wenn die Prediger sich an ihre Futterkrippen setzen am Sonntagmorgen, lesen sie in der Zeitung von dem Boykott. Nur wußten sie vorher gar nichts davon. Aber jetzt wissen sie's, und sie steigen auf ihre Kanzeln, und zu all den Leuten in der Kirche sagen sie, sie sagen: ›Boykottiert ruhig die Busse, wenn ihr das wollt. Benutzt eure Füße, um uns in die Freiheit zu führen.‹ Das haben sie gesagt, und das haben sie getan, und das ist die Wahrheit. Also sehen Sie sich nicht hier um und denken Sie, diese Burschen können eh nichts ausrichten. Denn wir können es. Und wir werden es.«

»In Ordnung«, sagte ich. »Ich hab's kapiert.«

»Na dann«, sagte Blousonjacke. Er schlug sich aufs Knie. Seine beiden Kollegen machten das Echo. »Na dann!« »Na dann!«

Ich nickte.

Dann sagte mein Gastgeber langsam: »Womit immer noch nicht geregelt wäre, wer Sie sind und was Sie wollen.«

Ich zog meine Lizenz raus und zeigte sie ihnen. »Ich bin Privatdetektiv. Eine von den vier Frauen mit den Koffern, die ich gerade erwähnt habe, hat mich engagiert. Sie hat gesehen, daß Cecil sie beobachtet hat, und hat sich das Kennzeichen von seinem Pick-up notiert.«

»Au Scheiße«, sagte Redman.

»Dann glaubte diese Frau irgendwann, sie hätte Cecil wiedergesehen, und das machte ihr Sorgen, und sie dachte darüber nach, und schließlich hat sie mich engagiert, um herauszufinden, weswegen Cecil da rumhing. Und das wär's auch schon.« Und das war es auch, mehr oder weniger jedenfalls.

Zu Redman sagte ich: »Erinnern Sie sich an diese Frauen mit den Koffern?«

»Au Scheiße«, sagte er noch mal.

»Haben Sie eine davon erkannt?«

»Reiche weiße Weiber, die hier rumlaufen? Wie zum Teufel sollte ich eine von denen kennen?«

»Aber dann hat sie Sie irgendwo rumhängen sehen.«

»Au Scheiße«, sagte Cecil. »Au Scheiße. Verstößt es gegen das Gesetz, vor einem Haus zu stehen?«

»Also kennen Sie doch eine von ihnen?«

Ich versuchte, nicht allzu aufgeregt zu klingen.

»Ich kenne solche Leute nicht«, sagte er, aber er zappelte rum und fühlte sich sichtbar unwohl. »Eine von denen habe ich wirklich irgendwie wiedererkannt, und sie hat mich an was erinnert.«

»Woran hat sie dich erinnert, Cecil?« fragte Blousonjacke. Er war etwas entgegenkommender als mein Gastgeber. »Woran hat sie dich erinnert? An etwas, das du so lange nicht mehr gehabt hast, daß du's fast vergessen hattest?«

Cecil sagte: »Au Scheiße.«

»Also sind Sie ihr gefolgt?« fragte ich.

»Nein, ich bin ihr nicht gefolgt, Mann. Ich brauchte niemandem zu folgen. Ich wußte ja, wo sie wohnt.«

»Woher?«

»Weil«, sagte er und sah seine beiden Kollegen der Reihe nach an, »weil die Mama von meiner Alten den größten Teil ihres Lebens bei der Familie dieser Frau geputzt hat, daher.«

»Von Ihrer Alten?«

»Meiner Frau, Mann.«

»Die, von der Sie dachten, sie hätte mich engagiert?«

»Was meinen Sie denn, wie viele Frauen ich habe?« sagte er mit einem schmerzlichen Gesichtsausdruck.

Blousonjacke meinte: »Er muß eine Strichliste führen. Er muß sie an den Fingern abzählen.«

»Au Scheiße«, sagte Redman, während die beiden anderen sich an seinem Unbehagen ergötzten. Aber dann fügte er hinzu: »Also hat diese Frau mich daran erinnert, daß ich, na ja, daß ich Louanne lange nicht mehr gesehen hatte.«

»Er glaubt, daß sie ihn sooo vermißt«, sagte Blousonjacke.

Diesmal fiel Redman in das Gelächter ein. Er zeigte auf mich. »Na, der Typ hat euch doch gesagt, daß es Februar war. Ich dachte, ich bringe ihr so ein blödes Valentinsgeschenk.«

»Ein Valentinsgeschenk?« fragte mein Gastgeber.

»Mann, die Frauen stehen auf solchen Scheiß.«

»Aber Louanne ist zu klug, um darauf reinzufallen, oder?«

»Sie ist eine kluge Frau…«

»Jetzt, wo sie dich los ist«, sagte Blousonjacke.

»Hmm, ja, kann sein. Aber sie hat trotzdem so ihre Launen. Meine Louanne mag ja sonst beinhart sein, aber wenn's um Valentinsgeschenke und solches Zeug geht, ist sie immer weich wie Butter.«

Ich sagte: »Aber wenn Sie eigentlich Louanne sehen wollten, warum sind Sie dann zu dem Haus der weißen Frau gegangen?«

»Weil ich nicht wußte, wo Louanne wohnt. Also wollte ich ihre Mama fragen.«

»Und was hast du der Mama dafür gegeben?« erkundigte sich Blousonjacke.

Aber Cecil sagte: »Was denkt denn diese weiße Frau, was ich da wollte? Dachte sie, ich wollte sie ausrauben oder so was? Scheiße. Ich bin kein gottverdammter Dieb.«

Ich sagte: »Also, wie heißt die Frau, für die die Mutter Ihrer Ehefrau arbeitet?«

»Mann, ich kann mich an keinen gottverdammten Namen erinnern.«

»Aber Sie wissen, wo das Haus ist.«

»Ja. Louanne springt manchmal für ihre Mama ein, und ich hab sie ein- oder zweimal da abgeholt.«

»Also, wo liegt das Haus?«

»Großer Steinkasten oben auf der Einundneunzigsten Straße.«

»Wissen Sie die Hausnummer?«

»Nein, ich weiß keine gottverdammte Hausnummer, aber ich fahre die College Avenue rauf und biege nach Westen ab, und da steht bloß ein so 'n Kasten mit großem Eisenzaun drumherum.«

Ich nickte und versuchte, lässig zu wirken. Man hatte mir soeben gesagt, wo ein Mitglied der Scum Front wohnte.

Aber der große Mann, der mir die Tür geöffnet hatte, runzelte plötzlich die Stirn und sagte: »Halt.«

Es war ein feindseliges Geräusch, und es überraschte alle.

»Verraten Sie mir mal was, Mister«, sagte er.

»Ja?«

»Wenn Sie Privatdetektiv sind und für irgendeine Frau Nachforschungen anstellen, wie kommt's dann, daß Sie *ihn* fragen müssen, wie die Frau heißt und wo sie wohnt?«

Eine vernünftige Frage.

Ein peinlicher Augenblick.

Ich sagte: »Na, hören Sie mal, Mann. Das ist ein Teil meines Jobs. Ich muß überprüfen, ob er über dieselbe Frau und dasselbe Haus redet wie ich, klar?«

Ich blieb noch eine Weile bei den HQs, und bevor ich ging, fragte ich, ob ich ihre Sache durch einen finanziellen Beitrag unterstützen dürfe. Vielleicht eine Spende ungefähr in der Größenordnung des Preises für eine Kiste Bier.

»He«, sagte Blousonjacke, »Weihnachten ist gerade vorbei und steht schon wieder vor der Tür.«

Ich hatte herausgefunden, wo der Frosch wohnte! Als ich von der Fünfundzwanzigsten Straße auf die College Avenue einbog, war ich sehr zufrieden mit mir.

Ich machte mir Gedanken darüber, was ich tun würde, wenn ich dort ankam. Nichts würde mich davon abhalten können, wenigstens einen Blick zu riskieren.

35

Die College Avenue bietet eine Art Schnitt durch die verschiedenen Wohnviertel im Norden der Stadt. Von der Schnellstraße an, die ein Teil des Inneren Rings ist, bis zum Fall Creek führt die College Avenue durch den Trümmergürtel. In jedem Block gibt es leere Häuser, Läden oder Schulen. Die Atmosphäre des Verfalls wird überall spürbar.

Sobald man den Fall Creek hinter sich hat – ungefähr auf Höhe der Achtundzwanzigsten Straße –, ändert sich die Stimmung. Diese Gegend war früher »weiß«, aber jetzt haben die von der Neubebauung und Yuppifizierung im Stadtzentrum entwurzelten Schwarzen von ihr Besitz ergriffen. Aber je weiter man nach Norden kommt, um so höher werden die Preise, und dieser Umstand verlangsamt den Wandel. Das erste Pub findet sich an der Ecke der Zweiundfünfzigsten.

Danach haben wir mit Broad Ripple das Viertel von Indianapolis' Möchtegernbohème; es ist bis heute der einzige Stadtteil, in dem ein gemischtrassiges Paar Hand in Hand spazierengehen kann, ohne todsicher mit irgendwelchen Schikanen rechnen zu müssen.

Bevor man auf die ersten Eigentumswohnungen stößt, überquert die College Avenue den Kanal, und man muß noch über den White River, bevor man in die Wohngebiete mit privaten Sicherheitspatrouillen gelangt.

Als ich schließlich Richtung Westen auf die Einundneunzigste Straße einbog, war ich sieben Meilen gefahren und nicht mehr weit von der Stadtgrenze entfernt.

Und ich steuerte auch auf eine Entscheidung zu. Je näher

ich dem Haus des Froschs kam, um so unbehaglicher fühlte ich mich. Die Betrachtung eines Hauses ist keine einseitige Geschichte.

Der Bewohner des Hauses könnte den Blick erwidern.

Bevor ich also auf der Einundneunzigsten sehr weit kam, fuhr ich an den Straßenrand.

War ich bereit, die Scum Front wissen zu lassen, daß ich ihren Sicherheitsapparat geknackt hatte? Wenn Frau Frosch gerade ihren Rottweiler Gassi führte oder ihrem Gärtner die Leviten las oder auch nur am Fenster saß, Geld zählte und dabei zufällig aufblickte...

Was dann?

Ich konnte keine vernünftigen Kriterien für eine Entscheidung finden.

Mein Unbehagen übersprang die Phase der Erregung und ging unmittelbar in Panik über, als hinter mir ein Polizeiwagen anhielt.

36

Der Streifenbeamte war eine Frau von etwa einssechzig.

Einen Augenblick lang zog ich es in Erwägung, einfach wegzufahren. Zu fliehen.

Ich griff zum Zündschlüssel.

Aber warum? Wovor?

Ich schloß die Augen und konnte mich über das Geräusch meines Atems kaum denken hören.

Aber ihr Klopfen an meiner Fensterscheibe war unüberhörbar.

Ich kurbelte das Fenster runter und sagte: »Gibt's Probleme, Officer?«

»Hätten Sie was dagegen, kurz auszusteigen, Sir?«

Zuerst rührte ich mich nicht von der Stelle.

Sie sagte: »Aus dem Wagen, bitte, Sir.«

Ich öffnete die Tür und machte Anstalten auszusteigen. Es war schwierig. Meine Muskeln schienen in Bummelstreik getreten zu sein. Aber endlich schaffte ich es doch. Ich lehnte mich gegen den Wagen. Ich kam mir völlig entkräftet vor.

»Alles in Ordnung mit Ihnen?«

»Ich fühle mich schwach«, sagte ich.

»Sie sehen schrecklich aus«, sagte sie.

»Mir wurde während der Fahrt plötzlich übel, deshalb bin ich rechts rangefahren.«

Sie sah mich prüfend an. Ich war mir sicher, daß sie wußte, daß ich log. Ich dachte, daß sie – irgendwie – alles wußte. Ich wäre am liebsten auf die Knie gefallen, um um Vergebung zu bitten.

Sie kam einen Schritt auf mich zu. Mir hätte es auch genügt, einfach nur auf die Knie zu fallen. Aber sie nahm meine linke Hand und suchte den Puls. »Ihr Herz schlägt ziemlich schnell«, sagte sie.

»Ich weiß.«

»Sind Sie irgendwo verletzt?«

Nur im Gehirn. »Ich habe Kopfschmerzen.«

»Keine Schmerzen in der Brust?«

»Nein.«

»Der linke Arm fühlt sich normal an?«

Absurderweise tastete ich ihn mit der rechten Hand ab. »Ja doch«, sagte ich. »Ich bin ganz in Ordnung. Wirklich.«

»Haben Sie sich früher schon mal so schwach gefühlt?«

»Ein- oder zweimal. Aber ich werde meinen Arzt aufsuchen.«

»Das sollten Sie auch«, sagte sie. Dann schien sie plötzlich auf eine Idee zu kommen. »Sie haben doch nicht getrunken, oder, Sir?«

»Getrunken? Oh, Alkohol. Nein, nein. Ich habe nichts getrunken.«

»Würden Sie wohl für einen Augenblick vom Wagen wegtreten?«

Ich machte einen Schritt vom Wagen weg.

»Heben Sie Ihr rechtes Bein, und halten Sie es.«

»Womit soll ich es halten?«

»Halten Sie es hoch, Sir.«

»Ah.« Ich tat es. Dann das linke. Ich sagte: »Ich bin nüchtern. Kein Schnaps. Keine Drogen. Kein Rock 'n' Roll. Ich fühle mich nur etwas schwach.«

Sie nickte, sah mir aber scharf in die Augen.

Ich schätze, sie waren beide immer noch da, denn schließlich sagte sie: »Kommen Sie doch mal kurz mit, ja, Sir?«

Sie trat hinter meinen Kofferraum. Ich folgte ihr. »Sehen Sie«, sagte sie. »Der Reifen ist fast platt.«

Ich sah.

»Ich wußte nicht, ob Sie es wissen«, sagte sie. »Deshalb habe ich angehalten.«

»Nein, ich wußte es nicht. Danke. Ich habe eine Pumpe im Kofferraum.«

»Holen Sie sie bitte raus, Sir, ja?«

»Entschuldigung?«

»Holen Sie Ihre Pumpe raus, bitte.«

Ich holte sie raus.

Sie nahm sie mir ab. »Wenn Sie sich schwach fühlen, sollten Sie Anstrengungen meiden«, sagte sie. Und pumpte den Reifen auf.

Als sie wegfuhr, fühlte ich mich erleichtert, ja ich war geradezu in Hochstimmung. Ich stieg in den Wagen, ließ ihn an und fädelte mich wieder in den Verkehr ein.

Nach weniger als einer Minute sah ich das Haus, das Cecil Redman mir beschrieben hatte. Es lag ein Stück von der Straße weg, und ein schmiedeeiserner Zaun umgab den Besitz. Aber die Eisentore in den roten Ziegelsteinsäulen standen offen.

Ich fuhr hindurch.

Ich war ein Packen-wir's-an-Detektiv, wie man sie im Fernsehen sieht. Stimmt's?

37

Zuerst reagierte niemand auf mein Klingeln. Aber als mein Finger schon ein zweites Mal über der Klingel schwebte, wurde die Tür geöffnet.

Ich weiß nicht, was ich erwartet hatte. Vor mir stand jedenfalls ein siebenjähriger Junge.

»Ich bin krank«, sagte er.

Ich hielt ihm die Hand hin. »Wie geht es dir, Krank?«

Er schüttelte mir die Hand und wandte sich gleichzeitig ab, um zu kichern.

»Ist... ist deine Mutter zu Hause?«

»Jawoll.«

Als nach dem ›Jawoll‹ nichts mehr kam, sagte ich: »Krank, glaubst du, du könntest sie für mich herholen?«

Er nickte und lief durch eine Doppeltür rechts hinten.

Ich trat ein.

Ohne ihn zu sehen, hörte ich ihn rufen: »Mom. Mom. Da ist ein Mann, und er hat mich ›Krank‹ genannt!«

Nach ein paar Sekunden erschien eine Frau in der Tür, hinter der Krank verschwunden war. Als sie näher trat, blickte sie nicht gleich auf, denn Krank hatte sich an ihre Jogginghose gehängt und zog sie runter. Gleichzeitig wischte die Frau sich die Hände an einem Papiertuch ab. Sie war einsfünfzig groß, hatte dunkelblondes, gelocktes Haar und bewegte sich mit gleichmäßigen Schritten. Sie trug eine mit winzigen Herzen übersäte Schürze. An jeder Hand hatte sie zwei Ringe.

Sie schaute friedlich zu mir auf und blieb dann stehen, als wäre sie erschossen worden.

Ich hatte ihr Gesicht noch nie gesehen. Aber es war der Frosch.

Kein Zweifel.

Sie war nur ganz kurz erschossen. Dann sagte sie: »Kann ich Ihnen irgendwie helfen?«

»Ich glaube schon«, sagte ich.

»Wollen Sie … wollen Sie etwas verkaufen? Oder was?«

»Sie wissen ganz genau, wer ich bin«, sagte ich.

»Tut mir leid. Ich nehme an, Sie haben die Adresse verwechselt …«

»Mom«, sagte Krank. »Bist du schon fertig mit der Schüssel?«

Sie brachte ihn zum Schweigen, und er wand sich schmollend zwischen ihren Beinen.

Ich lächelte und sagte: »Vielleicht ist er doch nicht gar so krank.«

»Und ob ich das bin«, sagte er, ohne wieder aufzutauchen. »Ich bin viel zu krank.«

»Ich bin nicht hier, um Schwierigkeiten zu machen«, sagte ich. »Aber ich muß mit Ihnen und Ihren Leuten sprechen.«

»Was für Leute, Mom?«

»Ich weiß nicht, wovon Sie reden«, sagte der Frosch.

Um ihr zu helfen, Kranks Unterbrechungen zu vermeiden, sprach ich eine Fremdsprache. Große Worte. Ich sagte: »Erstens. Ich habe nichts, ich wiederhole, nichts Wesentliches irgendeinem Mitglied der örtlichen Vertretung der rechtspflegerischen Organe übermittelt. Noch nicht. Zweitens. Ich habe einen Zeugen ausfindig gemacht, der bestätigt, daß Ihnen jemand in das Gebäude in der Stadt gefolgt ist, von dem wir gesprochen haben. Nach Angabe dieses Zeugen hat eine Portraitzeichnerin ein Bild der Person angefertigt, die Ihnen gefolgt ist. Ich brauche Mitglieder Ihrer speziellen Interessengruppe, die sich diese Zeichnung ansehen, damit ich – wir – Fortschritte erzielen können. Aber plötzlich antwortet niemand mehr meinem Taschentuch.«

Der kleine Bengel trat einen Schritt vor und zeigte mit dem Finger auf mich. Er sagte: »Sie sind dumm. Niemand antwortet einem Taschentuch. Taschentücher sprechen nicht!«

Ich nickte. »Krank«, sagte ich, »du hast absolut recht.«

»Weiß ich«, sagte er.

»Ich bin wirklich dumm. Sehr, sehr dumm«, sagte ich. »Das liegt daran, daß ich ein vertrauensvoller Mensch bin, der den Leuten glaubt, wenn sie behaupten, ihre sozialen Verpflichtungen seien ihnen wichtig. Ich glaube sogar Leuten, die sagen, sie wollten ihre Fehler wiedergutmachen. Meine vertrauensvolle Natur bringt mich in Schwierigkeiten. Aber es kommt eine Zeit, wo sogar ich dazulerne. Und dann nehme ich den geradesten Weg, um mich aus der tiefen Scheiße, in die andere Leute mich hineingeritten haben, wieder rauszuziehen.«

»Mom, er hat ›Scheiße‹ gesagt!«

»Schon gut«, sagte sie.

Ich sagte: »Sie haben meine Grenzen bis auf das Äußerste strapaziert, Mom. Irgend jemand sollte sich heute noch fernmündlich mit mir in Verbindung setzen. Und ich meine damit keinen Sie-sind-ein-Verräter-Anruf. Irgend jemand sollte bereit sein, Klartext zu reden und Arrangements zu treffen. Wir müssen kooperieren, um mein Künstlerportrait in Augenschein zu nehmen. Wir müssen uns auf ein klein wenig verbale Interaktion einlassen. *Capisce?*«

38

Als ich wieder in mein Büro kam, war es Viertel vor fünf. Ich fühlte mich erschöpft. Ich war in zu wenigen Tagen in zu viele aufwühlende Situationen geraten.

Verstehen Sie mich nicht falsch. Ich kann mit Emotionen fertig werden. Ich bin kein tiefgefrorener Kohlkopf. Aber es kostet mich einiges, und nach einer Weile landet jeder emotionale Höhenflug wieder auf dem Boden.

Langsam und mit einer gewissen Beklommenheit stieg ich die Treppe hinauf. Zu häufig hatte in letzter Zeit ein spätes Heimkommen Quentin Quayle oder die Bullen oder Norman bedeutet oder...

Diesmal jedoch wartete die Überraschung auf dem Anrufbeantworter. In meiner Abwesenheit waren sieben Anrufe eingegangen. Aber das war noch nicht alles. Die Überraschung bestand darin, daß keine einzige Nachricht von jemandem stammte, den ich kannte. Sie kamen alle von Leuten, die über mögliche Aufträge reden wollten. Fünf verschiedene Leute. Sie baten um Termine. Einer hatte dreimal angerufen.

Ich spielte die Nachrichten noch einmal ab und schrieb Namen und Telefonnummern in mein Notizbuch. Es war schwer zu glauben.

Vielleicht sollte ich es nicht glauben. Vielleicht gab es jemanden, der so was für einen glänzenden Witz hielt.

Aber vielleicht auch nicht. Und jede Ausrede, die es mir ermöglichte, auf eine ordentliche Zukunft und ein Leben ohne aufgetakelte Bombenleger und launische Poeten aus England zu hoffen, war mehr als willkommen. Also tat ich etwas Positives. Ich ließ meine Tür unverschlossen, klebte eine Notiz für Bobby Lee dran und nahm eine sehr heiße Dusche.

Es war wunderbar. Es stand auf meiner Top-Ten-Liste der großen Körpergefühle, eine durch und durch versengende, durch und durch durchnässende, durch und durch körperliche Erfahrung. Als ich rauskam, war ich wieder jung und rosa. Ich trocknete mich ab und summte vor mich hin.

Ich zog frische, saubere Kleidung an. Auch das tat gut.

Es war fünf vor halb sechs, als ich wieder in mein Büro trat.

Bobby Lee war nicht nur anwesend, sondern saß sogar mit hochgelegten Füßen an meinem Schreibtisch. Sie blätterte mein Notizbuch durch. Sie sagte: »So ist das also, wenn man ein As von einem Detektiv ist.«

»Ihnen gefällt das Gefühl?«

»Ich glaube, ich würde mir einen besseren Stuhl anschaffen. So was zum Zurücklehnen mit Kopfstütze.«

»Ich werd versuchen, mich daran zu erinnern, wenn ich nach einem Geschenk für die Eröffnung Ihrer Detektei suche.«

Mit einer Stimme, die mich sofort an Graham Parkis erinnerte, sagte sie: »Setzen Sie sich doch bitte, junger Mann. Und jetzt lassen Sie uns alles hören, was Sie über diese sexuelle Perversion wissen, in die Ihre Frau sich Ihrer Meinung nach mit dem jungen Pfadfinder einläßt, der Ihren Rasen mäht.«

Ich sagte: »Ich sehe, Sie sind ein Naturtalent auf der Chefseite des Schreibtisches. Eine seltene Gabe.«

»Ich bin eine Goldmine, die noch auf ihre Entdeckung wartet«, sagte sie. Und fügte dann hinzu: »Hätten Sie Ihr Leben gern zurück?«

Ohne auf eine Antwort zu warten, nahm sie die Füße vom Tisch, stand auf und ließ mein Notizbuch mit einem vernehmlichen Plop fallen.

»Danke«, sagte ich.

»Ich habe ein Bild für Sie, und ich habe einen Bericht. Was wollen Sie zuerst?«

»Sehen wir uns mal das Bild an.«

Ihre Aktenmappe lag auf dem Schreibtisch. Sie öffnete sie und reichte mir eine Farbzeichnung von einer Frau.

»Es ist eine Kreidezeichnung, aber ich habe sie besprüht, damit sie nicht verschmiert.«

Die Zeichnung von Wollhandschuhfrau war viel lebhafter, als es die Bleistiftzeichnung gewesen war. »Ich bin beeindruckt«, sagte ich.

»Wenn Sie sie finden, könnten Sie sie vielleicht fragen, ob sie ein Portrait möchte. Meine Preise sind sehr annehmbar.«

Ich lächelte.

Sie sagte: »Die Kleider stimmen. Das Gesicht ist weniger verläßlich. Wie Sie wissen, hatte die Zeugin keinen Blick für Menschen.«

»Ich erwarte später einige Klienten, die sich das Bild ansehen werden.«

»Sie scheinen überhaupt eine Menge Klienten zu haben«, sagte sie. Sie zeigte auf das Notizbuch. »Wenn Sie Hilfe brauchen...«

»Was immer ich Ihnen zuschanzen kann, Ms. Leonard, werden Sie kriegen.«

»Mein Bericht«, bemerkte sie. Dann zog sie ihr eigenes Notizbuch aus der Tasche. »Ich habe mich an die Zielperson angehängt, als sie um 19.49 Uhr das Haus verließ.«

»Aha, jetzt geht's zur Sache.«

»Dann habe ich die Zielperson um 20.31 Uhr verloren.«

»Sie verloren? Nach zweiundvierzig Minuten?«

»Korrekt.«

»Wie?«

»Ich glaube, ›warum?‹ wäre die bessere Frage.«

»Okay. Warum?«

»Weil der andere Typ, der ihr gefolgt ist, einen Scheißdreck von seinem Job versteht.«

»Ihr ist noch jemand gefolgt?«

Bobby Lee nickte. »Scheint ganz schön beliebt zu sein, Ihre Mrs. Vivien.«

Ich wußte nicht, was ich davon halten sollte.

Sie sagte: »Sobald sie den anderen Kerl entdeckt hatte, standen ein paar Einbahnstraßen und schmale Gassen auf dem Programm, und es wurde allgemein einiges an Gummi verbrannt. Mindestens vier Minuten lang war die Sache sehr aufregend.«

»Konnten Sie ihn sehen?«

»Ich konnte mehr als das. Ich habe ein Bild von ihm gemacht. Aber ich wußte nicht, ob ich an der Zielperson dranbleiben und den Kerl wissen lassen sollte, daß ich da war, oder ob ich besser diskret sein und sie dadurch verlieren sollte. Wenn ich meiner Neigung gefolgt wäre, hätte ich ihn von der Straße gedrängt. Aber da ich für Sie arbeite und da meine eigenen Neigungen den Hang haben, mich in Schwierigkeiten zu bringen, und da ich zu dem Schluß kam, daß die Sache, wenn die Zielperson schon nach Verfolgern Ausschau hielt, ohnehin so gut wie unmöglich war... nun, jedenfalls kam ich zu dem Schluß, ohne weitere Anweisungen keine Risiken einzugehen. Und ich hatte keine Zeit, Sie anzurufen. Außerdem, mein Freund, hatten Sie mir gesagt, daß es eine einfache Kiste würde.«

»Das hatte ich auch vermutet«, sagte ich. »Ich würde Sie doch nicht belügen, Bobby Lee.«

Sie lachte.

»Das haben Sie wohl früher schon mal gehört, wie?«

»Hundertmal, bevor ich beschlossen habe, die Männer aufzugeben.«

»Hundert!« sagte ich.

Sie lachte wieder. Es war ein ungezwungenes, reizvolles Lachen.

Ich sagte: »Dann lassen Sie mal das Bild von dem Kerl sehen.«

Unter ihrer Zeichnung zog sie ein Foto hervor. Sie legte es vor mich auf den Schreibtisch.

Es war düster und grobkörnig. Und es war George Quentin Crispian Quayle.

»O Scheiße«, sagte ich.

»Wer ist das? CIA? KGB? IRS?«

»Das ist«, sagte ich, »unser Klient.«

»Oh«, sagte sie.

»Er ist ein richtiger Armleuchter«, sagte ich.

Und dann klingelte es an der Tür.

39

Quayle machte einen unglücklichen Eindruck. »Ich bin heute viermal vorbeigekommen«, sagte er.

»Ein Detektiv hat eben nie Feierabend. Glauben Sie mir, eine Rund-um-die-Uhr-Autowaschanlage im Ein-Mann-Betrieb ist die reinste Erholung dagegen.«

»Was?«

»Kommen Sie rein, Poet«, sagte ich. »Da ist jemand, den ich Ihnen gerne vorstellen möchte.«

Quayle trat schmollend in mein Büro.

Aber als er eine junge Frau im Zimmer sah, ging eine Verwandlung mit ihm vor.

Bobby Lee hielt ihm die Hand hin. »Ich bin Bobby Lee Leonard«, sagte sie.

Quayle nahm ihre Finger in beide Hände und hob sie an die Lippen. Er küßte sie nicht nur, sondern ließ sich auch noch reichlich Zeit dabei. Dann sagte er: »Es ist ein zauberhaftes Vergnügen, Sie kennenzulernen. Ich bin Quentin C. Quayle.«

»Ich habe noch nie im Leben einen Handkuß bekommen«, sagte sie.

»Ich bin ein Kenner, was Hände betrifft, und seit ich an Ihren Gestaden gelandet bin, ist mir keine exquisitere untergekommen.«

»Sie sind Engländer, wie?«

»Ich habe dieses Glück, ja. Und setze ich zu viel voraus, wenn ich annehme, daß Sie, Ms. Leonard, aus Indiana gebürtig sind?«

»Waschecht.«

»Sie haben die Haltung und das Benehmen, das ich mit einer echten Indianaerin in Verbindung zu bringen gelernt habe. Ich wage sogar zu vermuten, daß sich die Frauen aus Indiana gegen die Frauen aus aller anderen Herren Länder behaupten können.«

»Wir würden sie wahrscheinlich einfach umhauen«, meinte Bobby Lee.

»Aber mit Stil und Verve.«

»Ja. Wir haben ’ne Menge übrig für Verve. Aber wenn man eine Sache mit Verve allein nicht erledigen kann, dann verlassen wir uns auf unsere rechte Gerade.«

Ich schaltete mich ein. »Ich streue nur ungern Kalk auf Ihre Kuhfladen, aber Ms. Leonard hat zu arbeiten.«

»Sie arbeitet?« fragte Quayle. »Dieses Geschöpf arbeitet?«

Bobby Lee konnte ein Kichern nicht unterdrücken.

»Sie arbeitet für Sie, Herr Dichter.«

Er ließ den Kiefer runterklappen und die Augenbrauen in die Höhe schnellen.

»Sie beschattet Charlotte Vivien.«

»Oh«, sagte er. Und sah sie noch einmal an.

»Wollen Sie noch einmal von vorne anfangen? Hallo. Ich bin Bobby Lee Leonard.« Sie hielt ihm die Hand hin.

Quayle fragte: »Sie ist Detektivin?«

»Treffer in der ersten Runde«, sagte ich.

»Ach Gott«, sagte Bobby Lee, »und ich hatte gehofft, Sie würden noch mal draufsabbern. Noch ein klein wenig mehr davon, und ich könnte meine Feuchtigkeitscreme wegwerfen.«

»Wie dem auch sei«, sagte ich, »ihre Arbeit wurde gestern durch Ihr Aufkreuzen nicht gerade leichter.«

»Wie meinen Sie das?« fragte Quayle.

Bobby Lee ging zu meinem Schreibtisch und griff nach dem Foto, das sie von ihm gemacht hatte. »Ich habe die Zielperson gestern abend verfolgt, aber dieser Mann folgte ihr ebenfalls. Sie hat ihn entdeckt und abgeschüttelt, und das hieß, daß ich nicht an ihr dranbleiben konnte.«

»Oh«, sagte Quentin Quayle.

»Der Punkt, Poet, ist, daß Sie die Sache entweder uns überlassen oder allein machen. Diese beiden Möglichkeiten schließen einander aus. Und jetzt ist es für Ms. Leonard Zeit zu gehen. Möchten Sie, daß jemand Mrs. Vivien folgt oder nicht?«

»Möchte ich. Möchte ich«, sagte er. Aber er hatte seit ihrer Vorstellung kaum einmal den Blick von Bobby Lee abgewandt.

»Dann möchte ich Ihnen raten, ganz gleich, was Sie für heute abend im Schilde führen, Mrs. Vivien nicht noch einmal selber zu verfolgen.«

Quentin Quayle sah zuerst Bobby Lee und dann wieder mich an. »Könnte ich nicht mit ihr fahren?«

»Machen Sie sich nicht lächerlich.«

»Ich hätte nichts dagegen«, sagte Bobby Lee.

»Das kann nicht Ihr Ernst sein.«

»Auf diese Weise weiß ich wenigstens, wo er ist.«

»Das ist unprofessionell«, sagte ich.

Und dann fragte ich mich, ob es wirklich das war, worum es mir ging.

»Es ist schließlich mein Geld«, sagte Quayle.

Ich sagte zu Bobby Lee: »Wollen Sie ernsthaft vorschlagen, daß er mit Ihnen fahren soll?«

»Wenn er bei einer Hochgeschwindigkeitsverfolgung den Wagen zu sehr belastet, kann ich ihn immer noch rauswerfen. Ich kenne da einen Häuserblock, wo all die Transvestiten auf den Strich gehen. Er würde Stunden brauchen, um sich durch all die schönen Händchen da unten durchzuküssen.«

Des Poeten Pupillen weiteten sich noch mehr.

Ich zuckte mit den Schultern. Der Packen-wir's-an-Detektiv war tot; lang lebe der Was-soll's-Detektiv.

Quayle griff nach seiner Fotografie. »Darf ich die behalten?«

»Klar doch«, sagte Bobby Lee.

Dann zeigte Quayle auf den Schreibtisch. »Kann ich das auch haben?«

»Meinen Schreibtisch? Ganz bestimmt nicht.«

»Das andere Bild. Kann ich es haben?«

Er meinte die farbige Kreidezeichnung von Wollhandschuhfrau. »Nein«, sagte ich. »Das hat nichts mit Ihnen zu tun.«

»Was meinen Sie damit, es hätte nichts mit mir zu tun?« fragte er. »Das ist eins von Charlottes Kleidern.«

Ich sah ihn an. Ich war so überrascht, daß ich kein Wort herausbrachte.

40

Bobby Lee sah meine Reaktion. Und meinte: »Wollen Sie damit sagen, dieses Kleid hat Ähnlichkeit mit einem, das Sie kennen, Mr. Quayle?«

»Es hat nicht nur Ähnlichkeit damit. Es ist es. Charlotte hat dieses Kleid bei einer Party im Januar getragen, die wir zusammen besucht haben. Ich würde es überall wiedererkennen.«

Er steigerte sich in die Sache hinein, und Bobby Lee und ich tauschten Blicke.

Quayle hob abwehrend die Hände und sagte: »Ich bin ein Poet. Ein Künstler. Meine Augen sind Werkzeuge. Menschen brennen sich in mein Gehirn ein, und sie bringen ihre Kleider mit. Ich verstehe etwas von Kleidern, Ms. Leonard. Sie zum Beispiel tragen mühelos Größe achtunddreißig. Das Kleid auf dieser Zeichnung ist ein Designerstück, schätzungsweise in Größe zweiundvierzig, wurde aber in der Taille enger gefaßt. Charlotte hat außergewöhnlich schmale Hüften für eine Frau von ihrer Größe.«

Bobby Lee antwortete nicht, und Quayle wandte sich an mich. »Sie kennen sie doch, Samson. Glauben Sie, eine Frau wie Charlotte Vivien kauft ihre Kleider aus einem Versandkatalog? Jedes ihrer Kleidungsstücke ist einzigartig. Dieses Kleid gehört Charlotte. Und ich möchte wissen, was eine Zeichnung davon auf Ihrem Schreibtisch zu suchen hat.«

»Sie sind nicht mein einziger Klient«, sagte ich.

»Was soll das wieder heißen?«

»Daß es zufällig Teil einer Serie von Zeichnungen für ein Modeunternehmen ist.«

»Was für ein Modeunternehmen? Hier in Indianapolis?«

»Das geht Sie nichts an.«

»Was haben Sie denn mit einem Modeunternehmen zu tun?«

»Ich beschaffe Ihnen Zeichnungen von Kleidungsstücken, an die Sie auf andere Weise nicht herankommen würden.«

»Sie stehlen Designs? O Albert, ich bin enttäuscht.«

»Ich gebe nichts Ungesetzliches zu. Aber sehen Sie sich doch das Bild an. Es hat so gut wie gar kein Gesicht.«

»Ja«, sagte er langsam.

»Was beweist, daß es sich um eine Modezeichnung handelt«, sagte ich. »Es sind die Kleider, auf die es ankommt.«

Er dachte darüber nach.

»Ich möchte Sie ja nicht unterbrechen«, sagte Bobby Lee und ersparte mir damit weitere Schwachsinnigkeiten, »aber ich muß gehen.«

»Natürlich«, sagte ich.

»Begleiten Sie mich, Mr. Quayle? Wenn ja, müssen wir uns langsam vom Acker machen.«

Quayle sah mich an und dann die zahnlückige Bobby Lee. Er war verwirrt und alles andere als zufrieden mit meinen Erklärungen. Aber es bestand keine echte Konkurrenz. Sie verließen mich gemeinsam.

Trotzdem war des Poeten Erregung nichts im Vergleich zu meiner eigenen.

Plötzlich hatte ich, falls das Kleid tatsächlich Charlotte Vivien gehörte, eine direkte Verbindung zu der Frau, die die verschwundene Bombe einkassiert hatte.

Verliehen Leute wie Charlotte Vivien ihre Kleider?

Zumindest würde sie sicher wissen, was aus dem Kleid geworden war.

Ich ging ans Telefon.

Aber als ich die Hand ausstreckte, um den Hörer aufzunehmen, klingelte es.

Das Geräusch erschreckte mich. Nach dem dritten Klingeln nahm ich ab. »Albert Samson.«

Eine gekünstelt hohe Stimme sagte: »Mr. Samson, es geht um dieses Treffen, das Sie wollten.«

Der Frosch. Heiliger Bimbam!

»Worum geht's?« fragte ich.

»Ich kann heute abend nur zwei der Betroffenen zusammenbringen. Die anderen haben Termine, die sie unmöglich versäumen können. Wollen Sie die beiden anderen sehen?«

Ich sagte: »Können Sie statt dessen ein Treffen für morgen früh organisieren?«

Nach zweimaligem scharfem Einatmen sagte sie: »Ich werde es versuchen. Ich denke, das würde gehen.«

»Okay. Elf Uhr. Aber möglicherweise muß ich mich heute abend etwas später noch mal mit Ihnen in Verbindung setzen, also geben Sie mir bitte Ihre Telefonnummer.«

»Das möchte ich eigentlich nicht«, sagte sie. Ihre Stimme klang so gequält, daß ich mich fragte, ob sie körperliche Schmerzen litt.

Aber ich sagte: »Machen Sie mir das Leben nicht schwer. Ich weiß, wo Sie wohnen. Wenn ich Sie der Polizei ausliefern wollte, würde es bei Ihnen inzwischen von kleinen blauen Männern nur so wimmeln.«

Sie gab mir die Nummer.

»Und nach wem soll ich fragen?« fragte ich.

»Sie kennen meinen Namen nicht?«

»Nein. Aber er wäre nicht schwer herauszubekommen.«

Es entstand eine lange Pause. Mit unsicherer Stimme sagte sie dann: »Kathryn Morgason.«

»Morgason?«

»Ja.«

»Wie in Cab-Co Morgason?«

»Ja.«

»Weiß er das...«

»Er hat nicht die leiseste Ahnung, Mr. Samson.« Und dann sagte sie: »Ich wußte, daß es ein großes Risiko war.

Aber jetzt, wo die Gefahr so nahe gerückt ist, kommt es mir noch viel schrecklicher vor, als ich es mir je vorgestellt hätte.«

Ich hätte noch gefragt, wie es Krank ging, aber ich wollte ihr die Risiken nicht noch unter die Nase reiben.

41

»Mrs. Vivien«, sagte der Butler, »macht sich gerade zum Ausgehen fertig.«

Im Hintergrund hörte ich eine Frauenstimme fragen: »Wer ist dran, Loring?«

Ich sagte: »Mein Name ist Albert Samson. Ich war der Detektiv bei Mrs. Viviens Mordparty letzte Woche. Und es ist sehr wichtig, daß ich jetzt mit ihr spreche.«

»Ein Albert Samson, Madame«, sagte Loring.

»Sagen Sie ihr, daß es wichtig ist«, sagte ich.

Aber das tat er nicht.

Und dann kam eine Weile gar nichts mehr. Und das schien ewig so weiterzugehen. »Hallo?« sagte ich schließlich. »Ist noch jemand am Apparat?«

Ich bekam keine Antwort, aber auch kein Freizeichen. Also blieb ich dran.

Endlich wurde ein anderer Hörer abgenommen und der erste aufgelegt. Charlotte Vivien sagte: »Mr. Samson?«

»Danke, daß Sie mit mir sprechen, Mrs. Vivien.«

»Was wollen Sie?«

»Ich muß mich mit Ihnen treffen.«

»Ach ja? Und worum geht es, bitte schön?«

»Ich arbeite an einem wichtigen Fall, und da ist eine Sache aufgekommen, die bedeutet, daß ich Sie bitten muß, jemanden zu identifizieren.«

»Sie meinen, ich? Ich persönlich?«

»Ja. Kein anderer könnte mir in dieser Sache helfen. Es geht um etwas, wovon man mir gesagt hat, es gehöre Ihnen.«

»Gütiger Himmel. Was denn?«

»Es ist ein Kleid.«

»Was für ein Kleid?«

»Ich bin nicht gut im Beschreiben von Kleidern, aber ich habe ein Bild davon. Ich müßte es Ihnen wirklich zeigen.«

Sie schwieg ziemlich lange.

Ich sagte: »Mrs. Vivien?«

Sie sagte: »Wenn ich mich recht erinnere, Mr. Samson, haben Sie sich bei unserer letzten Unterredung geweigert, etwas zu tun, worum ich Sie gebeten hatte. Woher nehmen Sie die Unverschämtheit, jetzt mich um einen Gefallen zu bitten?«

»Ich würde es nicht tun, wenn es nicht sehr wichtig wäre. Ich weiß, es klingt verrückt, aber das ist es nicht. Ich werde Sie überall treffen, wo es Ihnen paßt. Wenn Sie mir ein paar Minuten Ihrer Zeit widmen könnten, brauchen Sie mir nur zu sagen, wo und wann. Ich werde dort sein.«

Sie seufzte. »Na schön, Mr. Samson. Ein paar Minuten.«

»Vielen Dank.«

»Es gibt eine Bar namens McGinley's auf der East Washington Street. Sie ist ein paar Blocks von der East Street entfernt. Dort werde ich Sie gegen halb neun treffen.«

»Ich werde hinfinden.«

»Es gibt ein Hinterzimmer da, mit Tischen.«

»In Ordnung.«

Sie legte auf.

Ich kannte McGinley's nicht, aber es konnte nicht lange dauern, die Bar zu finden. Bis halb neun hatte ich noch ein paar Stunden Zeit.

Ich sah mich im Büro um. Zwei Stunden. Ich wußte nicht, was ich mit ihnen anfangen sollte. Ich blickte in mein Notizbuch. Potentielle Klienten, die auf Rückruf warteten. Ich sah das Telefon an.

Also klingelte es.

»Albert!« sagte Frank. »Hey, war doch toll, oder?«

»Was?«

»›Was?‹ ›Was?‹ Also, hört mal alle her, er sagt: ›Was?‹ Wenn das nicht der coolste Typ ist, den ich je kennengelernt habe!«

»Frank, hören Sie auf mit dem Unfug, und verraten Sie mir endlich, wovon Sie reden.«

»Von dem Werbespot natürlich! Alle sind total aus dem Häuschen deswegen.«

Alle?

»Ich habe ihn nicht gesehen«, sagte ich.

»Haben ihn nicht gesehen! Albert, Baby!« Ich würgte kurz, und Frank nutzte die Zeit, um zu sagen: »Ich bin bei Lucys Mutter. Ich habe ein Video. Kommen Sie rüber. Die ganze Firma ist schon auf dem Weg.«

»Die Firma? Die Polizei?«

Frank lachte herzlich. »Sie sind ein Naturtalent, Albert, ein richtiges Naturtalent. Das sagen alle. Ich will nicht behaupten, daß mir das schon klargewesen wäre, als wir die

Aufnahmen machten, aber im Schneideraum war es ganz offensichtlich.«

»Was war offensichtlich?«

»Auf dem Video verströmen Sie einen amateurhaften Professionalismus, der einfach unwiderstehlich ist.«

»Ach wirklich?«

»Absolut, total unwiderstehlich. Man kann sich nur alle zehn Finger danach lecken.«

»Bevor Sie Schaum vorm Mund kriegen, geben Sie mir doch bitte mal kurz Lucys Mutter, ja?«

»Ah, Liebe ist, wenn man seine Triumphe teilt. Das kann ich verstehen.«

»Geben Sie ihr jetzt den Hörer, Frank!«

Meine Herzdame kam ans Telefon. Ich sagte: »Müssen wir ihn einweisen lassen, oder geht er freiwillig?«

»Wir geben eine kleine Party«, sagte sie. »Du bist der Ehrengast. Kommst du?«

»Was soll das Ganze eigentlich, Kleines?«

»Der Erfolg des ersten Werbespots für die Albert Samson Investigative Services Agency: ASISA.«

»Die was?«

»Als ihnen klar wurde, daß das Akronym ein Palindrom ist, hat es in ihren Gehirnen klick gemacht.«

»In was für Gehirnen?«

»Lucy hat die Grafik gemacht, und das ganze High-Tech-Zeug bringt deine ziellose, tapsige, gesunde Unschuld wunderbar zur Geltung.«

»Ist der Bursche ansteckend oder so was?«

»Die Kabelgesellschaft bekam sogar zwei Anrufe von Leuten, denen der Werbespot so gut gefiel, daß sie wissen wollten, wann er wieder gesendet würde. Frank hat ihn noch für zwei Wochen angesetzt, und er denkt darüber nach, seine ›filmischen‹ Ambitionen aufzugeben und seine eigene Werbeagentur zu gründen.«

»Irgendwo im La-La-Land?«

»Du hast den Spot also noch nicht gesehen?« fragte sie.

»Nein«, sagte ich. »Ich habe ihn noch nicht gesehen.«

»Solltest du aber.«

»Oh. Geht klar.«

»Ich habe deine elementare Attraktivität schon seit Jahren nicht mehr so deutlich gespürt.«

»Meine was?«

»Du kommst gut rüber. Und Frank hat die Sache gut verpackt. Die Frage ist nur, ob Leute, die einen Privatdetektiv brauchen, die Werbung auf Cab-Co sehen.«

»Ich hatte, während ich weg war, Anrufe von fünf verschiedenen Leuten.«

»Albert, das ist ja wunderbar!«

»Ich denk schon.«

»Wo liegt das Problem?«

»Ich dachte, es wäre vielleicht ein Witz.«

»Also ehrlich! Und heißt das, daß du noch niemanden zurückgerufen hast?«

»Noch nicht.«

»Na, dann verschwinde ich mal aus der Leitung«, sagte sie. Hinter ihr hörte ich ein Geräusch. »Frank meint, ob du wohl etwas Geld mitbringen könntest? Er braucht noch mal achthundert Dollar.«

»Da ist er nicht der einzige.«

»Regel das selber mit ihm.«

»Hör mal, ich weiß nicht, ob ich überhaupt kommen kann. Ich habe um halb neun einen Termin im Osten der Stadt.«

»Ich dachte, du hättest noch keinen von denen zurückgerufen.«

»Es geht um einen anderen Fall.«

»Das entwickelt sich ja zu einer Rund-um-die-Uhr-Geschichte, wie?«

»Ja, ja«, sagte ich.

»Nun«, sagte meine Herzdame, »dann könntest du ruhig etwas mehr Begeisterung an den Tag legen.«

Aber ich rief keinen der Nachrichtenhinterlasser zurück.

Mein Gehirn war zu voll.

Ich schlenderte ein paar Minuten lang durch meine Zimmer. Und ging dann nach unten, um Mom hallo zu sagen. Sie würde sicher gern hören, wie der Werbespot angekommen war. Könnte bedeuten, daß sie eines Tages ein bißchen Miete bekäme.

Aber Mom war nicht da.

Und auch keine Spur von Norman.

Ich ging wieder rauf, studierte Bobbys Zeichnung von Wollhandschuhfrau, notierte mir, was ich für die Tiere getan hatte, und dann tat ich überhaupt nichts besonders Nützliches mehr.

McGinley's war leicht zu finden, daher kam ich zehn Minuten zu früh. Es war ein kleines Gebäude mit eigenem Parkplatz. Ein Schild an der Tür mahnte: »Ohne Hemd und Schuhe keine Bedienung.«

Das Hinterzimmer lag links, hinter einem Schild an der Wand, auf dem stand: »Dieses Telefon unterbricht sämtliche Anrufe nach drei Minuten.« Es war vom Schankraum nicht abgetrennt und mit runden Tischen, zu denen jeweils sechs Stühle gehörten, ausgestattet. An den Wänden hingen Bilder von Notre Dames Fußballmannschaften.

Keine Kniefälle vor dem Chic, der den Nordteil der Stadt bestimmte. McGinley's war die irische Version der Gattung gewöhnliche Bar, die man überall in der Stadt fand, und ich hatte in dem einen oder anderen Jahr so das eine oder andere Stündchen in einer solchen zugebracht. Es war ungewöhnlich, daß Charlotte Vivien sich in einem solchen Lokal verabredete.

Ich nahm ein Bier mit zu einem leeren Tisch und setzte mich. Ich rechnete damit, daß man mich warten ließ, aber Charlotte Vivien kam ebenfalls ein paar Minuten zu früh. Ich sah sie nicht eintreten. Als ich sie erkannte, kam sie bereits mit einer Bierflasche und einem Glas auf mich zu.

Sie trug einen teuren Hosenanzug, und als sie sich meinem Tisch näherte, drehten sich einige Köpfe. Ich erhob mich und rückte einen Stuhl für sie zurecht.

»Vielen Dank«, sagte sie.

»Danke, daß Sie sich zu diesem Treffen bereit erklärt haben.«

Sie setzte sich. »Also, was ist mit diesem Kleid, Mr. Samson?«

Ich legte ihr Bobbys Zeichnung vor.

Sie sah sie sich auf dem Tisch an. Aber dann nahm sie sie zur Hand.

Sie sah mich an.

»Erkennen Sie es wieder?« fragte ich.

»Das Kleid hat große Ähnlichkeit mit einem, das ... das ich vor Weihnachten gekauft habe.« Sie legte das Bild wieder weg.

»Besitzen Sie es immer noch?«

Sie schüttelte den Kopf. »Die ganze Sache ist höchst merkwürdig, Mr. Samson.«

»Das tut mir leid. Aber ich muß es wissen.«

»Nun, mir tut es auch ›leid‹, aber ich werde Ihnen, so gern ich Leuten helfe, die versuchen, sich zu bessern, keine Fragen beantworten, wenn Sie mir nicht einiges erklären.«

»Man hat mich engagiert, eine Frau zu identifizieren und ausfindig zu machen, und diese Zeichnung entstand nach der Beschreibung einer Zeugin.«

»Identifizieren und ausfindig machen?« fragte sie. »Ich nehme an, es geht hier nicht um eine Vermißtensache.«

»Das ist richtig.«

»Aber es ist diese schwarze Frau auf der Zeichnung, die Sie zu finden versuchen?«

»Ja.«

»Warum?«

»Die Frau hat vielleicht etwas gestohlen«, sagte ich.

Wir saßen einen Augenblick lang einfach nur da und sahen einander an.

»Sie haben nicht die Absicht, mir zu erzählen, was sie gestohlen hat?«

»Das kann ich nicht.«

»Und Ihre Zeugin weiß nicht, wer die Frau war?«

»Nein. Und meine Zeugin hat auch kein sehr gutes Gedächtnis für Gesichter. Sie erinnert sich jedoch an Kleider, und rein zufällig hat eine andere Person die Zeichnung gesehen und dieses Kleid sofort als eins der Ihren identifiziert.«

»Meine Güte!« sagte sie. »Wer um alles in der Welt behauptet, meine Kleider gut genug zu kennen, um sagen zu können, daß dieses Kleid mir gehört?«

Ich sagte: »Das kann ich Ihnen auch nicht verraten.«

»Also wirklich!« rief sie.

»Ich versichere Ihnen, daß es bei der Identifizierung dieses Kleides völlig korrekt und mit rechten Dingen zuging.«

»Und die Frage, wer es war, wird mir wohl kaum schlaflose Nächte bereiten«, entgegnete sie, aber es klang nicht sehr überzeugend. Vielleicht führte sie ein Leben, in dem jede Menge Leute jeden ihrer Atemzüge verfolgten.

»Es tut mir leid«, sagte ich.

»So«, sagte sie. Sie sah das Bild noch einmal an. »Es ist also einigermaßen wichtig, diese Frau zu finden?«

»Genau.«

»Ist sie... in Gefahr?«

»Könnte sein.«

»Und die Gefahr sind Sie?«

»Nein.«

»Wer dann? Oder was?«

»Ich befürchte, ich kann nicht...«

»Sie können mir nicht viel erzählen, oder, Mr. Samson? Aber Sie erwarten verdammt noch mal, daß ich Ihnen jede Kleinigkeit erzähle, die Sie wissen wollen.«

»Es ist wirklich wichtig, Mrs. Vivien. Deshalb war ich ja so drauf erpicht, mich heute abend noch mit Ihnen zu treffen.«

Charlotte Vivien sagte: »Es ist eine hübsche Zeichnung, aber ich bin mir überhaupt nicht sicher, daß es sich hier um ein Kleid handelt, das ich einmal besessen habe.«

»Einmal besessen habe?«

»Genau. Ich besitze das Kleidungsstück, an das Ihre anonyme Quelle sich erinnert, nicht mehr.«

»Wo ist es?«

»Wo ist es?« äffte sie mich nach. »Wie wär's mit: ›Wo ist es, bitte?‹«

»Das ist kein Spiel, Mrs. Vivien. Aber wenn Sie so freundlich und gütig sein wollten, wäre ich überaus dankbar für die Information, wo sich das in Frage stehende Kleid möglicherweise befinden könnte, bitte.«

»Es tut mir leid. Es tut mir leid.« Sie stellte ihr Glas weg und nahm einen langen Schluck aus der Bierflasche. »Das Leben war für mich in letzter Zeit auf die eine oder andere Weise sehr kompliziert. In Augenblicken der Begeisterung stelle ich mich als eine bestimmte Art von Mensch dar, und dann schwindet die Begeisterung, und ich stelle fest, daß ich hinter der Fassade, die ich geschaffen habe, gefangen sitze, und sehne mich danach, frei zu sein. Also treffe ich ein paar widersprüchliche Entscheidungen, und die führen dann zu Entwicklungen, die mich erbeben lassen, wenn ich am Morgen aufwache und darüber nachdenke.«

Ich war in einen ihrer Begeisterungsanfälle verwickelt gewesen. Aber davon sprach Charlotte Vivien jetzt nicht. Wovon dann? Vom Kopf eines Fremden auf ihrem Kissen?

Ich sagte: »Die Verantwortung für das eigene Schicksal ist sowohl das größte Hoch wie auch das größte Tief der Daseinsbewältigung.«

»Ja«, sagte sie. Dann sah sie mich an. »Wer hat das gesagt?«

»Ich.«

»Oh. Hm.« Sie musterte die Bierflasche und klickte dann ein halbes Dutzend Mal mit dem Nagel ihres Zeigefingers dagegen. »Wenn ich das Gefühl habe, daß die Dinge mir entgleiten, werde ich reizbar. Ich weiß nicht, Mr. Samson. Was soll ich tun?«

»In welcher Hinsicht?«

»In Hinsicht auf...« Sie sah mich abermals prüfend an. Dann atmete sie tief durch und sagte etwas in der Art wie: »Ha.« Und dann: »Aber Sie sind nicht hergekommen, um sich meine Sorgen anzuhören.«

»Ich würde mir nur allzu gern Ihre Sorgen anhören. Die wären sicher mal eine Abwechslung anstelle meiner eigenen.«

Aber ihre geständige Stimmung war schon verstrichen, und sie verwies mich wieder auf den mir geziemenden Platz in ihrem Universum. Sie sagte: »Worüber haben wir noch geredet?«

»Ich habe versucht rauszufinden, was aus dem Kleid geworden ist.«

»Ich behalte keine Kleider, für die ich keine Verwendung mehr habe.«

»Was tun Sie dann damit? Wegwerfen?«

»Nein, nein. Die meisten gehen an einen wohltätigen Second-Hand-Laden, aber manchmal gebe ich die Sachen auch den Leuten, die für mich arbeiten.«

Sie wußte ganz genau, was ich als nächstes fragen würde, aber sie ließ es mich trotzdem aussprechen. »Und erinnern Sie sich noch daran, was Sie mit diesem speziellen Kleid getan haben.«

Sie dachte nach. »Wahrscheinlich Second-Hand-Laden. Aber Sie wissen ja, wie solche Dinge sind. Manchmal hat man ein klares visuelles Bild von etwas, das man getan hat, und manchmal eben nicht. Ich weiß es nicht mehr genau.«

»Wissen Sie, wie lange es her ist, daß Sie das Kleid weggegeben haben?«

»Ich erinnere mich jedenfalls an die letzte Gelegenheit, zu der ich es getragen habe.«

»Und welche war das?«

»Eine Party im Januar. Daran erinnere ich mich ganz deutlich, weil der Mann, mit dem ich dort war, ein Glas Wein über mich verschüttete und die Sache dann noch verschlimmerte, indem er versuchte, den Wein abzuwischen.«

»Und meinen Sie, daß Sie das Kleid kurz darauf weggegeben haben?«

»Ich denke schon. Aber ich erinnere mich nicht daran. Tut mir leid.«

»Wenn Sie es einer bestimmten Person gegeben haben, wer könnte es dann gewesen sein?«

Aus irgendeinem Grund entlockte ich ihr mit dieser Frage eine gewisse Reaktion. Aber nach kurzem Nachdenken sagte sie: »Nun, ich habe eine Haushälterin, und der gebe ich manchmal irgendwelche Sachen.«

»Verstehe ich recht, daß sie wahrscheinlich nicht die Person auf der Zeichnung sein kann?«

»Ayesha? Nein, nein. Sie hat zwar die richtige Farbe, steht aber auf der falschen Seite der Sechzig und ist außerdem ziemlich aus der Fasson geraten.«

»Wenn Sie ihr also irgendwelche Kleider geben, sind sie ohnehin für jemand anderes.«

»Ja.«

»Und wissen Sie, für wen?«

»Wie meinen Sie das?«

»Wissen Sie, wem Ayesha die Kleider dann gibt?«

»Eigentlich nicht.«

»Gibt es sonst noch jemanden, dem Sie Kleider geben?«

»Ich muß jedem Mitglied meines Personals mal das eine oder andere geschenkt haben.«

»Wie viele Leute kämen da in Frage?«

»Loring haben Sie ja kennengelernt. Außerdem wäre da noch mein Mann für alles, David.«

»Würden Sie den beiden Kleider geben?«

»Ich erinnere mich nicht daran, daß ich ihnen jemals Kleider geschenkt hätte. Obwohl einige meiner Freunde zu glauben scheinen, daß Loring durchaus einen gewissen Hang zu dergleichen haben könnte.«

»Sie würden Ihren Freunden keine Kleider schenken.«

»Nein, nein.«

»Oder Ihren Kindern?«

»Sheree würde eher tot umfallen, als in einem Kleid wie diesem zu erscheinen. Und die Freundin meines Sohns ist ein winziges Persönchen, das ausschließlich Jeans mit sorgfältig applizierten Löchern darin zu tragen scheint.«

»Mrs. Vivien, wenn ich bei dem Second-Hand-Laden kein Glück habe, darf ich die Zeichnung dann Ihren Angestellten zeigen?«

»Wenn es sein muß«, sagte sie.

»Wo liegt Ihr Wohltätigkeitsladen?«

Sie gab mir die Adresse.

»Und arbeiten Ihre Angestellten jeden Tag für Sie?«

»Loring wohnt im Haus. Die anderen kommen jeden Tag, ja.«

»Okay. Ich werde morgen mal beim Second-Hand-Laden nachfragen.«

Sie lehnte sich zurück. »War's das?«

»Das war's, Mrs. Vivien. Ich bin Ihnen wirklich zu Dank verpflichtet.«

»Dürfte ich Sie dann auch um einen Gefallen bitten?«

Aber sicher. »Lassen Sie mich wissen, was Sie über das Kleid in Erfahrung bringen.«

»Wenn ich kann, werde ich das tun.«

Sie schüttelte den Kopf. »Nach all den Fragen, die ich beantwortet habe, wollen Sie mir nicht einmal das versprechen.« Sie schüttelte abermals den Kopf.

Ich sagte: »Mrs. Vivien, darf ich Ihnen eine vollkommen irrelevante Frage stellen?«

Sie antwortete nicht gleich. Dann sagte sie: »Nein, ich glaube, das dürfen Sie nicht. Ich habe nicht viel übrig für Gespräche, die sich als Einbahnstraßen erweisen.« Sie stand auf und ging ohne ein weiteres Wort.

Ich sah ihr nach.

Die Frage, die ich ihr noch gern gestellt hätte, war, woher sie die Bar kannte.

Sie verschwand aus meiner Sichtweite, und ich wollte gerade die Zeichnung wieder einstecken, als mir eine Gestalt auffiel, die von einem Barhocker rutschte und auf die Tür zusteuerte.

Die Gestalt war weiblich, das war erkenntlich, obwohl sie eine Unisex-Jeans und eine Skijacke trug. Die Gestalt drehte sich zu mir um und zwinkerte und verschwand dann in derselben Richtung wie vorher Charlotte Vivien.

Die Gestalt war Bobby Lee Leonard.

43

Bevor ich McGinley's verließ, rief ich meine Flamme an. Ihre Tochter Lucy war am Apparat. »Albert, wo steckst du!« sagte sie. »Wir haben auf dich gewartet!«

»Bitte, hol mir deine Mutter. Ich habe nur drei Minuten.«

»Was?«

»Deine Mutter. Ich muß mit ihr sprechen.«

»Okay. Okay. Aber schwing deinen Hintern hier rüber, hörst du?«

»Lucy...« begann ich von neuem und mit einiger Ungeduld. Aber sie war bereits weg.

Es schien eine ganze Ewigkeit zu dauern, bis meine Herzdame an ihre Stelle trat. Aber in Wirklichkeit waren es nur ungefähr dreißig Sekunden. Sie sagte: »Ich weiß, daß ihr Hollywoodtypen gerne zu spät kommt, um euch einen großartigen Auftritt zu verschaffen, aber ich meine, du solltest dich besser beeilen. Dein Fanclub verliert langsam die Geduld.«

»Ho-ho.«

»Kommst du rüber, Al?«

»Erst wenn die weg sind. Wie lange, meinst du, muß ich noch warten?«

»Eine Stunde müßte eigentlich reichen. Bis dahin sind sie mit dem Bier durch und haben wahrscheinlich auch keine Lust mehr, sich gegenseitig auf die Schulter zu klopfen.«

»Dann fahre ich zuerst nach Hause und greife mir unterwegs einen Sechserpack. Heute ist doch nicht Sonntag, oder?«

»Nein, heute ist nicht Sonntag. Was ist los mit dir, Fernsehstar? Ist der Lakai, der für dich die Tage zählt, Pipi machen gegangen?«

Ich machte eine Stippvisite in dem Schnapsladen gegenüber von meinem Büro und deponierte meinen Einkauf in meinem Kofferraum, bevor ich meine Treppe hinaufstieg. Ich hätte wachsamer sein sollen. Dann hätte ich die Wagentür zuschlagen hören.

Was ich hörte, waren Schritte am Fuß der Treppe, während ich gerade den Schlüssel in meine Tür steckte. Ich blickte hinunter. Im Licht der Straßenlaterne sah ich die Umrisse eines Umhangs und eines breitkrempigen Huts. Beide steuerten auf die Treppe zu. Die Schritte verrieten ein gewisses Maß an Unsicherheit.

Es war jedenfalls niemand, den ich kannte, und als mein Besucher näherkam, sah ich, daß es sich um eine Frau handelte. Die Hoffnung, daß sie sich nur irrtümlicherweise meine Treppe hinaufquälte, zerschlug sich, als sie vier Schritte unter mir sagte: »Mr. Samson? Mr. Samson?«

Ich dachte kurz darüber nach, mich zu verleugnen, handelte aber typischerweise nicht schnell genug.

Sie sagte: »Ich wußte, daß Sie es sein mußten. Ich wußte es einfach!«

Ich sagte: »Ach.«

Wir standen nun auf gleicher Höhe. Ich sah, daß sie extrem hohe Absätze trug, und das war Erklärung genug für das Gewackel auf der Treppe.

»Entschuldigen Sie bitte«, sagte ich. »Kenne ich Sie?«

»Nein, nein«, sagte sie. »Können wir reingehen?«

»Was?«

»Rein. Können wir jetzt reingehen? Es ist nicht sehr bequem hier draußen, oder? Und ich habe auf Sie gewartet. Es waren zwar nur zwanzig Minuten, aber ich hätte auch die ganze Nacht gewartet, wenn es nötig gewesen wäre. Sehen Sie, ich wußte, daß Sie nicht zu Hause waren. Das war die einzige menschliche Erklärung, und wenn es eines gibt, wessen ich mir sicher bin, dann die Tatsache, daß Sie menschlich sind.«

Ich sagte: »Ich will nicht ungastlich sein, aber was wollen Sie eigentlich von mir?«

»Ich habe Ihnen einige Nachrichten auf Ihrem Anrufbeantworter hinterlassen. Aber Sie haben sie nicht bekommen, weil Sie außer Haus waren! Natürlich habe ich am Telefon nichts erklärt. Ich finde, ich kann meine Seele keinem Anrufbeantworter entblößen. Aber ich habe dreimal angerufen.«

Aha.

»Aha«, sagte ich.

»Bitte. Können wir reingehen?«

Wir gingen rein.

»Es ist genauso, wie ich es mir vorgestellt habe«, sagte sie sofort.

Ich zeigte auf meinen Klientenstuhl. »Nehmen Sie Platz«, sagte ich. »Miss...?«

»Seals«, sagte sie. »Monique Seals. Monique ist natürlich nicht der Name, den meine Eltern mir gegeben haben.«

»Natürlich nicht«, sagte ich.

Ich sah auf meine Uhr. Dann sah ich Monique Seals an. Ich setzte mich. Ich sagte: »Also, in welcher Angelegenheit kann ich für Sie tätig werden, Miss Seals?«

»Mrs. Ashworth.«

»Wie bitte?«

»Ich bin verheiratet. Mein Name lautet jetzt Ashworth, aber ich sehe mich immer noch als Monique Seals.«

»Verstehe.«

»Nein, das tun Sie nicht«, sagte sie, »aber ich verstehe, und zwar ganz genau.« Sie beugte sich vor.

»Wie bitte?«

»Was ich jetzt sagen werde, wird Ihnen peinlich sein«, sagte sie.

»Dann sagen Sie es bitte nicht.«

»Nein, ehrlich. Das wird es!«

»Miss Seals. Mrs. Ashworth. Ich finde...«

»Ich habe Sie im Fernsehen gesehen«, sagte sie. »Und ich wußte es, ich wußte es einfach, daß Sie anders sind.«

»In welcher Hinsicht anders, Ma'am?«

»Ich konnte es an den Augen sehen. Und an der Art,

wie Sie Ihren kleinen Kopf bewegt haben, wenn Sie sich unwohl zu fühlen schienen. Sie sind nicht wie andere Männer, oder?«

»Ähm, ich bin mir nicht sicher, ob ich genau…«

»Und so attraktiv! Aber Sie haben Frauen, die Ihnen das sagen, sicher schon über, da möchte ich wetten.« Sie grinste mich an.

Mir fiel nichts ein, was ich darauf erwidern konnte.

»Was glauben Sie, wie alt ich bin?«

»Wie bitte?«

»Wie alt sehe ich denn aus? Schätzen Sie mal. Seien Sie nicht schüchtern.«

»Ich habe nicht die leiseste Ahnung…«

»Neununddreißig Jahre alt. Aber sehe ich nicht mehr wie achtundzwanzig oder neunundzwanzig aus, hm? Hm?«

»Äh…«

»Nein, ich weiß, das stimmt nicht. Das liegt daran, daß ich gut auf mich achtgebe, habe ich immer getan. Selbst als ich noch klitzeklein war, habe ich die Sonne gemieden und immer mein Gemüse aufgegessen. Ich habe einen Instinkt für solche Sachen.«

»Hören Sie…«

»Als ich dann also Ihretwegen so eine Ahnung hatte, wußte ich einfach, daß ich damit richtig lag! Ich habe Sie nämlich im Fernsehen gesehen. So menschlich und verwundbar und doch so überwältigend tüchtig und zupakkend. Und ich wußte, wenn irgend jemand mir helfen kann, dann Sie. Und Sie können es. Ich weiß, Sie können es, oder? Warum so schweigsam?«

»Ich fürchte«, sagte ich, »ich bin im Augenblick ziemlich

ausgebucht, Miss Seals. Ich weiß nicht genau, um welche Art von Nachforschungen Sie mich bitten wollen, aber...«

Sie erhob sich abrupt. Die Freundlichkeit in ihrem Gesicht schlug in Feindseligkeit um. »Sie werden es nicht tun, wie? Sie werden mir nicht helfen. Sie werden es nicht mal versuchen!«

Ich erhob mich und bewegte mich in Richtung Tür. Mit der Absicht, selbige für sie aufzuhalten.

Aber als ich um den Schreibtisch herumging, hob sie die Hand, um mich am Arm festzuhalten. »Nicht!« sagte sie. Mit der anderen Hand öffnete sie ihren Umhang.

Aus dem Hosenbund ihrer dunkelblauen Hose zog sie eine Waffe.

Ich blieb stehen, wo ich war.

»Tun Sie jetzt nichts Dummes«, sagte sie.

»Ich... ich...«

Sie strahlte. »Überrascht, wie?«

Ich nickte.

»Ihr Mistkerle seid doch alle gleich«, sagte sie.

»Miss Seals«, begann ich.

»Mrs. Ashworth«, korrigierte sie mich.

»Mrs. Ashworth...«

»Ich hab's Ihnen doch gesagt!« schrie sie. »Ich sehe mich als Monique Seals.«

Ich stürzte mich auf die Waffe.

44

Ich habe einmal gelesen, daß Leute, die im Nahkampf ausgebildet sind, über diese Filme, in denen Cowboys oder Bullen den Leuten Fünfundvierziger Revolver in den Rükken oder in die Rippen drücken, nur lachen können. Die Sache ist nämlich die, daß aus solcher Nähe eine plötzliche Armbewegung den Lauf der Waffe schneller aus der Bahn bringt, als der Träger der Waffe abdrücken kann. Ausgebildete Leute wissen natürlich auch, was als nächstes zu tun ist. Drehen, Ächzen, Hebel. Der böse Bube winselt auf dem Boden um Gnade; der Gute schiebt dem Bösen den Lauf ins Nasenloch und sagt: »Das war's dann wohl.«

Und dann macht der Böse, weil er das Buch nämlich auch gelesen hat, seinerseits eine schnelle Bewegung mit dem Arm, weil das Nasenloch zu nah ist, genau wie der Rücken oder die Rippen.

Aber ich, ich folgte lediglich meinem Instinkt.

Ich stieß die Waffe mit einer Hand weg und packte mit der anderen Seals-Ashworths Handgelenk.

Sie leistete keinen Widerstand. Ich nahm ihr die Waffe aus der Hand und schob die Dame weg. Sie sank auf den Boden, ein Häufchen Elend.

Ich stand über ihr, und mein Körper registrierte, was ich getan hatte. Ich begann zu keuchen, und mir wurde schwach.

Ich trat millimeterweise zurück und setzte mich auf meinen Schreibtisch. So blieben wir, schweigend – abgesehen vom schweren Atmen –, lange sitzen. Als mein Atem sich beruhigt hatte, rief ich die Polizei an.

Der erste Streifenpolizist kam ungefähr zehn Minuten später an. Er hämmerte an die Tür.

Ich hielt die Waffe am Lauf fest und öffnete ihm die Tür.

Er war ungefähr zwei Meter groß, fünfundzwanzig Jahre alt, und er sagte: »Ich habe einen Funkspruch bekommen, daß es hier einen Zwischenfall mit einer Feuerwaffe gegeben haben soll, der aber bereits vorbei ist. Stimmt das, Mister?«

»Ja«, sagte ich. Ich hielt ihm die Pistole hin. »Die Frau auf dem Fußboden hat damit auf mich gezielt. Ich habe sie ihr weggenommen.«

»He, Kumpel«, sagte er. »Wir mischen uns nicht gerne in häusliche Angelegenheiten, bei denen die Leute am Ende die Anklage fallenlassen.«

»Das ist keine häusliche Angelegenheit«, sagte ich. »Ich habe diese Frau vor heute abend noch nie gesehen.«

»Ja, ja. Bis Sie beschließen, sich zu küssen und wieder zu versöhnen.«

Dann sagte Miss-Mrs. Seals-Ashworth: »Er hat versucht, mich zu vergewaltigen.«

»Was?« sagte der Streifenpolizist.

»Was?« sagte ich.

»Ich bin hergekommen, um ihn zu engagieren, und er hat diese Waffe gezogen, die er jetzt in der Hand hält, und er hat versucht, mich zu vergewaltigen – vergewaltigen – vergewaltigen.« Sie begann zu weinen.

Der junge Bulle drehte sich zu mir um. Er runzelte die Stirn. »Das ist eine ernsthafte Anschuldigung, Mister.« Seine Hand fuhr an sein Halfter. »Sie sollten mir besser diese Waffe aushändigen.«

»Mit Vergnügen«, sagte ich. Ich hielt sie ihm hin. Er faßte

sie ebenfalls am Lauf an. Dann war er sich nicht mehr so ganz sicher, was er damit anstellen sollte.

»Er hat versucht, mich zu vergewaltigen«, wiederholte Seals-Ashworth.

»Was haben Sie dazu zu sagen, Kumpel?«

»Ich sage, es ist verdammter Blödsinn«, sagte ich. Ich war müde.

»Nein, ist es nicht«, sagte Seals-Ashworth.

Der Beamte sah sie an und dann wieder mich.

Ich sagte: »Aber ich war derjenige, der die Polizei gerufen hat.«

»Damit wollten Sie lediglich vertuschen, was Sie getan haben«, sagte sie.

»Ich fürchte, der armen Frau geht es nicht gut«, sagte ich.

Seals-Ashworth produzierte noch ein paar Tränen. »Und ich habe gesagt, Sie seien menschlich!« sagte sie. »Wie jung und unschuldig ich doch bin!«

Der junge und unschuldige Streifenpolizist blickte ständig von einem zum anderen.

Dann hörten wir alle Schritte meine Außentreppe hinaufkommen. Wir sahen zur Tür, und ein zweiter Polizeibeamter, ein Sergeant, stürzte ins Zimmer.

»Wise, was zum Teufel denken Sie sich dabei, den Schauplatz eines Waffenzwischenfalls zu betreten, bevor Ihre gottverdammte Verstärkung angekommen ist?«

Der große, junge Streifenpolizist sagte: »Die Zentrale sagte, der Anrufer hätte gesagt, es sei vorbei.«

»Also stellen Sie sich, bevor Sie etwas Sicheres wissen, wie ein Übungsziel vor die Haustür.«

»Aber es ist vorbei, Sergeant. Ich kann nur nicht rausfinden, was passiert ist.«

Der Sergeant sah mich an. Dann sah er Seals-Ashworth auf dem Boden sitzen. »O Mist«, sagte er. »Ich nehme alles zurück.«

Der Streifenpolizist sagte: »Was?«

Der Sergeant sagte: »Hallo, Cola.«

Seals-Ashworth setzte sich auf und sagte: »Hallo, Jack.«

Jack wandte sich an mich und sagte: »Sie müssen in letzter Zeit wegen irgendwas im Fernsehen gewesen sein, stimmt's?«

»Äh, stimmt«, sagte ich.

»Und Cola hat Sie mit der Waffe bedroht, ja?«

»Ja.«

»Was wollte Sie von Ihnen? Sollten Sie Kopfstand machen? Ihr die Schuhe ausziehen?« Er drehte sich zu ihr um. »Was war es diesmal, Cola?«

»Nichts.«

»Ich habe ihr die Waffe abgenommen.«

»Oooh, harter Bursche«, sagte Sergeant Jack.

Der junge Streifenpolizist hielt die Waffe immer noch zaghaft am Lauf fest.

Jack sagte: »Ist sie das?«

»Ja.«

»Geben Sie mal her«, sagte Jack. Der Streifenpolizist gab sie ihm.

Jack warf einen Blick auf die Waffe und zielte dann damit zwischen meine Augen.

»He, Moment mal!« sagte ich.

Er drückte ab.

Ich sprang zur Seite, aber ich war Jahre zu spät.

Die Explosion blieb jedoch aus. Kein plötzlicher Todesfall. Kein Meeting mit dem Heiligen Petrus, um ihm meine lahmen Ausreden zu präsentieren.

Das einzige, was passierte, war, daß ich mir einen steifen Hals holte.

Jack meinte: »Imitation. Wenn man nichts von Waffen versteht, sind sie ziemlich erschreckend. Wir müssen ihr allein in den letzten zwei Jahren sechs oder acht oder zehn von diesen Dingern abgenommen haben. Ich weiß nicht, wo zum Teufel sie sie herbekommt.«

»Ich habe meine Quellen«, sagte Cola Seals-Ashworth.

»Der Preis des Ruhms«, sagte Jack.

45

»Der Preis des Sex-Appeals«, sagte meine Flamme.

»Es war nicht komisch«, sagte ich.

»Nein, das kann ich mir denken.« Sie lachte.

Ich rückte ans andere Ende der Couch. Ich sagte: »Na, komm schon! Ich war vor ein paar Jahren schon mal im Fernsehen, und niemand hat Notiz davon genommen.«

»Kann ich nicht ändern. Diesmal hast du dieses spezielle Etwas verströmt. Sogar ich hab's gemerkt. Ich habe darauf reagiert. Und wenn irgend jemand es besser wissen sollte...«

»Vielen Dank.«

Sie lachte schon wieder.

»Hör mal, Kleines, ich habe Probleme«, sagte ich.

»Ob du eine Sekretärin für die Fanpost einstellen sollst?«

Ich sagte nichts. Daran erkannte sie, daß ich etwas Ernstes zu bereden hatte.

»Geht es um dieses Bild?« fragte sie.

Bobby Lees Zeichnung. »Ja, auch«, sagte ich.

Sie wartete ab.

»Ich bin da in einer extrem schwierigen Situation. Ich weiß nicht, was ich tun soll. Ob ich zu den Bullen gehen sollte oder was.«

Meine Herzdame und ich reden nicht über Einzelheiten unserer Arbeit. Weil ich diese Regel absichtlich brach, wußte sie, daß es etwas Wichtiges sein mußte.

»Na, komm schon«, sagte sie. Wir zogen uns in ihr Schlafzimmer zurück, wo man uns nicht unterbrechen würde.

Sie hörte zu, während ich erklärte, wie ich zu einer Verbindung mit der meistgesuchten kriminellen Organisation von Indianapolis gekommen war.

»Du? Mit der Scum Front?« Sie konnte nicht dagegen an.

»Ich.«

»Aber warum sind die zu dir gekommen?«

»Weil ich allein arbeite, sagten sie.«

Meine Herzdame runzelte die Stirn. »Woher wußten sie das?«

»Keine Ahnung. Vielleicht aus meinen Annoncen in der Zeitung. Aber sie haben mich auf die Probe gestellt, bevor sie mir ihre Identität offenbarten.«

Ich erzählte ihr von Kate Kings ersten Besuchen, die dann schließlich zu den Besuchen der Tiere geführt hatten. Und ich erzählte ihr, daß, wenn ich nicht nach der verschwundenen Bombe suchte, es niemand tun würde.

»Nun...« sagte meine Flamme. Codewort für: ›Ich verstehe irgendwie, warum du es getan hast, aber ich glaube, du mußt verrückt sein, dich auf so was einzulassen.‹

Ich erzählte ihr, daß ich versucht hatte, mich zu schützen, indem ich darauf bestand, daß sie, während ich an dem Fall arbeitete, keine weiteren Bomben legten.

»Das ist immerhin etwas, nehme ich an.«

Dann erzählte ich ihr, was ich getan hatte, wie ich Cecil Redman gefunden hatte und wie dann diese Information mich zu dem Frosch geführt hatte.

»Du weißt, wer eine von ihnen ist! Bist du sicher?«

Und ich erzählte ihr von Tanzmaus und ihrer Beschreibung der Frau, die dem Frosch gefolgt war.

»Und darum dreht sich das Ganze?« fragte sie und zeigte auf die Zeichnung.

»Treffer. Das ist fast sicher die Person, die die Bombe mitgenommen hat.«

»Mmmm.«

Ich erzählte ihr von der zufälligen Identifikation des Kleides auf dem Bild. Und ich redete von meiner Barsitzung mit Charlotte Vivien.

»Moment mal, Moment mal«, sagte meine Herzdame.

»Was?«

»Laß mich dieses Bild noch mal sehen.«

Ich hielt es ihr hin.

Sie sah es sich eine Sekunde lang an. Dann sah sie mich an.

»Was ist los?« fragte sie.

»Du hast das da gesehen, und du versuchst, das Kleid zu identifizieren?«

»Ja.«

»Du bist ein Trottel«, sagte sie.

»Wie meinst du das?«

»Du tust genau dasselbe, was deine tanzende Zeugin getan hat. Du siehst dir nur die Kleider an. Ich weiß, es ist eine hübsche Zeichnung und so weiter, aber wo liegt da der Sinn?«

»Hm, es ist das einzige, wovon ich eine detaillierte Beschreibung habe.«

»Na und?«

Ich schüttelte den Kopf.

»Du bist ein netter Kerl, Albert. Offen und voller Verständnis, und deswegen ungewöhnlich. Aber du vergißt manchmal, wo du lebst.«

»Ich verstehe nicht, wovon du redest.«

Meine Flamme sagte: »Komm wieder auf den Boden zurück, Schnüffler. Was hast du hier wirklich?«

»Sag's mir.«

»Du hast eine Zeugin, die gesehen hat, wie die Frau auf dem Bild deiner Froschdame folgte, als sie eine Bombe legte.«

»Stimmt.«

»Und die Leute folgen nicht einfach nur aus Spaß an der Freud anderen Leuten, daher schließt du daraus, daß die Chancen gut stehen, daß die Frau auf dem Bild die Bombe mitgenommen hat.«

»Ja.«

»Aber woher wußte die Frau auf dem Bild, daß es sich lohnen würde, deinem Frosch zu folgen?«

»Das weiß ich noch nicht. Zuerst muß ich sie mal identifizieren.«

»Und das versuchst du mit Hilfe des Kleides, das sie anhatte.«

»Es ist angeblich ein Unikat.«

»Aber Al! Es stellt sich raus, daß dein Frosch eine wohlhabende Hausfrau aus einem Vorort von Indianapolis ist!«

»Ja.«

»Na, komm schon, Mann! Du lebst in der nördlichsten Südstaaten-Stadt Amerikas. Vergiß das verdammte Kleid. Vergiß Charlotte Vivien. Wie viele *schwarze* Frauen kennt deine weiße Scum-Front-Hausfrau aus Indianapolis? Und wie viele dieser schwarzen Frauen könnten möglicherweise genug von deiner Froschdame wissen, um herauszufinden, daß sie Bomben legt? Deine Froschdame ist diejenige, die dir erzählen kann, wer diese Frau ist. Rede mit ihr!«

46

Natürlich war das mehr oder weniger genau das, was ich mir für meine Frontversammlung am nächsten Morgen vorgenommen hatte. Ich hatte die Situation nur noch nicht so klar vor mir gesehen.

»Du bist müde«, sagte meine Herzdame.

»Ja.«

»Da passieren wohl zu viele Dinge zu schnell für dich.«

»Ja. Und du hast noch in einer anderen Hinsicht recht«, sagte ich.

»Und die wäre?«

»Ich bin ein Trottel.«

Aber es war zu spät, um Mrs. Morgason, den Frosch, anzurufen, ohne die ganze Sache ihrer Familie zu enthüllen. Morgen früh würde reichen müssen. Aber ich konnte auf keinen Fall bis zu der Elf-Uhr-Versammlung warten.

Ich war in dieser Nacht jedoch keine gute Gesellschaft. Gegen halb drei morgens beschlossen wir, daß ich nach Hause fahren solle, wenn ich doch nicht in der Lage war zu schlafen, ohne mich von einer Seite zur anderen zu werfen und Eindringlinge zu entwaffnen. Sozialarbeiter brauchen schließlich ihr Schönheitsschläfchen.

Natürlich war ich, sobald ich in meinen Wagen stieg, überhaupt nicht mehr schläfrig.

Ich fuhr zur Dreiundzwanzigsten Straße. Es bestand die Chance, daß der Trümmergürtel Überstunden machte und im HQ noch Licht brannte.

Aber das Haus lag dunkel und still da.

Andernorts in der Stadt heulten Sirenen durch die Dunkelheit, aber ihr Zauber verfehlte seine Wirkung auf mich.

Mir blieb nichts anderes übrig, als nach Hause zu fahren. Und dort schlief ich schließlich.

Das Telefon weckte mich um zehn nach acht. Es war die Polizei. Eine Frauenstimme.

Es ergab für mich keinen Sinn.

»Sie wollen was?« fragte ich.

»Ich sagte, ich brauche heute morgen Ihre Aussage.«

»Wer sagten Sie noch, sind Sie?«

»Sergeant Ivory Prisco.«

»Kenne ich Sie?«

»Nein, Sir, ich glaube nicht.«

»Hm, über was für eine Art von Aussage reden Sie eigentlich? Meine Lebensphilosophie oder was?«

»Bitte, ersparen Sie sich die Witzeleien, Mr. Samson. Ich tue nur meine Arbeit.«

»Bitte, dann tun Sie sie weiter und verraten mir, wovon Sie reden.«

»Wie oft hatten Sie in den letzten zwölf Stunden mit der Polizei zu tun?«

»Zwölf Stunden? Die kommen mir vor wie ein ganzes Leben.«

»Sagt Ihnen der Name Cola Lowis etwas?«

»Nicht das geringste.«

»Welsey Avenue?«

»Nichts.«

»Aber ich habe gehört, daß sie Sie gestern abend mit einem nachgebauten Revolver bedroht haben soll.«

»Ah«, sagte ich.

»Dringe ich langsam zu Ihnen durch, Mr. Samson?«

»Das tun Sie, Sergeant Prisco.«

»Wir haben beschlossen, Ms. Lowis zur Behandlung einweisen zu lassen, aber dafür brauchen wir eine offizielle Aussage, in der genau beschrieben wird, was sie Ihnen angetan hat.«

»Verstehe. Und wenn sie mir nicht mehr angetan hat, als mir zum Gotterbarmen auf die Nerven zu gehen?«

»Ich brauche die Einzelheiten. Können wir heute morgen eine Zeit ausmachen, damit ich bei Ihnen vorbeikommen kann?«

Ich zögerte.

»Mr. Samson?«

»Wird es lange dauern?«

»Nein, Sir, das glaube ich nicht.«

»Wie wär's dann mit neun Uhr, Sergeant Prisco? Mein Büro ist nur fünf Minuten von Ihrem Büro entfernt.«

»Ja, das paßt mir gut«, sagte Ivory Prisco.

Neun Uhr. Viertel nach neun fertig. Ich konnte um Viertel vor zehn bei dem Frosch in der Einundneunzigsten Straße sein.

Ich rief sie an.

Niemand ging an den Apparat. Okay. Also war Krank heute doch nicht so krank. Und wurde in die Schule gefahren? In ein paar Minuten noch mal versuchen.

Ich setzte Kaffee auf und verrichtete meine Waschungen.

Um halb neun rief ich den Frosch abermals an. Und um zwanzig vor neun noch einmal.

Als es an der Tür klingelte, zog ich mich gerade an. Es war acht Uhr fünfundvierzig.

Aber es war nicht Sergeant Prisco. Als ich die Tür öffnete, war niemand da. Aber dieser niemand hatte mir einen Umschlag dagelassen.

Bevor ich ihn aufhob, trat ich an den Rand des Vorbaus, um die Straße abzusuchen. Aber ich sah nichts, das meine Aufmerksamkeit gefesselt hätte.

Ich nahm den Umschlag mit hinein und öffnete ihn. Und zog ein Blatt Papier heraus, auf dem Worte und Buchstaben klebten, die aus einer Zeitung ausgeschnitten worden waren.

Die Nachricht lautete: »Unser verschwundenes Päckchen wurde gestern abend gefunden. Ihre Dienste sind nicht länger vonnöten. Nehmen Sie zu *keinem* von uns Kontakt auf, und enthüllen Sie auch *keine* Information der Polizei oder Sie setzen, was Ihnen teuer ist, einer *großen* Gefahr aus. Wiederhole: *große* Gefahr. Behalten Sie das ganze Geld. Vergessen Sie uns.«

Da hatte ich's. Gefeuert. Und bedroht.

Ich ging hinaus und sah noch einmal auf die Straße hinunter. Sinnlos. Ich kam wieder rein und las die Notiz noch mal durch.

Sie machte mich wütend.

Ich setzte mich, wählte die Nummer des Froschs, ließ es dreißigmal läuten und gab erst auf, als es bei mir an der Tür klingelte.

47

Sergeant Prisco entschuldigte sich dafür, daß sie ein paar Minuten zu früh dran war. »Man findet hier doch leichter einen Parkplatz als im Zentrum«, sagte sie zur Erklärung.

Ich wußte nicht, was ich darauf erwidern sollte. »Hätten Sie gern einen Kaffee?«

»Ja, prima. Vielen Dank. Schwarz. Ohne Zucker.«

Das verschaffte mir ein paar Minuten, meine Gedanken wieder zusammenzubekommen.

Ich kehrte mit zwei Bechern zurück. Sie saß auf meinem Klientenstuhl. Ich zog mich auf meinen Sessel zurück.

Ich liebkoste meinen Becher wie eine Kostbarkeit. Ich fühlte mich benommen, töricht und müde. Der Zorn machte langsam der Verwirrung Platz. Es half mir nicht im geringsten, daß Verwirrung für mich langsam zu einer Lebensart wurde.

»Ich komme mir nicht besonders intelligent vor«, sagte ich.

»Es muß eine beunruhigende Erfahrung gewesen sein«, sagte sie.

»Was? Oh. Ja, die Sache.«

»Ich werde auch ganz sanft sein«, sagte sie.

»Was?«

Sie wartete ab.

»Oh«, sagte ich. »Ein Witz. Huuh.«

Sie nahm ein Blatt Papier aus ihrer Reißverschlußmappe. »Ich habe die Berichte von den Beamten, die gestern abend hier waren. Es scheint durchaus deutlich zu sein, aber vielleicht, wenn ich ihn Ihnen vorlesen würde...«

Das geschriebene Material, das die Polizei bereitgestellt hatte, war, wenn auch kurz, so doch sehr akkurat. Es erinnerte mich an das, was geschehen war, und ich fügte noch einige weitere Details über Cola Lowis' – Monique Seals' – Mrs. Ashworths' Worte hinzu, bevor sie die Pistolennachbildung gezogen hatte. Aber wir dehnten die Sache nicht unnötig aus.

Nachdem ich das Aussageformular unterzeichnet hatte, sagte ich: »Ich habe gehört, daß Ms. Lowis so etwas früher schon mal gemacht hat.«

»Ja, aber wir hatten Schwierigkeiten, Aussagen von den Opfern zu bekommen, weil sie nicht gern zugeben wollten, daß sie sich zum Narren gemacht hatten.«

»Das Ganze war ziemlich schnell vorbei«, sagte ich.

»Wenn das Ganze ein paar Stunden später passiert wäre,

hätten Sie vielleicht viel länger auf die Beamten warten müssen.«

»Das verstehe ich nicht«, sagte ich.

»Sehen Sie morgens kein Fernsehen?«

»Für gewöhnlich nicht.«

»Sie haben's also noch nicht gehört?«

»Was gehört?«

Ivory Prisco beugte sich vor. »Diese gottverdammte Scum Front hat es tatsächlich getan.«

»Was?«

»Sie haben eine gezündet. Eine Bombe.«

Mein Herz sprang abermals von gemächlichem Lauftempo auf vollen Sprint.

»Sie haben ein Regierungsgebäude auf der Ohio Street in die Luft gesprengt.«

»Gestern nacht?«

»Kurz vor zwei. Ein Nachtwächter liegt auf der Intensivstation.«

Ich verlor die Sprache.

»Leute, die mal hier, mal da eine Bombe liegenlassen, sind einfach nicht normal, wissen Sie?« sagte Ivory Prisco. »Man kann sich drauf verlassen, daß sie irgendwann auch irgendwas in die Luft sprengen. Und eins kann ich Ihnen verraten«, sagte Ivory Prisco. »Jetzt wird die ganze verdammte Stadt nach diesen Bastarden suchen.«

48

Sobald Ivory Prisco gegangen war, rief ich auf dem Revier an. Miller war an seinem Schreibtisch. Er sagte: »Ich habe wirklich keine Zeit, Al. Ich hätte diesen Anruf beinahe nicht entgegengenommen.«

Meine Stimme zitterte. »Dafür hast du Zeit, Jerry.«

Miller hielt inne. Dann sagte er: »Worum geht's denn?«

»Ich kann dir ein paar Sachen über die Scum Front erzählen. Ich habe ein paar Sachen für sie erledigt.«

»Was?«

»Du hast mich gehört.«

»Was kannst du mir erzählen? Was hast du getan?«

»Ich glaube, ich komme besser rüber.«

Ich hatte das Gefühl, ihn denken zu hören. Dann sagte er: »Okay. Jetzt sofort.«

»Ich mache mich in fünf Minuten auf den Weg«, sagte ich.

Ich legte auf. Ich atmete schwer.

Ich erhob mich und versuchte, mich daran zu erinnern, wo das ganze Zeug von der Scum Front war. Aber ich fühlte mich schwach. Ich setzte mich wieder.

Das Telefon klingelte.

Ich dachte kurz darüber nach, nicht ranzugehen.

Ich entschied mich für einen Kompromiß. Ich nahm den Hörer auf, sagte aber nichts.

»Al? Albert?«

Meine Herzdame.

Ich sagte: »Hast du es gehört?«

»Was gehört?«

»Die Bastarde haben ein Gebäude in die Luft gesprengt. Auf der Ohio Street. Ich habe früher in einem Gebäude auf der Ohio Street gewohnt.«

»In den Radionachrichten war die Rede von einer Explosion im Zentrum.«

»Sie haben mir heute morgen einen Brief hingelegt. Sie haben mich gefeuert. Sie haben mir gedroht. Und zu dem Zeitpunkt hatten sie das Gebäude bereits gesprengt.«

»Das war die Scum Front?«

Ich zögerte. »Eine Polizistin hat mir erzählt, daß sie es waren.«

»Der Reporter im Radio sagte, es könnte auch jemand anders gewesen sein. Sie hätten eine Nachricht geschickt, aber dabei wäre es um Abtreibung gegangen.«

»Was!?«

»›Laut Berichten ranghoher Polizeibeamter‹ hieß es im Radio.«

Ich versuchte zu sprechen, aber es kam nur ein unverständlicher Laut über meine Lippen.

»Außerdem, Al«, sagte meine Herzdame, »eine von ihnen kennst du doch. Wenn sie anfangen wollten, irgendwelche Sachen in die Luft zu sprengen, würden sie, hm, würden sie dich nicht zuerst umbringen oder so was?«

»Ich habe nicht nachgedacht.«

»Dafür sind wir Frauen da«, sagte sie. Es war ein Kommentar, der zu erfreulicheren Themen überleiten sollte.

»Ich habe den ungeheuerlichsten Fehler gemacht«, sagte ich.

»Wo liegt das Problem?«

»Ich habe es Jerry Miller erzählt.«

Am anderen Ende der Leitung entstand ein langes Schweigen.

»Ich habe ihm gesagt, ich wüßte etwas über die Scum Front.«

»O Al«, sagte meine Flamme.

49

Wie blöd kann man eigentlich sein?

Die Leute mit der verschwundenen Bombe hatten das Gebäude auf der Ohio Street gesprengt. Die Scummies hatten die Bombe nur deshalb ›wiedergefunden‹, weil sie von demjenigen, der sie gestohlen hatte, gezündet worden war.

Ein logischer Fehler der elementarsten Art.

Wie konnte mir das passieren? In einer so wichtigen Angelegenheit?

Weil ein Bulle es mir erzählt hatte und ich es als Tatsache akzeptiert hatte.

Ein Bulle!

Und weil ich total ausgepowert war.

Und weil mein Leben sich überall um mich herum veränderte. Mordparties und Werbespots und zu viele Klienten.

Weil ich alles in Eile tun mußte.

Weil es einfach zu viel war.

Und weil ich schlicht und einfach verdammt noch mal weltklasse-megatödlich blöd, blöd, blöd war.

50

Ich ließ mir Zeit.

Ich versuchte mir zurechtzulegen, was ich sagen würde.

Es war nicht leicht. Ich wollte gar nichts sagen. Aber wenn ich nicht zu Miller ging, würde er zu mir kommen.

Er würde vielleicht nicht leibhaftig kommen, aber, o ja, kommen würde er. In Gestalt hundert anderer, alle in Blau, alle bewaffnet.

Wenn Schwierigkeiten kommen, kommen sie nicht in Gestalt einzelner Spione, sondern als Bataillon.

Ich schlenderte langsam durch meine Zimmer. Ich suchte eine Inspiration.

Das einzige, was mir einfiel, war eine Form eines absoluten Dementis. »Ach, war nur 'n kleiner Scherz, Jerry. Tut mir leid, daß du es nicht komisch finden kannst.«

Das würde einschlagen wie eine Bombe.

Weil ich befürchtete, daß er eine Durchsuchung meines Büros anordnen würde, sammelte ich alle greifbaren Beweise ein, die mich mit der Scum Front in Verbindung brachten. Die heutige Botschaft und die Bandaufnahme, die ich von unserem Gespräch gemacht hatte, waren besonders erdrückend. Ich steckte sie in einen Umschlag. Ich legte das Taschentuch dazu.

Auf den Umschlag schrieb ich: »Zur sicheren Aufbewahrung. Nur an Albert Samson oder seine Erben auszuhändigen.« Ich unterzeichnete. Ich versiegelte den Umschlag mit Zellophanband.

Dann steckte ich diesen Umschlag in einen größeren.

Ich suchte ein paar Briefmarken.

Und die Adresse meines Anwalts.

Und ich ließ die Postleitzahl weg. Die Leute von der Post bestrafen einen dafür. Sie lassen sich bei der Auslieferung einen Tag länger Zeit. Oder vielleicht eine Woche.

Bevor ich ging, klingelte das Telefon.

Ich ging nicht ran, aber nachdem das Bimmeln aufgehört hatte, stellte ich meinen Anrufbeantworter an.

Miller hatte unten die Nachricht hinterlassen, daß man mich bei meiner Ankunft gleich durchlassen solle.

Ich kannte den Weg. Ich war oft genug in seinem Büro gewesen. In all seinen Büros. Sogar an seinem Schreibtisch, als er seinerzeit zum Detective befördert wurde und zu unwichtig war für ein eigenes Büro.

Wir hatten einen langen Weg zusammen zurückgelegt, Miller und ich. High-School-Jungs, die nicht in die Gruppen hineinwuchsen, an deren Maßstäben wir uns hätten orientieren sollen. Jungs, die sich zueinander hingezogen fühlten, obwohl damals Schwarz und Weiß noch weniger Berührungspunkte in unserer Stadt hatten als heute. Miller und ich waren die einsilbigen Außenseiter, die zusammen Autos für kurze, wahrhaft fröhliche Ausflüge klauten.

Bis wir einmal eine Kurve zu schnell nahmen. Ich saß am Steuer, aber es hätte genausogut er sein können.

Wir gingen einfach zu Fuß weiter.

Aber wir begriffen, daß es uns nicht egal war, ob wir lebten oder starben.

Dieses sichere Wissen entfernte uns noch weiter von den Gruppen – heutzutage sind sie zu Banden organisiert –, mit denen wir hätten herumhängen sollen.

Und dieser Zwischenfall enthüllte uns beiden auch die Macht der Worte. Gemeinsame Erinnerungen an Spritztouren mit geklauten Autos sind auf jeden Fall sicherer und zuletzt sogar besser, als es die Spritztouren selbst waren.

Ja, ich kannte Miller schon ewig.

Es waren nicht die Beine, die mir den Dienst versagten. Es war der Bauch. Als ich aus dem Aufzug stieg, machte ich kehrt und rannte zur Herrentoilette.

Ich kam durch die Tür, aber nicht bis zu einem Becken.

Das erste Mal erbrach ich mich noch im Laufen. Dann immer noch stehend, dann kniend.

Alles in meinem Leben kam mir hoch. Der Druck. Mein Ehrgeiz. Es lag alles da auf den Fliesen.

Ich zitterte. Ich fing an zu frieren.

Ein Mann mit abgestoßenen braunen Schuhen und grünkarierten Socken und Hosenbeinen ohne Aufschläge stand irgendwo in meiner Nähe.

Er sagte: »Im Schrank neben den Papiertüchern finden Sie einen Putzlappen und Eimer.«

Ich versuchte »Danke« zu sagen.

Er sagte: »Erstaunlich! Keine Karotten.«

Dann ging er.

Und während ich am Boden kniete, wurde mein Kopf langsam klar.

Miller war nicht nur ein Bulle, der zwischen mir und meiner Freiheit stand. Er war ein Mann, dessen Hoffnungen und Träume ich genauso gut kannte wie meine eigenen.

Ja. Ja.

Ich stand auf. Ich säuberte mich und das Chaos, das ich angerichtet hatte, nach bestem Vermögen.

Und dann ging ich zu meinem Kumpel.

51

Miller stand an seiner Tür und wartete. Er lächelte nicht. Er hielt mir auch nicht die Hand hin. Er war Captain Miller.

Er schloß die Tür hinter uns.

»Keinen Parkplatz gefunden?« sagte er.

»Hm, aber das ist nicht der Grund, warum ich so spät dran bin.«

Er sah mein Hemd an. »Warum bist du so spät dran?«

»Weil ich einen schrecklichen Fehler gemacht habe.«

Er sagte nichts und bewegte sich auch nicht.

Ich sagte: »Hast du einen Kassettenrekorder laufen?«

»Nein. Willst du einen?«

»Nein, ich will keinen. Und ich weiß nicht, ob ich dir glauben soll.«

»Ich werde dich nicht belügen.«

»Würdest du doch.«

Er lächelte leicht. Und öffnete eine Schreibtischschublade.

Ich sah nach.

Ein Kassettenrekorder lief. Auf dem handgeschriebenen Etikett auf der Kassette stand: »Albert Samson: Scum Front« und dann noch das Datum.

»Stell's ab«, sagte ich.

Er schaltete den Apparat ab.

»Das Band«, sagte ich. Ich streckte die Hand aus.

»Warum?«

»Für den Fall, daß der Apparat durch Stimmen aktiviert wird.«

»Ah.«

Er nahm das Band aus dem Apparat und reichte es mir.

»Schwörst du bei der Bibel deiner Mutter und Wendys Leben, daß hier keine anderen wie auch immer gearteten Aufzeichnungen gemacht werden?«

»Ich schwöre. Du hast mir nicht genug Zeit gegeben, um was Raffinierteres aufzubauen. Und außerdem«, sagte er, »bist du ein Freund. Warum sollte ich mehr als einen Rekorder brauchen?«

Ich zog mir einen Stuhl an das Fenster hinter seinem Schreibtisch. Ich setzte mich und legte die Füße aufs Fensterbrett.

Miller drehte seinen eigenen Stuhl um, und wir genossen gemeinsam die Aussicht auf den Market-Square-Arena-Parkplatz.

»Ich habe darüber nachgedacht, ob ich nicht versuchen soll, dich zu bescheißen«, sagte ich.

»Ach ja?« Er wartete ab.

»Sie sind zu mir gekommen, Jerry. Ich saß einfach zu Hause, kümmerte mich um meine eigenen Sachen, und da standen sie plötzlich.«

»Warum?«

»Wegen der Bombe, die sie in der Handelsbank hinterlegt hatten.«

»Die, die nicht da war?«

»Jemand hat sie gestohlen. Sie wollten, daß ich sie zurückhole.«

»Warum du, Al?«

Meine Herzdame hatte dieselbe Frage gestellt. Ich wiederholte, was man mir gesagt hatte: »Weil ich allein arbeite.«

»Also, was ist passiert?«

»Sie sagten, wenn ich nicht nach ihrer Bombe suchen würde, würde es niemand tun.«

»Ach ja?«

»Sie sagten, ich sei die einzige Chance, denjenigen, der die Bombe gestohlen hat, davon abzuhalten, sie zu benutzen und vielleicht jemanden zu töten.« Ich drehte mich zu ihm um. »Ich höre, bei der Explosion wurde jemand verletzt.«

»Ja. Die Ärzte glauben aber nicht, daß er sterben wird.«

»Na, immerhin etwas.«

»Also, warum bist du nicht gleich zu mir gekommen?« fragte er.

»Sie waren sehr nervös. Sie haben mit Argusaugen aufgepaßt, ob ich zu den Bullen ginge. Sie sind mir gefolgt und haben mich bedroht. Sie haben viel zu verlieren, wenn man sie schnappt, und sie mußten sich davon überzeugen, daß sie mir trauen konnten. Ich weiß nicht. Ja, ich hätte zu dir kommen und sie auffliegen lassen können. Aber es schien mir wichtiger, die verschwundene Bombe zu finden. Also hab ich es nicht getan. Statt dessen habe ich sie versprechen lassen, daß sie, solange ich an dem Fall arbeitete, keine neuen Bomben legen würden.«

»Und?«

»Ich bekam heute morgen die Nachricht, daß sie ihr ›verschwundenes Päckchen gefunden‹ hätten und meine Dienste nicht mehr benötigten. Ich dachte, sie hätten die Bombe gefunden und gezündet.«

Wir saßen einen Augenblick lang schweigend da. Ich wußte, was er fragen würde. Ich sagte: »Ich kann dir nicht sagen, wer sie sind. Noch nicht.«

»Ich kann's einfach nicht fassen«, sagte er.

»Tut mir leid.«

»Du schützt sie? Terroristen? Weißt du, was mit dir passieren wird?«

»Sie haben das Gebäude nicht in die Luft gejagt. Die Leute, die die verschwundene Bombe gestohlen haben …«

»Woher zum Teufel willst du das wissen?« Er schrie mich an, obwohl seine Stimme kaum lauter war als ein Flüstern.

Ich sagte: »Ich kenne diese Leute jetzt. Ich glaube nicht, daß sie es getan haben.«

»Und wer war es dann?«

»Keine Ahnung.«

»Du arbeitest jetzt… wie lange an der Sache?«

»Ein paar Tage.«

»Hast du irgendwelche Spuren?«

»Ich habe eine Spur.«

»Und wirst du mir davon etwas erzählen?«

»Nein. Sonst gerät die Sache zwangsläufig außer Kontrolle.«

Er schüttelte den Kopf. »Ich verstehe es einfach nicht«, sagte er.

»Was verstehst du nicht?«

Er drehte seinen Stuhl zu mir herum. »Erwartest du ernsthaft von mir, daß ich dich einfach hier herausspazieren lasse?«

»Ich meine, genau das solltest du tun«, sagte ich.

»Und warum, bitte schön?«

»Weil diese Spur sich, wenn du es nicht tust, in Luft auflösen wird und du keine Ahnung hast, wie du an die Leute rankommen sollst, die die Bombe gezündet haben.«

»Weil du uns nicht sagen wirst, was du weißt?«

»Ich werde euch überhaupt nichts sagen.«

»Auch wenn du dann den Rest deines Lebens im Gefängnis verbringst?«

Ich zuckte mit den Schultern.

»Grundgütiger!« sagte er. Er schüttelte den Kopf. »Was glaubst du eigentlich, in was für einer Welt du lebst, Al? Hast du überhaupt eine Ahnung, womit du da rumspielst? Du kannst von Glück sagen, wenn dir nichts Schlimmeres passiert, als daß du ins Gefängnis wanderst und sie dir deine Lizenz abnehmen. Auf Terrorismus steht in diesem Staat die Todesstrafe, wie du weißt.«

»Bin ich jetzt ein Terrorist?«

»Wenn sie sonst niemanden schnappen, den sie vor Gericht stellen können.«

»Hm, ich weiß lediglich, daß ich eine gute Spur zu der Person habe, die die Bombe in der Handelsbank aufgelesen hat.«

»Ach, jetzt ist es eine gute Spur? Vor einer Minute war es einfach bloß eine Spur.«

»Ich glaube, ich kenne jemanden, der die Person, die die Bombe gestohlen hat, praktisch identifizieren kann.«

»Praktisch identifizieren? Was heißt ›praktisch identifizieren‹ genau? Hat dieser Ausdruck überhaupt eine Beziehung zu dem, was ich unter dem Begriff Identifikation verstehe?«

»Sollte sie.«

»Und du erwartest, daß ich dich einfach wieder weggehen lasse?«

»Ich glaube, das ist das Beste, was du jetzt tun kannst.«

»Und ich soll den Kopf hinhalten, wenn du mit leeren Händen zurückkommst?«

»Jerry«, sagte ich. »Hast du irgend jemandem gesagt, daß ich komme?«

»Natürlich habe ich das«, antwortete er.

»Deiner Sekretärin vielleicht. Aber hast du irgend jemandem gesagt, warum? Hast du darüber gesprochen, was ich am Telefon gesagt habe?«

Er seufzte. »Nein.«

»Warum nicht?«

»Ich glaube nicht, daß du die Atmosphäre von vierzehn Burschen mit Mordlust in den Augen, die dir ihre Pistolen in die Nase schieben, für eine konstruktive Kommunikation dienlich finden würdest.«

»Und du glaubst auch nicht, daß du – nach all dem, was du in den vergangenen Jahren für mich getan hast – eine Chance, den größten Fall des Jahrzehnts zu knacken, mit einem anderen teilen solltest.«

Er sagte nichts.

»Dir ist doch nicht der Ehrgeiz ausgegangen, oder? Du glaubst, du würdest einen verdammt guten Polizeichef abgeben, wenn irgend jemand jemals entscheiden sollte, einem Schwarzen eine Chance zu geben. Oder?«

»Hm, man könnte mich wohl als unbekannte Größe bezeichnen«, sagte er.

Ich lachte.

»Worüber lachst du, Mann?«

»Ich lache, weil ich mir bis zu diesem Augenblick nicht absolut sicher war, daß du keinen anderen Recorder laufen hattest.«

Er lachte auch.

Wir lachten beide.

Und dann stellte ich meine Füße wieder auf den Boden und spazierte hinaus.

52

Es war wie eine Wiedergeburt. Mein Gehirn und mein Körper waren frei. Im Aufzug wäre ich am liebsten die Treppen hinuntergehüpft. Ich hätte am liebsten gesungen.

Wie die Frau mit dem Namensschild LT. SHERYL TURK auf den spontanen Vortrag von *The First Day of the Rest of My Life* reagiert hätte, wußte ich nicht genau.

Aber ich konnte mich doch einer Bemerkung nicht enthalten. Der Gedanke an ein Lied erinnerte mich daran. Ich sagte: »Wissen Sie, es gibt einen Sänger aus Indianapolis namens Pat Webb, der meint, Lawrence Township sollte in ›Larry‹ umbenannt werden.«

Sie sah mich an.

»Um es etwas zwangloser und freundlicher und einladender zu gestalten.«

»Kenne ich Sie?« fragte sie. Aber die Türen öffneten sich, und ich ergriff die Flucht.

In der Eingangshalle des Polizeigebäudes befanden sich öffentliche Telefone. Ich benutzte eins, um noch mal die Nummer des Froschs zu probieren.

Keine Antwort.

Als ich meinen Vierteldollar wieder in Empfang nahm, erinnerte ich mich an einen Polizisten, von dem Miller mir einmal erzählt hatte. Dieser Bursche kontrollierte jeden Morgen die Münzrückgabefächer aller öffentlichen Fernsprecher nach liegengelassenen Münzen. Zumindest tat er das, bis ein Scherzkeks einmal eins der Fächer mit Ketchup füllte.

Ich stand da und schüttelte mir imaginären Ketchup von den Fingern. Ich lachte laut.

Ich fragte mich, was ich als nächstes tun sollte.

Nun, als nächstes ging ich hinaus, wandte mich nach links und überquerte die Straße Richtung City Market.

Im Mezzanin setzte ich mich mit einem Donut und einer Tasse Kaffee hin. Ich trank den Kaffee, aber mit dem Donut redete ich.

Ich erklärte ihm meine Alternativen und meine Gefühle. Er erhob keine Einwände, als ich die Notwendigkeit betonte, den Frosch/Mrs. Morgason zu finden.

Verstehst du, Donut, ich habe dieses Bild. Die Frau darauf hat rausgefunden, daß Mrs. Morgason eine Bombenlegerin ist. Also muß Mrs. Morgason mir von allen schwarzen Frauen erzählen, die sie kennt.

Der Donut war nicht sichtbar beeindruckt.

Donut, glaubst du, ihr Mann würde vielleicht helfen? Entweder bei der Frage, wo sie ist, oder bei der, wo ihre Freunde sind?

Nicht völlig unmöglich, vermuteten wir, aber der Donut war nicht gerade enthusiastisch.

Das führte mich zu der Frage, auf welchem anderen Wege

ich an meine Informationen herankommen konnte. Angesichts der Tatsache, daß Mrs. Morgason nicht unmittelbar greifbar war.

Ach ja, Donut, eine schwarze Frau, die Mrs. Morgason kennt, gibt es bereits. Die Mutter von Cecil Redmans Frau, die bei den Morgasons putzt. Und hat Redman nicht gesagt, seine Frau würde manchmal einspringen, wenn ihre Mutter krank sei? Und Redmans Frau müßte in etwa das Alter der Dame auf dem Bild haben.

Hmm, Donut, vielleicht bist du da wirklich auf eine gute Idee gekommen.

Und Cecil Redman hatte seiner Frau möglicherweise erzählt, daß er Mrs. Morgason mit einigen Koffern im Trümmergürtel gesehen hatte.

Konnte dieser Hinweis ihr genügt haben, um zu argwöhnen, daß Mrs. Morgason ein Scummie war?

Ich setzte mich aufrecht hin. Meine Knie schlugen gegen den Tisch, daß dieser zu wackeln begann. Der Donut schien zu nicken.

Ich wußte nichts über Mrs. Redman, abgesehen davon, daß sie im Ruf stand, beinhart zu sein. Aber das war weiß Gott um Längen besser, als die Einundneunzigste Straße anzurufen und niemanden zu erreichen.

Ich bedankte mich bei dem Donut.

Dann aß ich ihn auf.

Ich dachte kurz darüber nach, ob ich ihm erklären sollte, daß das Leben eben so sei, aber auch ein Donut kann wohl nicht allzuviel auf einmal verkraften.

53

Die Telefonnummer der Zentrale von Cab-Co entnahm ich dem Telefonbuch.

Eine liebliche Stimme sagte: »Cab-Co«, und ich bat darum, mit Mr. Morgason reden zu dürfen.

Die Stimme jedoch sagte: »Tut mir leid. Mr. Morgason ist im Augenblick nicht hier. Soll ich ihn bitten, Sie zurückzurufen?«

»Wann erwarten Sie ihn denn zurück?«

»Der Polizeichef kommt ungefähr in einer Stunde zu einem Treffen her, aber Sie könnten es nach dem Mittagessen versuchen.«

»Ich muß ihn, wenn möglich, vorher sprechen. Es geht um seine Frau.«

»Oh, Sie sind ein Freund?«

Die Art, wie sie das fragte, enthielt die Bitte, daß ich ja sagen möge.

»Ja.«

»Wissen Sie, wo sie ist? Der arme Mr. Morgason sucht sie schon den ganzen Morgen.«

»Er weiß es also auch nicht?«

»Nein, Sir. Sie war nicht da, als er aufstand. Sie hat auch keine Nachricht oder dergleichen hinterlassen. Und das kann ihn in große Schwierigkeiten bringen. Ich weiß, daß er es für möglich hält, daß Mrs. Morgason gekidnappt wurde.«

»Gütiger Himmel.«

»Die Leute denken alle, er sei wunders wie reich. Diejenigen, die ihn sein ganzes Leben lang kennen, wissen es besser – er wird finanziell unterstützt, müssen Sie wissen –, aber seit er in so großem Stil ins Kabelfernsehen eingestiegen ist, gilt er eben als reich.«

»Aber ist der Gedanke an Kidnapping lediglich eine Vermutung? Oder gibt es konkrete Hinweise dafür?«

»Er kann sich lediglich nicht vorstellen, wo sie sein könnte, und das war's dann auch schon. Ich habe ihm gesagt, ich sagte: Mr. Morgason, Sie sollten diesen süßen Detektiv engagieren, der in der Werbung war, aber dieser Gedanke gefiel ihm nicht besonders.«

»Ach nein?«

»Er sagte, der Bursche sei bloß ein Clown, der versucht, Kapital aus seinem Sex-Appeal zu schlagen, und wahrscheinlich könnte er das eine Ende eines Privatdetektivs nicht vom anderen unterscheiden. So redet er nämlich, unser Mr. Morgason. Er meint es aber nicht böse. Man muß ihn eben nehmen, wie er ist.«

Cecil Redmans Wagen parkte nicht vor dem HQ, daher ging ich zu seinem Haus auf der College Avenue. Der Pickup stand in der Gasse hinterm Haus.

Ich mußte mehrmals anklopfen, aber schließlich kam Redman selbst an die Tür. Er blinzelte verschlafen und sagte: »Sie sind der Typ, der mich gesucht hat.«

»Stimmt.«

»Was wollen Sie jetzt schon wieder?«

»Ich muß mit Ihrer Frau reden.«

Er schüttelte den Kopf, um sich zu besinnen. Ein unmittelbarer Erfolg blieb ihm versagt. Er rieb sich eine Wange. »Sie wollen was?«

»Ihre Frau.«

»Louanne?« fragte er. Er sah sich im Hausflur um. Dann trat er auf die Veranda hinaus und zog die Tür hinter sich zu.

Ich sagte: »Wissen Sie, wo sie wohnt? Oder arbeitet?«

»Was schikanieren Sie mich wegen solcher Sachen?«

»Sie sagten, Sie seien in die Einundneunzigste Straße gefahren, um ihre Mutter zu fragen, wo Louanne jetzt wohnt.«

»Ich habe Mama nach Hause gefahren. Und genau da finden Sie auch Louanne, zu Hause bei ihrer Mama.« Sein Tonfall war höhnisch, aber ich ließ die Gelegenheit verstreichen, eine Bemerkung darüber zu machen, daß viele anständige, reife Menschen heutzutage bei ihren Eltern wohnen.

Ich sagte: »Okay. Also, wo wohnt ihre Mutter?«

»Ich kann Ihnen sagen, wo sie früher wohnte. Sie wohnte früher unter den gottverdammten Löwen.«

»Was?«

»Mann, ihr Haus war da, wo jetzt die Löwen im Zoo sind.«

»Oh, verstehe.«

»Na, jedenfalls um diese Uhrzeit finden Sie sie bei der Arbeit. Jeden Tag seit mehr als dreißig Jahren, außer wenn sie krank war. Ist stolz wie nur was darauf. Ist drei Häuser lang bei derselben Familie geblieben, nur daß sie jetzt in die Scheiß-Einundneunzigste fahren muß. Find ich blödsinnig.«

»Ich habe da angerufen. Niemand geht an den Apparat.«

Er zuckte mit den Schultern.

»Um wieviel Uhr fängt sie mit der Arbeit an?«

»Keine Ahnung, Mann. Aber sie ist immer früh dran. Kommt auch früh wieder nach Hause.«

»Geht sie da ans Telefon?«

»Ich hab sie nie angerufen.«

»Und wissen Sie, wo sie jetzt wohnt?«

»Ja, sie hat 'n kleines Haus. Vierzehnte Straße West, auf der anderen Seite des Flusses. Ein braunes Haus an der Ecke.«

Er erklärte mir den Weg dorthin.

»Und wie heißt sie?« fragte ich.

»Effie. Effie Hawk, Mann.«

»Hawkmann?«

»Nein, nein. Effie, nur Scheiß-Hawk.«

Ich machte mich auf den Weg Richtung Norden.

Auf der Einundneunzigsten Straße schien sich gegenüber gestern nichts verändert zu haben. Also parkte ich in der Einfahrt und ging zur Haustür der Morgasons.

Ich drückte auf die Klingel.

Als niemand auf die Klingel reagierte, klopfte ich.

Als niemand auf mein Klopfen reagierte, ging ich ums Haus herum, um nach etwaigen Lebenszeichen Ausschau zu halten.

Ein Haus zu überprüfen ist nicht so einfach, wie es sich anhört. Man muß aufpassen, daß man nicht in den Swimming-pool fällt.

Aber ich sah und hörte nichts, was Leben verhieß.

Mein deduktives Was-haben-wir-denn-hier-Detektivgehirn kam zu dem Schluß, daß vielleicht niemand zu Hause war.

Ich verspürte einen jähen Drang einzubrechen. Ich hatte eine Eingebung, daß ich Mrs. Morgasons Leiche finden würde.

Es war ein starkes Gefühl.

Ich ging an ein Fenster, wo man mich von der Straße aus nicht sehen konnte.

Ich sah es mir aufmerksam an.

Ich ging wieder weg.

Das Fenster war mit einem Sicherheitssystem verbunden, und das Risiko, daß ich abermals der Polizei in die Hände fallen könnte, löschte sämtliche Impulse in mir.

Ich stieg in meinen Wagen und fuhr zur Vierzehnten Straße West.

Angenommen, ihre Leiche lag da drin. Was sollte ich damit anfangen?

54

Eine Frau von ungefähr sechzig Jahren mit einem breiten, freundlichen Gesicht öffnete die Tür.

»Mrs. Hawk?«

»Hm, ja.«

»Mein Name ist Albert Samson.«

»Kenne ich Sie, Mr. Samson?«

»Nein, Ma'am. Aber ich kenne Mrs. Morgason, und ich glaube, Sie könnten mir bei ein oder zwei Dingen, die ich zu tun versuche, helfen.«

»Sie kennen Mrs. Morgason?«

»Ja.«

»Ich erinnere mich nicht daran, Sie jemals im Haus gesehen zu haben.«

»Ich war nur einmal bei ihr zu Hause. Aber ich habe von Ihnen gehört.«

»Ach ja?« Das schien sie zu freuen, aber gleichzeitig sah sie mich abschätzend an. »Sie versuchen doch nicht, mir was zu verkaufen, oder?« Sie sah das Bild an, das ich in der Hand hielt.

»Nein, Ma'am. Aber ich würde Sie gern bitten, sich einmal diese Zeichnung anzusehen.«

»Mhm. Tja, da kommen Sie wohl besser mal rein, während ich meine Brille suche.«

Ich folgte ihr, und sie ließ mich in einem Wohnzimmer zurück, das voller Erinnerungsstücke stand. Überall waren irgendwelche Kleinigkeiten aufgebaut, zum Vorzeigen.

Es gab Dutzende von Fotografien. Auf einem tiefen Regal neben dem Kaminsims fiel mir ein großes Foto von Mrs. Morgason, von Krank und vielen anderen Weißen auf.

Als Mrs. Hawk mit ihrer Brille zurückkehrte, sagte ich: »Ich sehe, Sie haben ein paar hübsche Bilder von Mrs. Morgason und ihrer Familie.«

»Sie sind in all den Jahren so gut zu mir gewesen, diese Leute«, meinte Mrs. Hawk. »Die da gehören alle zur Familie. Ich habe für Mrs. Morgasons Mama und Papa gearbeitet – das sind Mr. und Mrs. Overmeyer da drüben. Oh, Mrs. Overmeyer, das war eine gute, gute Frau.«

»Man hat mir gesagt, daß Sie schon sehr lange für die Familie arbeiten.«

»Ja, Sir, so ist es. Mehr als zweiunddreißig Jahre, und das

ist eine lange Zeit. Und sie waren so gut zu mir und zu meinem Mädchen, und ich schäme mich nicht, das zu sagen.«

»Nette Leute«, sagte ich.

»Mehr als nett. Nehmen Sie nur Mrs. Overmeyer. Sie fand raus, daß ich nicht gut lesen konnte. Tatsache war, ich konnte überhaupt nicht lesen. Tag um Tag hat sie's mir beigebracht. Lesen, Schreiben, Reden. Sie hatte immer irgendwas, um mir zu helfen voranzukommen. Ich kann Ihnen gar nicht sagen, wie gut mir das getan hat. Und dann schickte die kleine Kathryn, also Mrs. Morgason, meine Tochter zur Sekretärinnenschule, um meinem Mädchen zu helfen, mit ein paar persönlichen Problemen fertig zu werden.«

»Ihre Tochter heißt Louanne?«

»Ja, warum?«

»Ist Louanne hier?«

»Also, warum wollen Sie das wissen?«

»Ich würde nicht nur gern mit Ihnen, sondern auch mit Ihrer Tochter ein paar Worte reden.«

Mrs. Hawk zog die Stirn kraus und sagte: »Mister, was soll das Ganze eigentlich?«

»Ich bin Privatdetektiv, Mrs. Hawk.« Ich nahm meinen Ausweis und reichte ihn ihr. Sie setzte ihre Brille auf und schaute abwechselnd mich und die Fotografie an.

»Sind Sie das?«

»Ganz eindeutig. Und ich bin damit beschäftigt, ein paar Informationen über einen Mann namens Cecil Redman zusammenzutragen.«

»Oh«, sagte Mrs. Hawk. »Der.«

»Es ist nicht so, daß er in Schwierigkeiten wäre, aber ich

habe einen Klienten, der mich gebeten hat, ihn zu überprüfen, und wenn ich recht informiert bin, ist Louanne mit Mr. Redman verheiratet.«

Mrs. Hawk schwieg einen Augenblick. Dann sagte sie: »Meine Mama hat mir beigebracht, wenn man über jemanden nichts Nettes sagen kann, sagt man besser gar nichts.«

»Haben die beiden sich jemals scheiden lassen, Mrs. Hawk?«

»Nein, aber Louanne arbeitet in einem Büro voller Anwälte, also wird sie da vielleicht jetzt etwas unternehmen.«

»Welches Büro ist das?«

»Es heißt *Law In Action*. Liegt weiter im Osten auf der Dreißigsten Straße und hilft armen Leuten, ihr Recht zu bekommen.«

»Klingt gut.«

»Ja, Sir«, sagte Mrs. Hawk. »Ist wirklich eine gute Sache.«

»Ist Louanne heute da?«

»Sie ist jeden Tag da.«

»Außer wenn Sie krank sind vielleicht und sie bei Mrs. Morgason für Sie einspringt.«

»Sie ist ein gutes Mädchen, meine Louanne. Sie war in jungen Jahren vielleicht ein bißchen wild, aber das hat sie überwunden, und jetzt ist sie ein wirklich gutes Mädchen.«

Ich nickte zustimmend, als akzeptiere ich diese Tatsache. Dann sagte ich: »Mrs. Hawk, darf ich Sie fragen, ob Sie sich heute nicht wohl fühlen?«

»Warum wollen Sie das wissen?«

»Müßten Sie nicht um diese Uhrzeit bei Mrs. Morgason sein?«

»Ah, ich verstehe. Ja, Sir, normalerweise schon. Nur hat

Mrs. Morgason mich heute morgen angerufen, um mir für heute abzusagen. Sie ist nicht zu Hause und hatte keine Zeit, mir aufzuschreiben, was ich tun soll.«

»Sie hat Sie heute morgen angerufen?«

»Ja, Sir, hat sie.«

»Um wieviel Uhr war das?«

»Ungefähr Viertel vor sechs.«

»Ist das nicht ein wenig früh?«

»Sie weiß, daß ich immer um fünf aufstehe.«

»Ist es ungewöhnlich, daß sie Ihnen absagt?«

»Es kommt nicht oft vor, aber es sieht ihr ähnlich, Rücksicht zu nehmen, und sie wird es mir auch nicht vom Lohn abziehen. Sie wird mich trotzdem bezahlen. So ist sie eben. Habe ich Ihnen erzählt, daß sie meine Louanne zur Schule geschickt hat?«

»Zur Sekretärinnenschule.«

»Ja, Sir, das stimmt. Es ist eine Tatsache, und es hat das ganze Leben meines kleinen Mädchens verändert.«

»Mrs. Hawk, würden Sie ...?« Ich hielt ihr Bobby Lees Zeichnung hin.

Sie nahm sie mit ans Fenster, wo das Licht besser war. »Nicht viel Gesicht auf diesem Bild.«

»Die Person konnte sich besser an das Kleid als an das Gesicht erinnern.«

»Das Kleid ist gut getroffen. Natürlich ohne diesen großen scheußlichen Fleck drauf. Ich habe stundenlang geschuftet, um den Fettfleck rauszukriegen.«

»Sie kennen das Kleid?«

»'türlich kenn ich es.« Sie sah mich an. »Wollten Sie darüber mit mir reden?«

»Ich würde gern mehr über das Kleid wissen, ja.«

»Also, Mrs. Morgason gab eine Party, weil Mr. Morgason gerade sein neues Geschäft eröffnet hatte. Es waren jede Menge Leute da, und sie hatten einen Gitarrenspieler da und ich weiß nicht was noch alles.«

»Mhm.«

»Meistens bin ich zwischen zwei und drei mit dem Haus fertig, aber wenn Mrs. Morgason Gäste hat, na ja, ich weiß, daß ihr das schwerfällt, also bleibe ich, um ihr zu helfen.«

»Ich verstehe.«

»Und bei dieser Party war ein wirklich merkwürdiger Mann da. Er redete und redete über ich weiß nicht was alles, und niemand bekam ein Wort dazwischen. Also, er fing an, mit den Armen rumzufuchteln, und ich wußte einfach, daß irgendwas passieren würde, und genau so war's. Er warf ein Glas Rotwein um, und die Dame, die bei ihm war, bekam alles ab. Und als er dann auch noch versuchte, sie wieder sauberzumachen, zog er das ganze Tischtuch mit allen Speisen darauf runter. Einen ganzen Tisch! Ehrlich, ich weiß nicht, was dieser Mann sich dabei gedacht hat. Vielleicht dachte er, das Tischtuch sei eine Serviette oder so was, bloß, als er dann dran zog, stapelten sich auf der Dame und auf diesem Kleid alle möglichen Platten mit Salat, kaltem Fleisch, Senf und Butter. Eine Menge Leute haben gelacht, aber die Dame, die war fuchsteufelswild!«

Ich nickte und konnte nicht umhin, bei dem Gedanken an Quentin Quayle in Aktion zu lächeln.

»Die Dame hat Zeter und Mordio geschrien, daß der Mann sie in Ruhe lassen soll, und sie hat davon geredet, wieviel das Kleid gekostet hätte und was weiß ich nicht alles. Mrs. Morgason hat die Dame dann ins Badezimmer gebracht und ihr dann dieses indische Tuch gegeben, und die Dame hat es angezogen. Hat sich reingewickelt, Sie verstehen? Und dann kam diese Dame, die so wütend gewesen war, zurück und tat so, als hätte sie noch nie im Leben soviel Spaß gehabt. Es war, als wäre sie eine ganz andere Person.«

»Mrs. Hawk, erinnern Sie sich daran, was aus dem Kleid geworden ist?«

Sie zögerte. »Mrs. Morgason hat es mir geschenkt.«

»Ihnen?«

»Sie sagte, die Dame wolle es nie wiedersehen. Also hat Mrs. Morgason mich gefragt, ob ich es wollte, und ich wollte.«

»Haben Sie das Kleid noch?«

»Nein, Sir, ich hab's saubergemacht und Louanne gegeben.«

Ich hielt ihr noch einmal Bobby Lees Bild hin. »Und das ist das Kleid?«

»O ja.«

»Mrs. Hawk, könnte das eine Zeichnung von Louanne sein?«

»Louanne? Meine Louanne?«

»Ja, Ma'am.«

»Nein, Sir, auf keinen Fall, ganz bestimmt nicht.«

»Oh.«

»Erstens hat das Mädchen auf dem Bild Handschuhe an. Meine Louanne trägt nie Handschuhe. Sie hat nicht mal welche.«

»Okay.«

»Und dieses Kleid würde ihr nicht passen. Dazu müßte sie größer und dünner sein, als sie ist.«

»Okay.«

»Und dieses Mädchen auf dem Bild ist viel zu dunkel für Louanne. Was nicht heißen will, daß Louanne irgendwelche Allüren wegen ihrer Farbe hätte, aber meine Louanne ist nicht annähernd so dunkelhäutig wie dieses Mädchen.« Sie gab mir das Bild zurück. »Nein, Sir. Nicht Louanne.«

»Aber wenn das Kleid nicht die richtige Größe für sie hatte, wieso wollte Ihre Tochter es dann haben?«

»Sie sagte: ›Mama, ich kenne genau die richtige Person für dieses Kleid.‹«

55

Ich kreiste sie langsam ein. Ich konnte es spüren.

Nichts konnte mich aufhalten.

Zwei Leute, die sich mitten auf der Straße um einen zerbrochenen Rückscheinwerfer stritten, verlangsamten mein Fortkommen. Aber nichts konnte mich aufhalten.

Auf dem Weg zur Dreißigsten Straße Ost überlegte ich, ob ich Miller anrufen sollte.

Immerhin kreiste ich den Bombenleger von der Ohio Street ein. Ich war möglicherweise in Gefahr.

Immer mit der Ruhe, immer mit der Ruhe. Was du einkreist, ist Louanne Hawk-Redman, die die Frau auf dem Bild kennt. Aber Louanne wird es dir vielleicht nicht sagen. Nicht gleich.

Sinnlos, Miller vorzeitig aufzuregen. Vorzeitige Aufregung kann bei Bullen ein Problem sein. Wenn sie ihre Waffen ziehen, könnten sie vielleicht zu früh feuern.

Außerdem erschien es mir stilvoller, den Bombenleger von der Ohio Street selbst der Polizei zu überstellen. Dieser Gedanke gefiel mir nach all dem Druck, den ich ausgehalten hatte, sehr. Miller mochte seinen Ehrgeiz haben, aber ich hatte meinen Stolz.

Und dann war da auch noch das Werbepotential zu bedenken: Albert Samson, die Geißel des Terrorismus von Indianapolis. Was Frank daraus alles machen konnte!

Law In Action belegte ein Ladenlokal nahe der Ecke Tacoma Avenue. Die Fenster waren in Augenhöhe mit Postern beklebt, auf denen die Kanzlei ihre Dienste beschrieb.

Ich las sie nicht. Ich ging gleich rein.

Direkt hinter der Tür stand ein Schreibtisch. Die Frau dahinter sortierte einen Stapel Papiere.

Mein Blick wurde von ihren Händen geradezu magisch angezogen. Auf den Handrücken hatte sie große, pigmentlose Bereiche, vielleicht Narbengewebe. Das Ergebnis waren weiße Flecken auf ansonsten dunkelbrauner Haut.

Ich sah sie an.

Nach einigen Sekunden blickte sie auf. Sie ließ die Hände sinken und sagte: »Kann ich etwas für Sie tun?«

Sie war es.

Sie.

Die Frau auf dem Bild.

»Ich... ich... ich...«

Sie stand auf. Sie schob den Stuhl mit den Waden weg.

Dann ging sie um den Schreibtisch herum, ohne abermals ihre Hände zu zeigen.

Ich bekam keine Luft mehr. Ich suchte nach einer Stütze. Ich fand Plastikstühle direkt hinter der Tür. Ich setzte mich.

Sie blieb vor mir stehen.

Als sie näher kam, wandte ich den Blick ab. Ich rang nach Luft, nach Beherrschung.

Die Frau nahm mir Bobby Lees Zeichnung ab.

Als ich sie wieder ansah, starrte sie das Bild an.

Obwohl ich aus einem anderen Teil des Raumes eine Stimme hörte, nahm ich nicht wahr, was sie sagte.

Aber die Bildfrau sagte: »Es ist schon in Ordnung, Louie. Dieser Mann und ich haben eine kleine persönliche Angelegenheit zu besprechen. Wir werden das Sprechzimmer benutzen. Nimm du mein Telefon, okay?«

Sie beugte sich vor und nahm meine Hand. »Hier lang«, sagte sie.

56

Das Sprechzimmer hatte weder Fenster noch Frischluft, war aber schalldicht. Selbst die Tür war mit Akustikkacheln verkleidet.

Die Möblierung beschränkte sich auf einen Couchtisch und vier vinylgepolsterte Stühle. Auf dem Tisch stand ein Ventilator, den Bildfrau, nachdem sie die Tür geschlossen hatte, anstellte.

Der kurze Gang hatte meinen Kopf ein wenig freier gemacht.

Aber die Wirkung dieser Frau auf mich hielt immer noch an. Etwas Körperliches, womit ich nicht fertig wurde. Und das war ganz falsch. Ich sollte schließlich derjenige sein, der hier die Sache in die Hand nahm. Sie hatte die Bombe gestohlen, und ich hatte sie aufgespürt. Ich sollte auf einem Ehrenplatz sitzen und den Jubel, die Blumen und die Frauen in Empfang nehmen.

In Wirklichkeit hatte ich alle Mühe, genug Luft für ein paar Worte in meine Lungen zu pumpen.

Wir standen an dem Couchtisch.

Sie hielt Bobby Lees Zeichnung hoch. »Das ist ein tolles Kleid, nicht wahr? Ich liebe es.«

Ich war auf ein »ja« aus, bekam es aber nicht schnell genug heraus, weil sie das Bild auf den Tisch fallen ließ und sagte: »Wie sind Sie von dem Bild da auf mich gekommen? Waren es die Handschuhe?«

Sie ließ sich auf einen der Stühle nieder.

Ich nahm vorsichtig ihr gegenüber Platz. Ich setzte mich auf die Stuhlkante. Ich versuchte, mich wieder unter Kontrolle zu bekommen.

Aber für den Augenblick konnte ich an nichts anderes denken als an die Wärme ihrer Berührung, als sie mich in den Raum geführt hatte.

Ich sagte nichts.

Sie hielt beide Hände hoch, so daß ich die Flecken darauf deutlich sehen konnte. »Es ist eine Krankheit namens Vitiligo«, sagte sie. »Mir ist es eigentlich nicht peinlich, aber manche Leute stört es. Sie glauben, sie könnten sich anstekken. Wenn ich ausgehe und keine Lust habe, etwas zu erklären, trage ich also Handschuhe.« Sie ließ die Hände wieder sinken. »He, werden Sie denn nie was sagen? Müssen Sie mir nicht wenigstens meine Rechte vorlesen?«

»Ich bin kein Bulle«, sagte ich.

»Ach nein? Wirklich nicht?«

»Nein.«

»Oh, danke, lieber Gott!« Sie ließ sich auf die Knie sinken und stützte sich wie zum Gebet auf den Tisch. »Ich glaube, daß ich im Gefängnis ganz gut zurechtgekommen wäre, aber mein Gott, ich bin wirklich dankbar, daß ich es nicht beweisen muß.«

»Ich an Ihrer Stelle würde nicht sofort anfangen zu feiern«, sagte ich.

Sie hörte auf zu feiern.

Sie musterte mich. Dann sagte sie: »Also, ich frage mich, ob ich nicht vielleicht voreilige Schlüsse gezogen habe. Also schön, Sie haben ein Bild von mir in einem Kleid. Na und?«

Ich wartete darauf, daß sie sich wieder von den Knien erhob, aber sie tat es nicht.

Ich sah ihre Finger an, die einander berührten. Plötzlich stellte ich mir vor, wie sie mich berührten, über meine Haut strichen. Sie waren wunderschön.

Ich zwang mich, daran zu denken, warum ich hier war.

Ich sagte: »Sie haben eine Bombe der Scum Front aus dem Kasten des Feuerwehrschlauchs im sechsten Stock der Handelsbank gestohlen.«

»Oh, wow!« sagte sie.

Ich nickte.

Ihre Augen wurden größer, als wolle sie mich vollständig in sich aufnehmen.

Ich sagte nichts. Bewegte mich nicht.

»Oh, wow«, wiederholte sie.

Dann lachte sie.

Ich wußte nicht, warum.

Sie sagte: »Ich bin ihr einfach nur aus Spaß gefolgt. Hätte nie gedacht, daß sie wirklich die Scum Front war. Ich meine, man nimmt doch allgemein an, daß so was nur verrückte, ausländische *Männer* tun, stimmt's? Aber Cecil hat Louanne von Mrs. Morgason und diesen anderen Frauen erzählt. Sie hätten Claude Williams kofferweise Zeug abgekauft. Hm, Claude verkauft Waffen, und nach einer Weile begann es bei mir zu ticken: ›Was wäre, wenn...‹ Also bin ich ihr ein paarmal gefolgt, nur um herauszufinden, ob es möglich wäre.«

»Und«, sagte ich, »das war es auch.«

»Als ich die Bombe tatsächlich fand, konnte ich es nicht glauben!«

Sie klatschte in die Hände. »Und dann dachte ich, Mann, ich könnte diese Bombe nehmen und sie hinlegen, wo immer ich wollte. Irgendwohin, wo sie etwas ausrichten könnte. Also tat ich es! Ich nahm sie! Es war das Aufregendste, was ich je erlebt habe.«

Sie hielt inne.

Ich wartete.

Sie sagte: »Sie haben unheimlich hübsche Augen, wissen Sie das? Ganz leuchtend.«

»Was?«

»Ich hatte vorher selbst nie irgendwelche Macht. Und dann hatte ich ganz plötzlich eine Bombe. Eine Wahnsinnssache.«

»Wie haben Sie dann beschlossen, wo Sie sie benutzen wollten?« fragte ich.

»Indem ich sie mit mir herumtrug«, sagte sie unbefangen. »Um festzustellen, wo sie sich gut anfühlte.«

»Sie sind mit einer Bombe durch die Stadt gelaufen?«

»Es hat Spaß gemacht zu denken, wie verrückt sich die Leute gebärden würden, wenn sie davon wüßten.« Sie legte den Kopf auf den Tisch. »Das ist die Art und Weise, wie ich arbeite«, sagte sie träge. »Ich muß die Dinge ausprobieren, bevor ich weiß, wie sie sich anfühlen. Nur fühlte sich eben kein Ort, an den ich die Bombe mitnahm, richtig an.«

»Aber Sie hatten immer die Absicht, sie zu zünden?«

Sie setzte sich auf. »O ja. Ich weiß, Sie sehen das bestimmt anders, aber ich kann mich nicht über schmutziges Wasser aufregen, solange es obdachlose Menschen gibt, die auf Abluftgittern schlafen, um sich warm zu halten. Und es tut mir leid, ich sehe einfach keinen Sinn darin, eine Bombe in einer Bank liegenzulassen und keinen Knall zu fabrizieren.«

Diese Worte aus ihrem Mund erstickten eine Regung, die ich an dieser Stelle verspürte, im Keim.

»Dann dachte ich endlich an den perfekten Ort.«

»Ach?«

»Was ist Indianapolis? Was ist das Symbol der Stadt? Das Fünfhundert-Meilen-Rennen, stimmt's? Also dachte ich, wozu die Eile? Ich warte besser bis zum Abend vor dem Rennen und sprenge einen Teil der Strecke in die Luft. Und das fühlte sich dann endlich richtig an.«

»Also«, sagte ich, »warum haben Sie Ihre Meinung geändert?«

Sie wirkte überrascht. »Hab ich doch gar nicht.«

»Na kommen Sie schon, Lady. Gestern abend wurde ein Gebäude auf der Ohio Street in die Luft gesprengt, und es wurde jemand dabei verletzt.«

»Ja«, sagte sie. »Das hab ich gehört.« Und dann: »Ach, Sie glauben doch nicht, daß ich das war, oder?«

»Wer sonst?«

»Also, *ich* würde niemanden verletzen. Keine Menschen.«

»Aber...«

Sie sagte: »Meine Bombe liegt in meinem Schreibtisch.«

»Was?«

»Oder ich sollte wohl eher ›Ihre‹ Bombe sagen. Deswegen sind Sie doch hier, nicht wahr? Sie gehören zur Scum Front und sind gekommen, um Ihre Bombe zurückzuholen. Stimmt's?«

57

Ich verließ *Law In Action* mit einer Bombe in einer Plastikeinkaufstüte.

Ich zitterte beim Gehen.

Ich trug die Tüte zur Beifahrerseite meines Wagens und stellte sie vor den Sitz. Ich ging um den Wagen herum zur Fahrerseite. Ich stützte mich auf der Motorhaube ab. Ich glitt hinters Steuerrad und steckte den Schlüssel in die Zündung.

Dann versuchte ich mir zu überlegen, was zum Teufel ich tun sollte. Das einzige, was ich wußte, war, daß ich nicht in der Verfassung war, irgend etwas zu tun.

Mir wurde klar, daß Bobby Lees Zeichnung immer noch

im Büro von *Law in Action* lag. Aber ich ging nicht zurück, um sie mir zu holen.

Die Frau dort drinnen machte mir angst. Sie tat die Dinge einzig, weil ihr danach zumute war. Wie von einem fremden Planeten, dachte ich, aber in ihrer Gegenwart stand mein Körper in Gefahr, ebenfalls ein Außerirdischer zu werden.

Ich schüttelte mich. Mein Rückgrat kribbelte beharrlich. Es war gefährlich, das Fenster der Kanzlei auch nur anzusehen.

Ich machte mich daran, den Wagen anzulassen. Aber das löste eine jähe Woge der Angst aus: Würde das Anlassen des Wagens die Bombe zünden? Ich sah nicht ein, warum das passieren sollte. Aber die Vernunft hatte nicht ihre übliche Wirkung.

Ich schlang die Arme um das Steuerrad und bettete meinen außerirdischen Kopf darauf. Ich wollte nicht sein, wo ich war, aber die Anstrengung, anderswohin zu fahren, war zu groß.

Mein Gehirn befand sich mitten in einem neurologischen Ölwechsel. Das ganze ausgelutschte, klebrige Zeug war rausgelaufen, aber noch nichts Neues an seine Stelle getreten. Offensichtlich mußte ich warten, bevor ich wieder anfing zu denken.

Also ruhte ich mich aus.

Ich lachte mich aus, weil ich meinen Wagen als Zufluchtsort benutzte. Das Symbol des Amerika des zwanzigsten Jahrhunderts, das Auto.

Aber jeder muß mal fliehen, was war also das Problem dabei? Probleme sind ganz allgemein mein Problem. Alles ist ein Problem. Sogar die elementaren Dinge. Ein Platz zum Leben.

Wie kann es so schwer sein, ein ruhiges Leben zu führen? Eins, in dem die Frage, was ich als nächstes tun soll, mir nicht immer auf den Nägeln brennt. Es muß doch möglich sein, ein Leben ohne Gefahr zu führen. Das war es, was die letzten paar Tage wesentlich bestimmt hatte. *Gefahr.* Bombenleger und Gefängniswärter und... gefährliche Frauen.

Mom, die schießen lernte.

Die einzigen Gefahren im Leben eines Menschen sollten sein... betrunkene Autofahrer und Krebs und Atombomben und AIDS von Bluttransfusionen. Wer braucht schon den Rest?

Vielleicht sollte ich einfach diese ganze lächerliche Detektivgeschichte aufgeben. Es mußte doch irgendeine Art von Job für mich geben. Einen Job mit einem Chef. Einem netten, mittelmäßigen Chef, der mir sagte, was ich tun sollte und wann. Einen Job, der zu einer festgesetzten Tageszeit aufhört. Einen Job mit Geld. Ganz egal, wieviel. Oder eher wie wenig. Aber zumindest würde ich auf diese Weise wissen, wo ich bin.

Ich würde vielleicht bezüglich der Frage, wer ich war, eine Kleinigkeit verlieren, aber was wäre daran so schlimm? Und bin ich denn so verdammt zufrieden mit dem, was ich bin? Warum habe ich es nie ernsthaft in Erwägung gezogen, mir einen Job zu suchen?

Warum denke ich nicht über die Dinge nach, über die ich nie nachdenke? Was für eine Art Spinner bin ich? Meine Detektivspielerei läuft nicht gut, also was mache ich? Ich kremple mein Leben von oben bis unten um und versuche, noch mehr davon zu kriegen! Ich trete in die Jetzt-aber-vorwärts-Phase ein. Wonach drängt es mich denn? Hör auf, du Trottel! Hör auf! Sei normal. Denk an normale Dinge.

Wie lange ist es her, seit du deine Tochter gesehen hast? Jahre! Du wartest darauf, daß sie das Leben kapiert? Welchen Sinn hat das? Geh zu ihr. Schwing dich in ein Flugzeug. Sie ist dein einziges leibliches Kind, um Himmels willen. Sei normal. Besuche dein Kind.

Und was ist mit deinem eigenen Leben? Deinem Erwachsenenleben. Mit deiner erwachsenen Frau. Redest du von Heirat? Nein. Das ist tabu. Nun, vielleicht sollte Heirat auch ein Tabu sein. Aber wie wär's mit einer gemeinsamen Wohnung?

Du kommst über die Runden. Wie oft, verdammt noch mal, kommt es in deinem Leben vor? Natürlich hatte sie dir nicht direkt einen Schrank freigeräumt. Aber du könntest ja mal fragen. Warum tust du's nicht? Warum hast du's nicht getan? Nur weil sie wahrscheinlich nein sagen wird? Was für ein Grund ist das?

O Samson, du bist einer von denen, die immer mit der Nase am Fenster leben. Das Leben ansehen ja, aber anfassen – nein. Schau durchs Fenster, und sieh dir den Puppentanz an. Schritt, gleiten, Schritt. Oder wie wär's mit Steptanz? Step, step, schlurf und step. Ha, zu komisch. Als nächstes nimmst du noch Steptanzunterricht. Steptanz, ha, ha. *Step, step, step – tep, tep, tep…*

»He. He. Mister?«

»Was?«

Tep, tep, tep.

»Na los. He, Sie!«

Ich stemmte mich vom Steuerrad hoch.

Tap, tap, tap. »He, Sie! Alles in Ordnung mit Ihnen?«

Das Fenster neben mir war lebendig. Ein Polizist drückte sich die Nase platt und klopfte mit dem Knöchel dagegen.

Ich rieb mir das Gesicht.

»He, Sie. Alles in Ordnung? Kurbeln Sie mal das Fenster runter. Na los!«

Ich kurbelte das Fenster runter.

»Alles in Ordnung mit Ihnen?« Er war um die Vierzig, ein Streifenpolizist. »Ich habe Sie über dem Steuerrad liegen sehen. Ich dachte, Sie hätten vielleicht Schwierigkeiten.«

»Nein. Ich bin in Ordnung.«

»Leute, die in ihrem Auto ein Nickerchen machen, legen sich normalerweise hin.«

»Ich hatte nicht genug Energie, um umzukippen«, sagte ich.

»Wissen Sie, daß Sie da hinten einen Platten haben?«

»Was?«

»Der Reifen.« Er zeigte nach hinten. »Er ist ziemlich schlapp, fast platt. Muß repariert oder ausgewechselt werden.«

»Ah, ja«, sagte ich. »Ich erinnere mich. Ich werd's erledigen.«

»In Ordnung«, sagte er. Und ging weg.

Ich ließ meinen Wagen an.

Und das erinnerte mich von neuem an die Bombe.

Ich sah sie an; sie lag auf dem Fußboden neben mir.

Ich sah den Bullen an, der die Autotür schloß und seinen Wagen ein paar Meter weiter rollen ließ, um auf eine Lücke im Verkehr zu warten. Er winkte mir zu.

Freundlicher Bursche. Zweifellos ein Mann, mit dem ich trinken, mit dem ich ein paar Geschichten austauschen könnte.

Ich konnte es kaum erwarten, daß er endlich verschwand.

Ich winkte zurück.

Angenommen, der freundliche Bulle hätte die Tüte vor dem Sitz bemerkt und wissen wollen, was darin ist. Angenommen, er hätte drauf bestanden.

Es wäre alles vorbei gewesen.

Er hätte mich in die Stadt gebracht. Man hätte mich vor der Presse zur Schau gestellt. In den tiefsten Kerker gesperrt, den man gefunden hätte. Man hätte mich so scharf befragt, daß ich darum gebeten hätte, daß man das Verhör auf den dritten Grad zurückstufen möge. Die einzige Art Anwalt, mit der sie mich sprechen lassen würden, wäre ein blinder Taubstummer, der nichts außer Tzotzil sprach.

Was sprach?

Genau das.

Ich hätte die ganze Sache auszubaden gehabt.

Der Gedanke war lächerlich. Ich war zu jung, um lebenslänglich eingesperrt zu werden. Ich war zu alt, um lebenslänglich eingesperrt zu werden.

Ich fuhr nach Hause. Um aufzuräumen und meine Gedanken zu ordnen. Dann würde ich die Bombe zu Miller bringen.

58

An der ersten Tankstelle auf dem Weg wechselte ich den platten Reifen.

Auf dem Weg nach Hause überschritt ich das Tempolimit nicht mal um eine Meile die Stunde. Ich bremste, wann immer ich eine gelbe Ampel sah. Ich forderte die Busse auf, sich vor mir einzufädeln. Ich hielt vor jedem Stoppschild und schob mich dann millimeterweise bis zur Ecke vor, um auf den Querverkehr zu achten.

Als ich die Virginia Avenue erreichte, parkte ich nicht gegenüber dem Büro. Statt dessen drehte ich und ließ den Wagen ein Stück weiter unten stehen, vor Peppys Grill. Peppy ist Moms größte Konkurrenz. Sein Imbiß ist weiter vom Fountain Square entfernt, aber man kriegt dort kaltes Bier zum Mitnehmen.

Ich schloß die... Tüte im Kofferraum ein.

Aber ich ging in die Imbißstube statt rauf in mein Büro. Es ging hart auf halb zwei. Nach ein paar Gängen Kotzen war ich dem Hungertod nahe.

Außerdem tritt man Polizisten besser mit einem hohen Blutzuckerspiegel entgegen.

Ich trat durch die Tür und fand Quentin Quayle an einem Flipper beschäftigt.

»O Jesus H. Donut«, sagte ich.

Hinter der Theke sagte Norman: »Senf oder Soße dazu?«

Poet gewann ein Freispiel. Ich hörte ihn sagen: »Ah, vorzüglich.«

Ich trat an die Theke. »Wo ist meine Mutter?« fragte ich Norman.

»Sie ist zu ihrem Anwalt gegangen. Ich habe noch ein Hühnersteak.«

»Was will sie da?«

»Macht ihr Testament.«

»Ach ja?«

»Jeder sollte ein Testament machen. Erspart einem später alle möglichen Schwierigkeiten.«

»Und Sie haben auch schon eins gemacht?« fragte ich.

Neben mir sagte ein birnengesichtiger Mann mit einem schweißbefleckten Cowboyhut: »Hem.«

Norman sagte zu mir: »Während Sie sich die Speisekarte ansehen, werde ich mich um diesen zahlenden Kunden kümmern.«

Die Speisekarte ansehen! Ich hatte sie verdammt noch mal gemalt und an die Wand gehängt.

Quayle gewann noch ein Freispiel.

Die Cowboyhut-Birne bestellte das Steak.

Ich erwog einen theatralischen Abgang, um bei Peppy zu essen.

Aber dort zu essen konnte riskant sein. Aus verläßlicher Quelle wußte ich, daß sich manchmal Bomben im Kofferraum von Autos befinden, die draußen vor Peppys Laden parkten.

Ich beugte mich über die Theke und kicherte vor mich hin. Ich war weiterhin bester Laune, als ich hinter die Theke ging, um mir eine Tasse Kaffee einzuschenken.

Ich lachte, als ich den Kaffee zum Flipper trug. Ich verschüttete etwas auf die Untertasse. Ich fürchtete schon, mich in einen regelrechten Lachanfall hineinzusteigern.

»Au backe«, sagte ich. »Au backe.«

Ich stellte meinen Kaffee auf den Tisch, der Quayles Aktivitäten am nächsten war, und fragte: »Was zum Teufel tun Sie hier, Poet?«

»Momentchen«, entgegnete Quayle. »Ich gewinne gerade lauter Freispiele!«

Ich ging zurück zur Theke. Als ich an Norman vorbeikam, sagte ich: »Ein Hamburger, ohne Mayo, auf Roggenbrot und eine Schale Chili.« Er ließ nicht durchblicken, daß er mich gehört hatte.

Ich ging zu der Tür, die ins Haus führt. Dort legte ich einige elektrische Schalter um, wartete einen Augenblick und legte sie wieder zurück.

Ich kehrte zu dem Tisch zurück, auf dem meine Tasse stand, und setzte mich.

Quentin Quayle fluchte herum und schlug den Flipper.

»Probleme?« fragte ich.

»Das verdammte Ding ging plötzlich aus.«

»Sie müssen es angehoben haben.«

»Quatsch!«

»Sind alle Lichter ausgegangen und dann wieder an?«

»Ja.«

»Angehoben«, sagte ich. »Gibt gar keine andere Möglichkeit. Kommen Sie mal ’n Augenblick her, Poet. Setzen Sie sich.«

Er kam und setzte sich.

Ich rückte meinen Stuhl näher an seinen. Ich bedeutete ihm, mir zuzuhören. Dann sagte ich in einem lauten Flüsterton: »Was, verflucht noch mal, tun Sie hier?«

Aber wie er es so oft tat, antwortete er mit einer Gegenfrage.

»Ich habe Sie gar nicht vorfahren sehen.« Er blickte aus dem Fenster. »Wo ist Ihr Wagen?«

»Poet, beantworten Sie meine Frage, oder Sie sind ein toter Mann.«

Er lehnte sich zurück, hob die Augenbrauen und atmete tief ein. »Tja, Albert, alter Knabe, es ist mir schrecklich, Ihnen das anzutun, aber ich ziehe Sie von dem Fall ab.«

»Von welchem Fall?«

»Von der Überwachung Charlottes. Nichts für ungut, hoffe ich, aber ich will mein Geld zurück.«

»Welches Geld?«

»Ich habe Ihnen tausend Dollar gegeben. Es muß noch was übrig sein.«

Ich dachte nach. Wahrscheinlich war es das. Ich sagte: »Okay. Bei Gelegenheit werde ich Ihnen die Rechnung schreiben und Ihnen das Wechselgeld zurückgeben.«

»Ich hätte es gern gleich.«

»Tja, Sie können es nicht gleich haben.«

»Warum nicht?«

»Weil«, sagte ich mit britischem Understatement, »ich wichtigere Dinge zu tun habe, als mich um Ihre Rechnung zu kümmern.«

Er schmollte kurz.

»Außerdem«, sagte ich, »warum wollen Sie plötzlich nicht mehr, daß jemand Charlotte Vivien folgt? Heiratet sie jemand anderen?«

»Sie hat sich gestern abend mit einem Mann getroffen«, antwortete Quayle mit gesenkter Stimme. »Wir sind ihr in diese unglaublich schmutzige Bar gefolgt, und da hat sie jemanden getroffen.«

»Ach ja?«

»Häßlich«, sagte Quayle. »Und alt.«

Ich blickte überrascht auf.

»Ich habe ihn natürlich nicht selbst gesehen, aber Bobby Lee hat mir den Burschen beschrieben.«

»Oh«, sagte ich.

»Und er war obendrein noch schmutzig, dieser häßliche alte Mann.«

»Schwer vorstellbar, daß Mrs. Vivien sich für so jemanden interessieren soll.«

»Ich konnte es selbst auch kaum glauben. Sie schien immer so penibel zu sein.«

»Ja«, sagte ich.

»Sie ist eine wunderbare Frau«, sagte Quayle.

»Das sagen Sie ständig.«

»Nicht Charlotte.«

»Was?«

»Bobby Lee«, sagte er. Und er seufzte.

Ich konnte ihn nur anstarren.

»Sie ist so... so tüchtig und selbstsicher. Natürlich hat sie keine höhere Erziehung genossen. Ihr System hier ist so ungerecht gegenüber Leuten ohne finanzielle Mittel. Aber sie ist von Haus aus intelligent und verfügt über eine erdhafte Wahrnehmung, wie man das bei Kulturhyänen wie Charlotte nie finden würde.«

Ich nippte an meinem Kaffee.

»Und es ist unglaublich, wie sie die Kleinen unterstützt – Bill, Nora und Glenn.«

»Wen?«

»Die behinderten Drillinge. Und jetzt auch noch ihre

schwachsinnige Mutter. Bobbys Lebensgeschichte ist die Quintessenz des attraktiven Gesichts des Feminismus. Sie ist so draufgängerisch und schnell und stark.«

»Und phantasievoll.«

»Und sie hat natürlich einen wunderbaren Körper und diese wunderschönen schokoladenbraunen Augen.«

»Hat sie?«

»O ja«, sagte er. »Ich bin ein Poet. Ich bemerke solche Dinge.«

»Klingt, als hätten Sie sich wieder mal verliebt, Poet.«

»Albert«, sagte er, »das stimmt.«

»Und glauben Sie, die Dame erwidert Ihre Gefühle?«

»Ich glaube«, sagte er und sah mir direkt in die Augen, »daß sie mich nicht mehr für ganz so bescheuert hält wie am Anfang.«

War das Selbsterkenntnis? Ausnahmsweise war ich mal beeindruckt.

»Hm«, sagte ich. »Na, dann viel Glück.«

Norman kam mit meinem Hamburger und dem Chili. Er sagte: »Ist das beides für Sie, Albie, oder kriegt Ihr Freund auch was?«

Ich erhob mich und sagte: »Norman Tubbs. Quentin Quayle. Ihr zwei solltet euch kennenlernen. Ich glaube, ihr habt viel gemeinsam.«

Der Poet sagte: »Guten Tag.«

Norman sagte: »Sie sind nicht zufällig mit S. Quentin Quail von der Bonafide Oil Company verwandt?«

»Mögen Sie die Marx Brothers?« fragte der Poet.

»Absolut.«

»Ich auch.«

»Moment mal«, sagte ich. »Würde mir wohl jemand mal erklären, was hier läuft?«

Abschätzig sagte Norman: »S. Quentin Quail ist die Rolle, die Groucho in *Go West* gespielt hat.« An Poet gewandt, meinte er dann: »Warum kommen Sie nicht rüber an die Theke. Albie ist wahrscheinlich fast soweit, sich das Essen selber schneiden zu können.«

Und ohne ein weiteres Wort ließen sie mich sitzen – wie vom Donner gerührt und mit offenem Mund.

59

Nach dem Essen machte ich einen unbemerkten Abgang durchs Haus in mein Büro. Die neugefundenen verwandten Seelen hätten sich wahrscheinlich ohnehin nicht darum geschert, aber ich wollte keine Risiken eingehen.

Obwohl ich den Luxus eines vollen Magens genoß, war ich doch nervös, als ich die Tür zu meiner Wohnung aufschloß. Ich ließ sie weit aufschwingen, bevor ich ins Schlafzimmer trat. Aber es war niemand da, und es gab auch keine offensichtlichen Anzeichen für einen noch nicht lange zurückliegenden Besuch.

Ich kam mir töricht vor, aber ich hatte schließlich auch ein paar höllische Tage hinter mir. Nichts schien mich mehr wirklich überraschen zu können außer einem Mangel an Überraschungen. Die Bemerkung war nicht sinnvoll genug, um poetisch zu sein. Daher stufte ich sie als philosophisch ein.

Es war nicht mal Post da. Es waren jedoch Nachrichten

auf meinem Anrufbeantworter. Aber bevor ich sie mir anhörte, duschte ich, zog mir frische Kleider an, wurde ein neuer Mensch und brachte es fertig, mehrere Sekunden hintereinander nicht an Bombenleger zu denken.

Es gab insgesamt fünf Nachrichten.

Die erste Nachricht des Tages kam von Bobby Lee. Sie bat mich, anzurufen und ihrem Anrufbeantworter zu sagen, er solle sie wecken.

Die nächsten drei Nachrichten kamen unglaublicherweise von potentiellen neuen Klienten.

Zu guter Letzt sprach Frank in drängendem Tonfall von der Notwendigkeit weiterer achthundert Dollar.

Nichts auf dem Anrufbeantworter war wichtiger als mein Besuch bei Miller. Trotzdem zögerte ich. Mir stand noch nicht klar vor Augen, was ich zu Miller sagen wollte.

Ich entdeckte, daß ich meiner Meinung nach nicht ausgerechnet jetzt zur Polizei eilen sollte. Und der Grund für den Aufschub war das Bild meines kleinen Freundes Krank.

Es gab weder in philosophischer noch in poetischer Hinsicht eine Rechtfertigung für das, was Kathryn Morgason getan hatte. Aber in einer Welt, die so barbarisch und grausam war wie diese, wo das Leiden, das anderen aus persönlicher Gewinnsucht zugefügt wird, unermeßlich ist, fand ich nicht, daß Kathryn Morgason genug getan hatte, um zu verdienen, daß man den Schlüssel wegwarf.

Jetzt war ich also plötzlich Richter Samson?

Na ja, warum nicht? Richter Samson war mindestens genauso ›weise‹ wie alle anderen Richter auch.

Aber ich zögerte auch noch aus einem anderen Grund,

mich bei Miller auszuweinen – ich fand, daß ich nicht genug von dem verstand, was passiert war und warum.

Und welcher verantwortungsbewußte Richter würde eine Entscheidung treffen, ohne alle Tatsachen zu kennen?

Andererseits lag da eine Bombe in meinem Wagen.

Ich mache mir das Leben nicht leicht.

Ich saß eine Weile an meinem Schreibtisch. Ich versuchte, eine Liste in Angriff zu nehmen. Dinge, die ich tun konnte. Alternativen. Aber es dauerte nicht lange, bis ich anfing, Strichmännchen zu malen. Aus wellenförmigen Linien wurden Hände. Die Hände faßten nach Punkten. Die Punkte begannen sich zu erotischen Formen zu verbinden.

Dann klingelte das Telefon.

Im Augenblick, als ich den Hörer abnahm, wurde mir klar, daß ich das nicht hätte tun sollen. Es konnte Miller sein. Es sollte Miller sein.

Ich sagte: »Sie haben die Nummer von Albert Samsons Detektivbüro gewählt. Mr. Samson kann im Augenblick nicht an den Apparat kommen, aber wenn Sie Ihren Namen hinterlassen und Ihre Tel...«

»Verdammte Scheiße«, sagte Bobby Lee.

»Ah.«

»Ich wollte Sie wissen lassen, daß ich wach bin und in den Startlöchern stehe, um zu Ihnen rüberzukommen, falls Sie sich auch nur im geringsten für einen ziemlich ungewöhnlichen Beschattungsbericht interessieren. Aber, Mannomann, Mr. Samson, Sir, wenn Sie heutzutage zu wichtig sind, um sich Berichte...«

»Tut mir leid«, sagte ich. »Ich hatte Angst, Sie wären die Polizei.«

Nach einer Pause sagte sie: »Ich dachte nicht, daß Sie diese Art von Agentur betreiben.«

»Tu ich auch nicht«, sagte ich. »Es ist eine komplizierte Geschichte. Aber kommen Sie doch bitte ins Büro.«

»Ich will nichts mit der Polizei zu schaffen haben. Das kostet mich einfach zu viel Zeit.«

»Werden Sie auch nicht. Um genau zu sein«, improvisierte ich, »habe ich noch mehr Arbeit für Sie.« Ich sah mir die Liste mit Klientenanrufen auf meinem Notizblock an. Nun, warum nicht? »Eine Menge mehr Arbeit.«

Sie dachte darüber nach.

»Aber passen Sie auf, wenn Sie herkommen. Quentin Quayle ist unten.«

»Wissen Sie was, Albert«, sagte sie, »dieser Bursche ist nicht ganz so bescheuert, wie Sie glauben.«

Bobby Lee Leonard sah müde aus. »Spät geworden gestern abend?« fragte ich.

»Wenn Sie Quentin gesehen haben, wissen Sie verdammt gut, daß es so war«, sagte sie.

»Wir haben nicht drüber geredet.«

Sie lächelte. »Hat er nicht einfach eine süße Art, sich auszudrücken?«

»Ich habe mehr Probleme mit dem, was er sagt.«

»Also, wollen Sie diesen Bericht oder nicht?«

»Ich will.«

Sie nahm ein Notizbuch aus ihrer Handtasche. »Auf dem Papier ist es nur eine Liste von Wo und Wann. Ich hatte noch keine Zeit, es schön zurechtzumachen, damit der Klient denkt, er hätte sein Geld gut angelegt.«

»Das denkt er jetzt schon.«

»Also, verbal reicht?«

»Und einfach. Ich möchte nur wissen, was passiert ist.«

»Also, diese Vivien ging am frühen Abend und fuhr ins Zentrum. Unterwegs hielt sie an einer Telefonzelle an und telefonierte.«

»Okay.«

»Dann ist sie zu einer kleinen Bar in der Nähe von Washington Ost gefahren und hat sich mit diesem Mann getroffen.«

»Jaa. Ich habe von der schäbigen Bar und dem häßlichen, schmutzigen alten Mann mit Mundgeruch, Schuppen und einer Klappe überm Auge gehört.«

»Ich muß wohl vergessen haben zu erwähnen, daß er keine Unterwäsche anhatte und ihm eins von seinen Eiern fehlte.«

»Ja, ja.«

»Aber ich verstehe nicht, warum Sie mich engagieren, jemandem zu folgen, und mir nicht erzählen, daß Sie sich selber mit ihr treffen würden.«

»Ich hab's nicht gewußt.«

»Nein?«

»Quentin hat gesagt, das Kleid auf dem Bild, das Sie gezeichnet haben, gehöre Mrs. Vivien. Als Sie weg waren, habe ich sie daher angerufen, und sie war einverstanden, sich mit mir zu treffen.«

»Sie waren also wegen eines ganz anderen Falls dort? Dieses Bild-Falls?«

»So ist es. Also, wo ist Mrs. Vivien hingegangen, nachdem sie die Bar verlassen hatte?«

»Sie hat an einer anderen Telefonzelle angehalten, und diesmal hat sie zwei Anrufe getätigt, nicht nur einen.«

»Welche Nummern hat sie angerufen?«

»Träumen Sie weiter«, sagte Bobby Lee.

»Und dann?«

»Dann«, sagte sie, »ist sie zu einem Motel auf der Washington Street gefahren.«

»Zu einem Motel?«

»Direkt gegenüber der 465. Sie ist zum Empfang gegangen und war ein paar Minuten da, dann kam sie mit ein paar Schlüsseln raus.«

»Quentin muß einen Schlaganfall bekommen haben.«

»Er hat nichts gesagt.«

»Und als Mrs. Vivien dann ihre Schlüssel hatte?«

»Ist sie weggefahren. Und zwar zu einem Einkaufszentrum, wo sie sich wieder eine Telefonzelle gesucht hat und zwei weitere Anrufe tätigte.«

»Hm, hm.«

»Und dann ist sie in einen Supermarkt gegangen.«

»Moment mal.«

»Und hat eine Tüte Lebensmittel gekauft, und gegen zehn Uhr ist sie dann zurück zum Motel gefahren und in ein Zimmer gegangen.«

»Allein?«

»In dem Raum war es dunkel, als sie reinging. Das Licht ging erst an, als sie die Tür hinter sich zumachte.«

»Okay.«

»Wir haben an einer Stelle geparkt, wo wir ziemlich gut sehen konnten, aber nichts passierte. Als sie eine Weile auf dem Zimmer war, ging ich zum Empfang und habe mit der

Angestellten dort gesprochen. Es wird Sie was kosten, aber ich habe rausgefunden, daß Mrs. Vivien drei Zimmer nebeneinander gebucht hatte. Und sie selbst war in das mittlere davon gegangen.«

»Mmm.«

»Dann kamen jede Menge Leute. Zuerst eine Frau in einem BMW. Dann zwei weitere in einem Ford.«

»Frauen?«

»Ja. Alles Weiße. Die erste war vielleicht einsfünfzig groß, und sie bewegte sich irgendwie gut, verstehen Sie? Athletisch. Irgendwo über dreißig, würde ich schätzen, aber ich konnte sie mir nicht genauer ansehen. Sie trug eine lange Jacke und einen Schal. Von den beiden anderen war eine älter und die andere jünger. Beide ungefähr einssechzig oder einsfünfundsechzig. Sie hatten auch lange Jacken an und Schals. Die beiden, die zusammen gekommen waren, hatten ein paar Koffer dabei.«

Ich saß einfach nur da.

»Sagt Ihnen das alles was?«

»Ich kann's nicht recht glauben, aber das tut es.«

»Darf ich fragen, was?«

Ich sagte nichts.

»Hab ich mir gedacht«, sagte sie. »Das ist einer der Gründe, warum ich Zeit für Quentin habe. Er sagt es vielleicht nicht ausdrücklich, aber man weiß bei ihm immer, wo man dran ist.«

Ich zuckte mit den Schultern.

»Ist irgendwas nicht in Ordnung?«

Ich sagte: »Haben Sie sich die Kennzeichen notiert?«

»Natürlich.«

»Haben Sie sie zu den Besitzern zurückverfolgt?«

Sie grinste. Ihre Zunge tummelte sich in der Lücke zwischen ihren Zähnen. »Klar hab' ich das, Boss.« Sie schlug eine Seite in ihrem Notizbuch um. »Wollen Sie die Liste haben?«

Ich nickte.

»Der BMW ist auf einen Typ namens Morgason zugelassen.«

»Und der Ford?«

»Auf Lillian Ray. Wollen Sie die Adressen?«

»Nicht jetzt. Erzählen Sie mir noch den Rest.«

Die Seite wurde wieder zurückgeblättert. Aber statt mit ihrem Bericht weiterzumachen, sagte sie: »Sind Sie auch wirklich in Ordnung?«

»Bestens.«

»Sie sehen beschissen aus.«

Ich sagte nichts.

»Also, all diese Frauen gingen in das Zimmer, in dem Mrs. Vivien war.«

»Um wieviel Uhr sind die beiden letzten dort angekommen?«

»Zehn nach elf.«

»Und dann?«

»Quentin und ich haben bis Viertel nach fünf gewartet.«

»Niemand ist rausgekommen?«

»Niemand. Und das Licht ist angeblieben.«

»Niemand sonst reingegangen?«

»Das hätte ich erwähnt.«

»Bobby Lee, wäre es möglich, daß sie immer noch da sind?«

60

Jemand, der weniger müde war als ich, wäre vielleicht früher drauf gekommen.

Als ich Montag abend in der Telefonzelle mit ihnen telefoniert hatte, waren die Scummies fuchsteufelswild gewesen. Sie hatten mich ›Verräter‹ genannt und von meinen ›Bullenfreunden‹ geredet.

Ich hatte nie rausgekriegt, warum.

Aber jetzt wußte ich es. Montag war der erste Abend, an dem Bobby Lee Charlotte Vivien gefolgt war. Es war auch der Abend, an dem Quentin Quayle ihr gefolgt war. Vivien hatte Quayle bemerkt und reifenquietschende Ausweichmanöver unternommen, um ihn abzuschütteln. Aber sie hatte geglaubt, einen Bullen abzuschütteln, und wenn ein Bulle ihr folgte, mußte das bedeuten, daß ich sie verraten hatte.

Später an diesem Abend hängte ich das Taschentuch in mein Fenster. Ich wollte reden.

Sie auch. Und alles, was sie zu übermitteln hatten, war Wut.

Wenn es mir nur gelungen wäre, ihren unerwarteten Zorn mit dem abgeschüttelten Verfolger in Zusammenhang zu bringen, hätte ich da schon gewußt, daß Charlotte Vivien eine von ihnen war. Der Gorilla. Diejenige, die in meiner Gegenwart nie ein Wort gesagt hatte.

O Gott! Meine Herzdame und Miller hatten beide die Schlüsselfrage gestellt: Warum hatte sich die Scum Front überhaupt an mich gewandt? Warum gerade ich?

Ich hatte diese Frage auch gestellt und mir die Antwort

gegeben, es liege daran, daß ich allein arbeitete. Aber das war nicht genug. Nein. Die Scum Front hatte sich an mich gewandt, weil Charlotte Vivien bereits einen Privatdetektiv kannte, als sie beschlossen, jemanden zu engagieren, der ihre verschwundene Bombe suchen sollte. Charlotte Vivien kannte einen Privatdetektiv, der für Geld so gut wie alles tat. Sogar auf einer gottverdammten Mordparty.

Ich griff nach dem Hörer.

Bobby Lee beobachtete mich.

Ich wählte Charlotte Viviens Nummer. Loring ging an den Apparat. Ich fragte nach Mrs. Vivien. Ich erfuhr, daß sie nicht zu Hause sei. Ich fragte, wann sie zurückerwartet werde. Er sagte, das wisse er nicht.

Dann wählte ich Kathryn Morgasons Nummer, wie mir schien, zum hundertstenmal an diesem Tag. Aber diesmal hatte ich Angst, daß sie rangehen würde.

Was sie aber nicht tat.

Als ich auflegte, sagte Bobby Lee gelassen: »Sie hätten im Motel anrufen können, um festzustellen, ob die vier wieder weg sind.«

Ich nickte. »Wenn ich darauf gekommen wäre.«

Sie sah mich an. »Es ist was Ernstes, hm?«

»Ja«, antwortete ich. Dann fügte ich hinzu: »Ich muß dahin.«

»Wollen Sie, daß ich mitkomme?«

Ich fand das Angebot überraschend.

Aber auch nett.

»Ich kann Ihnen immer noch nicht sagen, worum es hier geht.«

»In Ordnung«, sagte sie ungezwungen. »Ich werd unterwegs versuchen, drauf zu kommen. Es geht doch nichts über ein nettes kleines Geheimnis.«

»Wenn Sie das sagen.«

»Korrigieren Sie mich, wenn ich mich irre«, sagte sie, »aber gehe ich recht in der Annahme, daß für Sie nichts wichtiger wäre als ein wenig Schlaf?«

»Ehrlich«, sagte ich, »ich weiß gar nicht mehr, was ich tue.«

»Ist es etwas, das in den Nachrichten gebracht wird?«

»Ich glaube, eher nicht.«

»Fahren wir mit einem Wagen oder zwei?«

Ich fühlte mich ernsthaft versucht, in ihrem Rabbit mitzufahren. Die Wahrscheinlichkeit, daß eine Bombe drin war, war ziemlich gering.

Aber es hätte gegen die ›soziale Verantwortung‹ verstoßen, meinen Wagen stehenzulassen. Oder sie zu bitten, mit mir zu fahren. »Zwei«, sagte ich.

Sie fuhr voraus, und ich folgte ihr. Sie fuhr schnell. Ich mußte mich konzentrieren, um an ihr dranzubleiben. Aber nicht zu sehr, um mich zu fragen, ob Bobby Lee Leonard eine Waffe bei sich hatte. Als wir dort ankamen, wollte ich nicht fragen. Die Antwort würde mir nicht gefallen, weder so noch so.

Sie parkte am Ende eines Komplexes von Motelzimmern. Neben ihr war eine Lücke, aber ich fuhr daran vorbei. Ich fuhr meine Bombe so weit wie möglich von ihrem Wagen weg.

Sie stand neben ihrem Rabbit und sah zu, wie ich quer über den Parkplatz zurückkam.

»Probleme?« fragte sie.

»Nein.«

Ich glitt auf ihren Beifahrersitz, und sie stieg ebenfalls wieder ein. Kopfschütteln. Aber sie sagte: »Ihre Autos sind immer noch da.«

Das war's also. Ich hatte sie alle zusammen. Aber was würde ich mit ihnen anfangen?

»Wo?« fragte ich.

Sie zeigte sie mir. »Und das Zimmer ist da oben, das vorletzte. Nummer siebenundvierzig.«

Wir standen fast direkt davor.

»Ich möchte, daß Sie den Wagen woanders hinstellen«, sagte ich.

»Was?«

Ich hielt Ausschau nach einer Parklücke, die weder in der Nähe des Zimmers noch in der Nähe meines Wagens lag. »Da drüben«, sagte ich. Ich zeigte auf die Stelle.

»Warum?«

»Ich fürchte, hier könnten sie Sie sehen.«

»Aber sie kennen mich doch nicht.«

Ich sah sie an. Sie sagte: »Ja, Boss« und ließ den Motor an.

»Parken Sie rückwärts ein, damit Sie die Zimmertür sehen können.«

»Also, wie geht's jetzt weiter?« fragte sie, als wir uns wieder hingesetzt hatten.

»Ich schätze, ich gehe rauf und klopfe.«

»Und wenn sie Sie nicht reinlassen?«

»Dann werde ich vor Wut schnauben und die Tür eintreten.«

Oder einen Zettel drunter durchschieben mit der Botschaft, daß ich, wenn sie nicht sofort aufmachten, zur Polizei gehen würde. Das Prinzip war dasselbe.

»Nervös, wie?« fragte Bobby Lee.

»Ja.«

»Hören Sie, lassen Sie mich zum Empfang gehen und versuchen, den Schlüssel zu bekommen.«

»Den Schlüssel? Wie zum Teufel wollen Sie das anstellen?«

»Ah«, sagte sie, »ich verrate Ihnen meine kleinen Geheimnisse nur, wenn Sie mir Ihre verraten.«

Ich wußte nicht, was ich sagen sollte.

»Wollen Sie, daß ich's versuche?«

Wenn ich einen Schlüssel hätte, könnte ich sie überraschen.

War das gut? Oder würde das irgendwas zum Knallen bringen? Oder würde ein Klopfen an der Tür etwas zum Knallen bringen?

»Machen Sie«, sagte ich.

Sie machte. Ich saß im Wagen und zappelte rum. Ich machte mir Sorgen wegen der Koffer. Ich wußte, was die Scum Front in ihren Koffern transportierte.

Was, wenn sie neue Bomben machten? Was, wenn sie drauf und dran waren, sich in einer spektakulären letzten Geste in die Luft zu sprengen? Gab es irgendeinen Grund zu glauben, daß sie das tun würden?

Nun, ich würde trotzdem reingehen. Kam überhaupt nicht in Frage, daß ich so kurz vorm Ziel aufgab.

Dann machte ich mir Sorgen, weil ich kein Testament gemacht hatte. Also schrieb ich eins auf ein Stück Papier aus meinem Notizblock. Alles für mein einziges Kind bis auf meine Bücher. Die gehen an meine Freundin. Und die besten Wünsche für Miller. Meine Mutter als Testamentsvollstrecker mit jeder Vollmacht. Keine achthundert Dollar für Frank.

Als Bobby Lee zurückkam, grinste sie das betörendste zahnlückige Grinsen, das mir je untergekommen war. Sie ließ sich auf den Sitz fallen und klimperte mit einem Schlüssel.

»Das ging aber schnell«, sagte ich.

»Ein Zeichen, daß ich es mit einem Mann zu tun hatte«, sagte sie.

Ich wollte etwas bemerken, aber sie unterbrach mich. »Der Angestellte gestern beklagte sich, daß er zwei Schichten machen müsse. Also mußte es heute wieder derselbe sein. Er mag Geld.«

»Ich möchte, daß Sie etwas bezeugen.«

»Wovon reden Sie?«

Ich unterzeichnete das Testament und reichte es ihr.

Aber nicht mal das wischte das Lächeln weg. »Geben Sie mir den Stift«, sagte sie und schrieb ihren Namen neben meinen. »Sie sind so ungefähr der verrückteste Typ, für den ich je gearbeitet habe.«

»Heute glaube ich das selber«, sagte ich.

»Also«, sagte sie, »Sie gehen in das Zimmer. Soll ich auch mitkommen?«

»Nein.«

»Was soll ich dann tun?«

»Ich würde sagen, wenn ich nicht rauskomme, rufen Sie die Bullen.«

»Wie lange geb ich Ihnen?«

»Keine Ahnung. Beurteilen Sie das selber, aber lassen Sie mir etwas Zeit.«

»Wenn ich recht verstehe, glauben Sie, daß diese Frauen gefährlich sind.«

»Das glaube ich eigentlich nicht, aber es könnte trotzdem sein.«

»Sind Sie sicher, daß Sie tun wollen, was Sie da tun, was immer es auch sein mag?«

»Nein. Ich bin mir sicher, daß ich es nicht nicht tun will.«

»Wenn Sie jemand anderes wären«, sagte sie, »würde ich fragen, was das wieder heißen soll. Wann gehen Sie?«

»Jetzt«, sagte ich. Und stieg aus dem Wagen.

Zimmer Nummer siebenundvierzig erreichte man vom Parkplatz aus über eine kleine Steigung. Ich ging direkt zu dem Gehweg vor der Tür.

Ich fühlte mich nackt. Das lag nicht daran, daß ich keine Waffe hatte. Es lag daran, daß ich keine Ideen hatte.

Außerdem hatte ich Angst. Ich ging zur Tür und lauschte. Nichts.

Ich versuchte durchs Fenster zu sehen, aber die Vorhänge waren zugezogen.

Ich drehte mich wieder zu Bobby Lee um. Sie sah mir teilnahmslos zu.

Ich ging zu der bewußten Tür und ließ den Schlüssel ins Schloß gleiten. Ich machte eine leichte Drehung mit dem Handgelenk. Die Tür öffnete sich.

Ich schob mich vorsichtig hindurch. Die Luft in dem geschlossenen Zimmer roch abgestanden. Ich fand den Lichtschalter. Ich legte ihn um.

Sie waren alle da. Alle vier.

Sie lagen jeweils zu zweit in den Doppelbetten, aber sie trugen Straßenkleidung.

Sie waren reglos. Sie waren still. Sie waren tot.

61

Ich ging rückwärts aus dem Zimmer und zog die Tür hinter mir zu. Ich ächzte nach frischer Luft.

Es war richtig, wenn die Leute im Zimmer siebenundvierzig sich wegen ihrer Taten schuldig fühlten. Sie sollten für die Angst, die ihre ›Bomben‹ verursacht hatten, leiden.

Aber sie sollten nicht tot sein. Nein.

Nein, wirklich nicht. Das war einfach nicht richtig.

Dafür war die Bedrohung, der sie sich ausgesetzt hatten, nicht groß genug.

Die Bedrohung für sie war ich.

Ich lehnte mich neben der Tür an die Wand. Dann ließ ich mich zu Boden gleiten und setzte mich auf den Gehsteig.

Ich hörte ein Geräusch vom Parkplatz. Bobby Lee hatte die Tür ihres Wagens geöffnet.

Sie sah, daß ich sie gesehen hatte. Sie hielt inne.

Ich schüttelte den Kopf. Nein. Es war falsch.

Sie stieg wieder in den Wagen. Um zu warten. Um zu sehen, was ich tun würde.

Mir wurde klar, daß ich etwas tun sollte. Ich rollte mich auf die Knie. Ich hievte mich hoch.

Was sollte ich tun? Krankenwagen? Polizei?

Zuerst noch mal reingehen, nahm ich an. Ich drehte mich zur Tür um. Ich holte Atem. Ich griff nach dem Türknauf. Er drehte sich in meiner Hand.

Ich sprang zurück. Ich konnte nicht sprechen.

Die Tür öffnete sich, und Charlotte Vivien stand vor mir.

»Sie«, sagte sie verschlafen. »Ich hätte mir ja denken können, daß es der falsche Fuffziger sein mußte.«

62

Wir verbrachten mehr als eine Stunde miteinander, die versammelte Belegschaft der Scum Front und ich. Ich lernte Lillian Ray und ihre Tochter Rachel kennen: den Bären und ›Kate King‹. Ich erfuhr, wie alles angefangen hatte. Ich erfuhr, daß der Name von der Frau stammte, die versuchte, Andy Warhol im Auftrag der *Society to Cut Up Men*, kurz SCUM, zu töten. Und daß sie den Namen komisch fanden. Ich erfuhr, daß sie sich gestern abend getroffen hatten, um alles zu bereden. Ich erfuhr, daß sie beschlossen hatten, das Ganze aufzugeben. Das Problem war das Wie. Sie machten mir einen Kaffee.

Keine bösen Menschen. Eher Unschuldslämmer auf gewisse Art. Leute, die eine Versammlung besuchen und einen Sprecher fragen hören konnten: »Was tun Sie denn für die Umwelt?« Und seine Worte ernst nehmen konnten, persönlich. »Zuerst habe ich dafür gesorgt, nur noch ozonfreundliches Haarspray zu verwenden«, erzählte mir Kathryn Morgason. »Das haben wir alle getan.«

»Und bleifreies Benzin«, sagte Lillian Ray. »Aber es war

alles so nichtig. So trivial. Welchen Sinn hatte es, wo General Motors und General Electric und die Herren Generäle im Pentagon sich nicht dieselbe Mühe gaben?«

»Bei mir war es Seife«, sagte Charlotte Vivien.

»Das stimmt«, sagte Lillian Ray. »Man kauft Seife aus Pflanzenöl, um die Wale zu retten, aber das andere Zeug liegt immer noch stapelweise im Supermarkt rum. Man fühlt sich dann so machtlos.«

»Und dann«, fuhr Charlotte Vivien fort, »fängt man an, sich zu fragen, wo die eigentliche Macht in der Gesellschaft liegt.«

»Man kann jedenfalls allein nichts erreichen«, sagte Kathryn Morgason.

»Man muß einander finden«, sagte Lillian Ray. »Man muß die Sache durchdenken. Man muß Pläne ausarbeiten können. Allein wird man nie Macht haben, aber wenn man es richtig anfaßt, kann man die Leute mit Macht vielleicht dazu bringen, etwas zu tun.«

Der Wendepunkt kam, als Rachel Ray eines Tages mit einer Kopie von *James Bond für arme Leute* von der High School nach Hause kam. Klassenkameraden hatten das Buch verkauft.

Es ist eine Anweisung zum Bombenbasteln wie das *Anarchistenkochbuch* in den Sechzigern. Nur daß der *Bond* sogar Anweisungen für das Zusammensetzen einer Atombombe gibt.

Die Polizei hatte dem High-School-Buchgeschäft ein Ende gemacht, aber nicht bevor ›Kate King‹ ihre Kopie hatte.

Als ihre Mutter dann das nächste Mal von ihren Freundinnen erzählte, sagte Rachel Ray: »Ich habe was, das euch interessieren wird, Mutter.«

Mutter hat sich den *Bond* angesehen. »Bomben?«

»Ich dachte, ihr Frauen wolltet wirklich etwas tun.«

Also trat Rachel der ›Gruppe‹ bei, und das Ende vom Lied war, daß sie tatsächlich etwas getan hatten.

Kathryn Morgason brachte das Medienknow-how mit. Sie war vor ihrer Hochzeit mit ihrem Fernsehmagnaten Werbetexterin gewesen.

Lillian Ray hatte die Kontakte, die sie zu einem illegalen Dynamitlieferanten führten. Sie war Assistenzprofessorin in der Abteilung für Soziologie.

Und Charlotte Vivien hatte das Geld. Und die Antriebsenergie. Sie wollte beides auf etwas Bedeutungsvolleres verwenden als große Parties und die Unterstützung von Dichtern. Und gemeinsam hatten sie eine ganze Stadt zu Tode erschreckt.

»Aber wir sind nie auf den Gedanken gekommen, daß jemand eine unserer Bomben stehlen und benutzen könnte«, sagte Lillian Ray.

Es folgte ein Refrain der Zustimmung.

»Es hat Sie auch niemand benutzt«, sagte ich.

»Was?«

»Warten Sie hier.«

Bobby Lee stand neben mir und sah zu, wie ich die Plastiktüte aus meinem Kofferraum holte. Als ich zu dem Zimmer zurückging, rief sie mir zu: »An der Art, wie Sie gehen, sehe ich, daß alles in Ordnung ist. Was ist in der Tüte? Mittagessen?«

»Treffer«, sagte ich. Aber ich blinzelte.

Obwohl sie ihre Bombe zurückbekamen, fühlten sie sich nicht viel besser. Und das war gut so. Sie verdienten es nicht, sich besser zu fühlen. Die Atmosphäre, die sie geschaffen hatten, hatte Nachahmer ermutigt, derentwegen jetzt ein Mann im Krankenhaus lag.

Aber ich hatte die Entscheidung, die ich zu treffen hatte, getroffen. Ich würde der Polizei ihre Namen nicht nennen.

»Also«, sagte ich, »was wollt ihr jetzt tun, um das alles wieder gutzumachen?«

63

Als ich den Kofferraum geschlossen hatte, stieg ich in den Wagen und sah Bobby Lee an. Ich sagte: »Sind Sie immer noch mit von der Partie?«

»Es steht auf Messers Schneide. Tag und Nacht nichts zu tun zu haben, ist aufregender, als ich ertragen kann.«

»Wenn alles gutgeht«, sagte ich, »werde ich in der Lage sein, Ihnen bald eine Menge Arbeit zu geben.«

»Das versprechen Sie mir immer wieder.«

»Wir könnten vielleicht sogar eine Art Partnerschaft eingehen oder so was.«

»Sie kriegen die Jobs, und ich mache sie? Sie wissen, was läuft, und ich nicht? Sie gehen in das Motel, und ich sitze draußen? Vielen Dank, Kamerad, aber über solche Partnerschaften weiß ich Bescheid.«

Sie folgte mir zur College Avenue. Cecil Redmans Pickup stand nicht vor seinem Haus.

Wir parkten vor dem Haus nebenan. Das Haus, das ich so liebte mit seiner Veranda und seinen Giebeln und seinem verfallenen Bogen.

Bobby Lee sah zu, wie ich zu meinem Kofferraum ging und zwei Koffer sowie eine Plastiktüte herausnahm. Ich trug alles zum Haus.

Die Tür war abgeschlossen, aber das stellte kein Problem dar. Ich ging durch die Wand rein. Der Plan war, die Bombe irgendwo abzuladen, als hätte die Scum Front es getan.

Ich fand mich im Wohnzimmer wieder. Künstlerisch gesehen bevorzugte ich den Kamin als Abladeplatz. Er war groß genug, und die Überreste des Kaminsimses verrieten, daß er einst ein schönes Stück gewesen war. Aber in dem Fußboden davor war ein gewaltiges Loch, und die Zeichen der Fäulnis ganz in der Nähe veranlaßten mich, praktisch zu denken.

Es gab einen Schrank in dem Zimmer. Dort quartierte ich die Koffer und die Tüte ein. Ich verbrachte viel Zeit darauf, mich um mögliche Fingerabdrücke zu kümmern.

Dann lehnte ich die Schranktür gegen den Rahmen, in dem sie einst gesessen hatte.

»Ich möchte, daß Sie das Haus beobachten«, sagte ich zu Bobby Lee.

»Ist mal was anderes als ein Motel, schätze ich«, sagte sie.

»Manchmal spielen Kinder hier in der Gegend. Mit dem, was ich da drin liegen gelassen habe, sollten sie besser nicht spielen.«

Sie sagte nichts.

»Aber die Polizei wird bald hier sein. Wenn die kommen, können Sie wegfahren.«

»Und vor welchem Gebäude soll ich danach sitzen?«

»Vor meinem Büro«, sagte ich. »Mit etwas Glück bin ich nicht allzu lange weg. Und ich möchte mit Ihnen über unsere Zukunft reden.«

»Sagten Sie ›unsere‹ Zukunft?«

Als ich ankam, war Miller nicht da, aber seine Sekretärin ließ mich in seinem Zimmer warten, während sie ihn aufspürte.

Captains kriegen bequeme Stühle. Ich lehnte mich zurück und legte die Füße auf sein Dienstbuch.

Es würde Miller nicht gefallen, wenn ich mich weigerte, ihm die Mitgliederliste der Scum Front zu geben. Aber ich würde mit dem Angebot kontern, einen anonymen Tip durchzutelefonieren, der ihm verriet, wo er einen ganzen Schrank voller Sprengstoffe finden konnte. In dem Schrank würde er auch eine Abschiedsbotschaft von den Scummies finden. »Der fortgesetzte Druck durch die Polizei«, würde das Schreiben lauten, »hat uns zu einem vorzeitigen Ende unserer Kampagne gezwungen. Wir bedauern zutiefst, daß wir zu der Atmosphäre beigetragen haben, die *andere* dazu verleitet hat, den Nachtwächter von der Ohio Street zu verletzen. Wir sind gegen körperliche Gewalt jeder Art. Wir sehen jetzt ein, daß unsere Kampagne, wie lobenswert ihre Ziele auch gewesen sein mochten, irregeleitet war.«

Ein Literaturanalytiker würde vielleicht bemerken, daß der Stil der Abschiedsbotschaft von dem der Frühen Scum Front abwich. Ich glaubte aber nicht, daß die Polizei sich viel darum scheren würde.

Ich wettete, daß sie sich damit begnügen würde, selbst die

Lorbeeren dafür einzuheimsen, daß die Scum Front unschädlich gemacht war. Und die Entdeckung des Bombenbastelkastens würde ihnen etwas Greifbares in die Hand geben, das sie der Presse und der Öffentlichkeit vorzeigen konnten.

Ich war sicher, daß das genug sein würde. Daß sie nicht auf einer Leiche bestehen würden. Auf jemandem, den sie strafrechtlich verfolgen konnten. Jemandem, den sie anspucken konnten. Nicht, wenn sie noch die anderen, ›richtigen‹ Bombenleger finden mußten. Irre, die ein Gebäude auf der Ohio Street mitsamt einem Mann darin in die Luft gesprengt hatten. Und über die wußte ich nun wirklich und wahrhaftig nichts.

Vielleicht kam ich doch noch unbeschadet aus der ganzen Sache raus.

Konnte das sein? War's möglich, obwohl wir hier mit Terroristen zu tun hatten, wie ungefährlich sie auch sein mochten? Würde nicht irgend jemand dafür zahlen müssen?

Schließlich hörte ich Schritte draußen. Ich holte Luft und machte mich bereit.

Als Miller durch die Tür trat, sagte ich: »Komm rein, Jerry. Setz dich. Mach's dir bequem. Aber ich warne dich, es wird dir nicht alles gefallen, was ich zu sagen habe.«

Miller sagte nichts. Er stand einfach nur da. Er sah schrecklich aus, aber bevor ich Zeit hatte, einen Witz darüber zu reißen, wurde er grob zur Seite geschoben.

Hinter ihm kam ein Mann mit einer Waffe in der Hand durch die Tür.

Ich kannte den Mann von Bildern. Und von Charlotte Viviens Party in einem anderen Leben. Es war der Polizeichef.

»Soso, Sie verkehren also mit Terroristen, Samson?« sagte er. »Nun, Ihnen wird auch nicht alles gefallen, was ich zu sagen habe.«

Endlich machte auch Miller den Mund auf. Er sagte: »Tut mir leid, Al. Tut mir wirklich leid.«

64

Schließlich wurden sie es müde zuzuhören, wie ich ihre Fragen nicht beantwortete. Sie beschlossen, unter vier Augen mit meinem Anwalt zu reden. Also ließen sie mich allein. Eingesperrt in eine Sicherheitszelle, aber allein. Ich war dankbarer für den Frieden, als ich sagen konnte.

Nicht daß jemand danach gefragt hätte.

Nach ungefähr einer Stunde ratterte die Tür. Ich sprang auf. Ich dachte, mein Anwalt sei zurück.

Aber die Tür öffnete sich nicht.

Ich sagte: »Hallo? Hallo? Wer ist da?«

»Fütterung«, sagte ein Mann draußen.

»Oh.«

Einen Augenblick lang passierte gar nichts. Dann glitt ein quadratisches Paneel in der Tür auf, ungefähr auf Augenhöhe. Ich sah ein Auge. Das Auge war weit geöffnet und neugierig. Es drückte sich dicht an das Loch. »Sie sind also die Scum Front«, sagte der Mann draußen vor meiner Zelle. »Was für eine Enttäuschung.«

Auf Anraten meines Anwalts sagte ich nichts.

»Ich dachte immer, ihr Jungs wäret jung und nicht über vierzig und ’n bißchen zu dick. Ich dachte, Sie würden wenigstens irgendwie wild aussehen. Aber Sie sehen gar nicht aus wie 'n harter Bursche oder so was.«

»Wieviel Uhr haben wir bitte?«

»Sie haben Ihnen die Uhr weggenommen, was?«

»Sie dachten, ich würde mich vielleicht dran aufhängen.«

Das Auge blickte weg. »Viertel nach fünf. Wollen Sie dieses Essen jetzt oder nicht?«

»Ist ein Donut dabei?« Ich wünschte mir jemanden zum Reden.

»Ein was?«

»Ja, ich nehme das Essen«, sagte ich.

Die Tür klapperte wieder, bevor ich dem Schokoladenpudding die Natur des Lebens zu Ende erklärt hatte. Mein Löffel schwebte gerade über der Pointe des Lebens.

Diesmal waren zwei Männerstimmen zu hören.

Eine, die ich nicht erkannte, sagte: »Nur eine Minute. Himmel, wissen Sie, was für ein Risiko ich da eingehe?«

»Ich weiß es«, sagte der andere Mann. Diese Stimme kannte ich.

Die Tür öffnete sich, und Miller trat ein.

Ich stand auf. Wir sahen einander an. Keiner von uns sprach. Manchmal ist das die Art, wie Leute, die einander gut kennen, sich am besten unterhalten.

Dann zuckte er die Achseln und sagte: »Verflucht, Al, du hast mich angerufen. Du hast gesagt, du hättest für die Scum Front gearbeitet. Du weißt, unter was für einem Druck wir alle hier gestanden haben.«

»Du hast es jemandem gesagt?«

Er nickte. »Ich mußte einfach. Ich konnte diesen Mist nicht für mich behalten.«

»Du hättest abwarten können«, sagte ich. »Du hättest abwarten können, bis du wußtest, was ich zu sagen hatte.«

Aber er hatte nicht abgewartet. Damit waren wir schon zu zweit. Ich hätte ihn auch nicht gleich anzurufen brauchen, als ich dachte, die Scummies hätten die Bombe auf der Ohio Street gezündet. Aber ich hatte nicht abgewartet, um die Sache zu überprüfen.

»Ich werde alles in meiner Macht Stehende für dich tun, Al. Das weißt du.«

Er ging, bevor mir irgend etwas anderes einfiel, was ich sagen wollte.

So, du Hopplahopp-Detektiv, jetzt sitzt du also im Gefängnis. Ich hoffe, es gefällt dir, denn du wirst eine Menge Zeit hier verbringen.

Ich weiß nicht, ob mir das bekommt.

Erwartest du ehrlich, daß sie ein mutmaßliches Mitglied der Scum Front auf Kaution rauslassen?

Ich bin kein Mitglied der Scum Front. Das wissen die Bullen.

Aber sie werden dich als Sündenbock wollen, Herzchen.

Ja, vielleicht.

Da gibt's kein Vielleicht.

Tja, nicht mal die Bullen kriegen immer, was sie wollen.

Komm wieder auf den Boden runter, Schnüffler.

Ich komm schon raus. Als Gegenleistung sage ich ihnen, was sie in dem Bogenhaus auf der College Avenue finden.

Ach ja?

Da muß nur das Timing stimmen.

Und in der Zwischenzeit sitzt Bobby Lee draußen?

Das ist mir wirklich unangenehm. Aber es ist fast sechs Uhr. Sie muß sich gedacht haben, daß die Dinge nicht nach Plan gelaufen sind.

Plan? Was für 'n Plan?

Na ja, hm...

Also, warum gibst du den Bullen nicht die gottverdammten Namen, und damit ist die Sache erledigt? Also, das würde dich mit Sicherheit hier rausbringen.

Aber ich will ihnen die Namen nicht geben.

Wir spielen also mal wieder Richter Samson, ja?

Ja, das ist es wohl. Und es ist mein Leben. Ich habe das Recht dazu.

Also, was wirst du mit deinem Leben anfangen, Richter?

Das habe ich nicht ganz allein in der Hand.

Was willst du mit deinem Leben anfangen, Richter?

Ah. Die Frage zieht. Das einzige, was ich im Augenblick sicher weiß, ist, was ich nicht will.

Was zum Beispiel?

Die Franks und ihre Werbespots will ich nicht. Ich will keine endlosen Nachrichten auf einem Anrufbeantworter. Ich will sonnige Nachmittage nicht mit dem Tippen von Rechnungen zubringen. Ich will nicht die ganze Zeit unter Druck stehen und müde sein.

Es ist also genau so, wie deine Mutter gesagt hat? »Wir sind nicht alle dazu bestimmt, erfolgreich zu sein, Sohn.«

Ich will nur nicht als Packen-wir's-an-Privatdetektiv erfolgreich sein, das ist alles.

Na schön. Wenn du glaubst, du kommst hier mit einer Detektivlizenz raus, bist du übergeschnappt.

He, einen Moment mal. Laß die Finger von meinem Fall.

Du willst wissen, was mit mir passieren wird? Du willst wissen, wie diese Sache laufen wird?

Ja, erzähl's mir.

Okay. Was passieren wird, ist folgendes: Ich gebe den Bullen das Zeug zum Bombenbasteln und die Abschiedsbotschaft, dafür komme ich auf Kaution raus. Und sie werden denken, daß sie mich todsicher noch kriegen. Aber während sie vor Wut schnauben und mir das Leben zur Hölle machen, wird eine andere Bombe hochgehen. Es wird offensichtlich sein, daß die nicht von der Scum Front kommt. Und dann werden sie sich darauf konzentrieren, weil sie genau wissen, daß es wichtiger ist, Bombenleger zu jagen, die Bomben legen, als Bombenleger zu jagen, die das nicht tun. Und sie werden die anderen kriegen, und dann haben sie auch Leute zum Vorzeigen. In der Zwischenzeit kriege ich soviel Rechtsbeistand, wie man für Charlotte Viviens Geld kaufen kann. Und was der Rechtsbeistand kaufen wird, ist Zeit.

Zeit?

Vielleicht wird es sich über ein paar Jahre hinziehen, aber je länger es dauert, um so ferner rückt die Scum Front in den Köpfen der Menschen. Gib's zu: Sie haben nie jemanden getötet, und sie haben nie irgendwas in die Luft gesprengt. Und eines Tages wird Albert Samson einen Brief kriegen, in dem steht, daß alle Anklagen fallengelassen wurden.

Ja, okay. Das ist möglich.

Das ist verdammt gut möglich.

Aber sag mir eins. Was wird Albert Samson in der Zwischenzeit tun? Weil du deine Lizenz nämlich auf keinen Fall behalten wirst.

Sie werden meine Lizenz ›aussetzen‹. Das werden sie tun. Sie werden sie für eine lange Zeit aussetzen. Und wenn die Anklagen fallengelassen worden sind, können die Anwälte sich daran machen, mir die Lizenz zurückzuholen.

Aber in der Zwischenzeit?

Vielleicht wird Bobby Lee das Geschäft betreiben.

Und Albert Samson lebt von den Profiten? Ha-ha.

Ich weiß nicht. Ich weiß nicht.

Deine Herzdame wird dich ganz bestimmt nicht unterstützen.

Zumindest wird sie's verstehen.

Eine Weile. Aber dann wird sie finden, daß du deinen Hintern bewegen und irgend etwas tun mußt.

Hm, wie wär's mit der Renovierung von verfallenen Häusern? Man könnte sie wieder zu Häusern machen, in denen Leute leben können. Dieser Gedanke gefällt mir.

Reden wir über noch mehr Geld von Charlotte Vivien?

Ein Darlehen. Es wäre eine Investition.

Schmeckt das nicht stark nach Korruption, Richter Samson?

Na ja, vielleicht. Und vielleicht bekäme ich es einfach nicht auf die Reihe. Aber andererseits, vielleicht doch. Ich werde etwas Zeit brauchen, um über das Ganze nachzudenken. Und Zeit ist plötzlich etwas, wovon ich jede Menge habe.

Michael Lewin im Diogenes Verlag

Der stumme Handlungsreisende

Roman. Aus dem Amerikanischen von Michaela Link

Es ist Hochsommer – schlechte Zeiten für Albert Samson, den billigsten aller billigen Detektive von Indianapolis. Als ihn daher eine verzweifelte Frau bittet, für sie herauszufinden, warum man sie seit Monaten nicht ans Spitalbett ihres Bruders läßt, ist er bereit, sein Bestes zu geben – auch wenn dies nicht gerade sein Traum von einem Fall ist.

»Wenn die Kriminalliteratur je auf einen Tragikomiker gewartet hat, dann ist er ihr nun in der Gestalt von Albert Samson erschienen.«
Peter Zimmermann / Österreichischer Rundfunk, Wien

Wer viel fragt

Roman. Deutsch von Michaela Link

Als Albert Samson beauftragt wird, den biologischen Vater von Eloise Crystal ausfindig zu machen, hält er das zunächst für eine Teenagerlaune der Auftraggeberin. Nur um nicht ganz aus der Übung zu kommen und weil mal wieder Auftragsflaute herrscht, macht der Detektiv ein paar Recherchen, die ihm schnell zeigen, daß der Familienhintergrund dieser Miss Crystal alles andere als kristallklar ist. Samson gerät mitten in den Wirbel um ein Familiengeheimnis, wobei er mehr Skelette aus dem Schrank holt, als für seine eigene Sicherheit gut ist.

»Geschickt knüpft der Autor den Knoten für die Handlung, so daß man schon nach wenigen Schritten vor einer Fülle von Rätseln steht und sofort in die Spannung hineingezogen wird.«
Jutta Mödlhammer / Nürnberger Zeitung

Nicholas Blake im Diogenes Verlag

Nicholas Blake ist das Pseudonym, unter dem der berühmte, in Irland geborene Lyriker Cecil Day Lewis (1904–1972) seine psychologischen Kriminalromane schrieb, in denen der Detektiv Nigel Strangeways ermittelt.

»Detektiv Nigel Strangeways löst jeden Fall mit Esprit, Humor und unter Wahrung der Formen, die sich für einen britischen Gentleman geziemen.«
Facts, Zürich

»Blake verfügt über all die Tugenden, die der anspruchsvolle Kenner von Kriminalliteratur erwartet: Kultiviertheit, Intelligenz und Sensibilität.«
The Times Literary Supplement, London

»Nicholas Blake, ein Klassiker, beweist, mit welcher Lakonik und Lockerheit sich wirkliche Spannung aufbauen läßt.«
Wolfram Knorr / Die Weltwoche, Zürich

Mein Verbrechen
Roman. Aus dem Englischen von Eberhard Gauhe

Eine vertrackte Geschichte
Roman. Deutsch von Jobst-Christian Rojahn

Ende des Kapitels
Roman. Deutsch von Nikolaus Stingl

Was zu beweisen ist
Roman. Deutsch von Barbara Rojahn-Deyk

Valerie Wilson Wesley
im Diogenes Verlag

»Die aufregendste Entdeckung auf dem Krimi-Gebiet: Valerie Wilson Wesley. Endlich wieder einmal eine Crime-Lady, die ihre gewaltversessenen männlichen Kollegen nicht einfach durch noch mehr Hartgesottenes zu übertrumpfen sucht. Mit Tamara Hayle hat Valerie Wilson Wesley eine echte, überzeugende Frauenfigur als Privatdetektivin geschaffen, die das Zerbrechen elementarer mitmenschlicher Ordnungen miterlebend erhellt.«
Gerhard Beckmann / Die Welt, Berlin

»Man könnte sich sicher schnell an die sympathische Farbige gewöhnen, so wie man ganz schnell Brunettisüchtig wurde.«
Dieter Schneider / Antenne Brandenburg

Ein Engel über deinem Grab
Roman. Aus dem Amerikanischen
von Gertraude Krueger

In Teufels Küche
Roman. Deutsch von
Gertraude Krueger

Todesblues
Roman. Deutsch von
Gertraude Krueger

Auf dem Weg nach oben
Roman. Deutsch von
Gertraude Krueger

Raymond Chandler im Diogenes Verlag

»Mit Philip Marlowe schuf Chandler eine Gestalt, die noch heute weltweit als der Prototyp des Privatdetektivs gilt. Humphrey Bogart in der Rolle des Philip Marlowe hat diesen Typus auch optisch bis heute unverdrängbar festgeschrieben.«
Kindlers Literatur Lexikon

»Ich halte es für möglich, daß der Ruhm des Autors Raymond Chandler den des Autors Ernest Hemingway überdauert.« *Helmut Heißenbüttel*

Gefahr ist mein Geschäft
und andere Detektivstories. Aus dem Amerikanischen von Hans Wollschläger

Der große Schlaf
Roman. Deutsch von Gunar Ortlepp

Die kleine Schwester
Roman. Deutsch von Walter E. Richartz

Der lange Abschied
Roman. Deutsch von Hans Wollschläger

Das hohe Fenster
Roman. Deutsch von Urs Widmer

Die simple Kunst des Mordes
Briefe, Essays, Notizen, eine Geschichte und ein Romanfragment. Herausgegeben von Dorothy Gardiner und Kathrine Sorley Walker. Deutsch von Hans Wollschläger

Die Tote im See
Roman. Deutsch von Hellmuth Karasek

Lebwohl, mein Liebling
Roman. Deutsch von Wulf Teichmann

Playback
Roman. Deutsch von Wulf Teichmann

Mord im Regen
Frühe Stories. Deutsch von Hans Wollschläger. Vorwort von Philip Durham

Erpresser schießen nicht
und andere Detektivstories. Deutsch von Hans Wollschläger. Mit einem Vorwort des Verfassers

Der König in Gelb
und andere Detektivstories. Deutsch von Hans Wollschläger

Englischer Sommer
Drei Geschichten und Parodien, Aufsätze, Skizzen und Notizen aus dem Nachlaß. Mit Zeichnungen von Edward Gorey, einer Erinnerung von John Houseman und einem Vorwort von Patricia Highsmith. Deutsch von Wulf Teichmann, Hans Wollschläger u.a.

Meistererzählungen
Deutsch von Hans Wollschläger

Frank MacShane
Raymond Chandler
Eine Biographie. Deutsch von Christa Hotz, Alfred Probst und Wulf Teichmann. Zweite, ergänzte Auflage 1988